公众人文素养读本 | 总主编 奚爱国

钟怡阳 ◎ 编著

流传千年的**印度神话故事**

了解印度神话体系和神话人物的经典之作
一张引导我们徜徉于印度神殿的必备地图

南京大学出版社

图书在版编目(CIP)数据

流传千年的印度神话故事 / 钟怡阳编著 . —南京：南京大学出版社, 2013.3(2020.7重印)
(公众人文素养读本 / 奚爱国总主编)
ISBN 978-7-305-10875-4

Ⅰ.①流… Ⅱ.①钟… Ⅲ.①神话-作品集-印度-古代 Ⅳ.①I351.73

中国版本图书馆 CIP 数据核字(2012)第 289803 号

本书经上海青山文化传播有限公司授权独家出版中文简体字版

出版发行	南京大学出版社
社　　址	南京市汉口路22号　邮　编　210093
网　　址	http://www.NjupCo.com
出版人	左　健

丛 书 名	公众人文素养读本
总 主 编	奚爱国
书　　名	**流传千年的印度神话故事**
编　　著	钟怡阳
责任编辑	陈　勇　裴维维　　编辑热线　025-83592123
照　　排	南京紫藤制版印务中心
印　　刷	丹阳兴华印务有限公司
开　　本	787×960　1/16　印张13.75　字数246千
版　　次	2013年3月第1版　2020年7月第4次印刷
ISBN	978-7-305-10875-4
定　　价	29.00元

发行热线　025-83594756　83686452
电子邮箱　jryang@nju.edu.cn
　　　　　Sales@NjupCo.com(市场部)

＊ 版权所有，侵权必究
＊ 凡购买南大版图书，如有印装质量问题，请与所购图书销售部门联系调换

编辑序

古印度是一个充满"神"的国度,即使你在讲述印度历史的时候也会与神话纠缠。不仅如此,在南亚许多国家的雕塑、壁画中,你都能看到古印度神话的踪影。

与史诗般的古希腊罗马神话、沧桑壮烈的北欧神话和古朴悠远的中国神话相比,印度神话最动人之处,就在于它的古老和神秘。

你即将翻开的这本书,就是一部了解古印度神话体系和神话人物的经典之作,也是一张引导我们徜徉印度神殿的必备地图。书中充满了精彩和奇特故事,那些愤怒的天神和恶鬼,以及对苦行、诅咒的探求和宿命、业行的象征,在别的神话中是很少见的。这就让我们产生了无穷的好奇心和探索欲:在人类开端时期,古印度人是如何试图去解释创世、死亡、战争、爱情以及生活中的其他神秘现象的呢?

破解谜团的答案,恰恰就在这本书中。那些秉承了天地的灵气,神秘动人并且广为流传的神话故事,一定会提供给你一个与众不同、全新的阅读体验。

序　言

在喜马拉雅山的南麓,有一片古老而神奇的土地,被称为印度。这个神秘的国度,有着与中国一样灿烂的古代文明而被我们熟知。

众所周知,凡是伟大的文明都会有伟大的神话,古印度也不例外,它的神话可以说是印度文化宝库中的一朵奇葩。

在古印度神话中,有一个背景异常丰富多彩的世界,既有天上的世界,又有地面的、地下的世界。在这个空间中,天神、魔王、精灵、妖怪、恶鬼、凡人共存共处;法力、神变、苦行、诅咒、恩典尽展神奇;正法、宿命、业行、果报、转生和解脱困扰心灵。无论神、人、鬼怪或者动物,都不断受到欲望的诱惑和驱使,也受社会习俗法则的束缚,想摆脱的同时又在努力思考,由此而产生了形形色色的故事。

这些故事情节曲折瑰丽,以繁杂和丰富闻名于世,对印度文化的影响也非常巨大、深远。从文学和艺术角度来说,在印度的古典名著中,许多都是以神话故事为蓝本推陈出新的,用以描绘古印度人的生活画面和精神世界。在现代和当代的文学作品中,对这些神话典故的引用和引申也屡见不鲜。迄今为止,仍有很多绘画、雕塑、舞蹈、音乐、电影等艺术形式,取材于古印度神话。

此外,印度及周边诸国的民众大多信仰印度教,古印度神话中的很多天神和尊者在今天仍然是他们崇拜的偶像,并渗透到他们日常生活中的各个角落。因此,了解和熟悉印度古代神话故事,可以更完整地了解印度人民的生活以及印度的风土人情、风俗习惯。

神话故事具有永久的魅力,古印度神话更是一座瑰丽的艺术殿堂。这些神话故事优美动人,大多都表现了美与丑、善与恶的交锋,表达了印度人民摆脱苦难,追求幸福美好的心愿,在今天仍然具有积极的进步意义。

在人物的塑造上,古印度神话中的人物形象生动鲜明、个性突出,故事结构错落有致、灵活严谨,感情收放自如,景物描写细腻动人,修辞手法巧妙多样,充分体现了古印度人卓越的创作才华,具有极强的文学价值。可以说,古印度神话不仅是印度人民的财富,也是全人类的财富。

由于空间、时间都距离遥远,文化传统和民族心理也有差异,所以有些读者可能会在印度神话面前感到无从下手,不知该从哪里读起。为此,作者收集了在印度家喻户晓、流传广泛,并在印度典籍中比较重要的一些神话故事,其中既有开天辟地创造世界的传说,又有妖魔鬼怪的身世来历;既有大自然的风云变幻、日月星辰的运转,也有一花一草、飞禽走兽的传说。包罗万象、五彩缤纷,不愧为阅读印度神话和了解印度文化的一把钥匙。

翻开这本书,读者将会领略到独一无二的异域风情,进入一个迷离、绚丽,而又令人流连忘返的天竺奇境。

目　录

第一章　大梵天和他的神子们 ……………………………… 1
混沌初开——创造之神大梵天 ……………………………… 2
正义凛然的无敌天帝——雷神因陀罗 ……………………… 4
天神中的怪胎——太阳神苏利耶 …………………………… 7
主宰祭祀的首领——火神阿耆尼 …………………………… 10
君子不夺人之美——水神伐楼那 …………………………… 12
月亮的主宰者——苏摩与苏摩酒 …………………………… 15
惩恶扬善的保护之神——毗湿奴 …………………………… 17
威力无比的湿婆——毁灭之神鲁德罗 ……………………… 19
周而复始的生命循环——死神的诞生 ……………………… 21
拥有神通威力的鬼蜮——阿修罗乌沙纳斯 ………………… 23
夜叉的领导者——财神俱毗罗 ……………………………… 26
大梵天的一半身体——女神莎维德丽 ……………………… 29
金翅神鸟救母——以龙蛇为食的迦楼罗 …………………… 31
须弥山旁的繁衍者——猴王里刹拉贾 ……………………… 34
天国的主宰——四方世界的那些守护神 …………………… 36

第二章　奇幻莫测的三界诸神 ……………………………… 39
铲除邪恶的霞光之神——双马童阿湿毗尼 ………………… 40
被贬到人间的主宰者——苍穹之神佳乌斯 ………………… 43
世间一切的呼吸——任意游行的风神 ……………………… 45
贪图权势的征服者——十首魔王罗波那 …………………… 48
无上正等正觉——佛教创始人释迦牟尼 …………………… 50

惩恶扬善的伟大武士——持斧罗摩 ... 53
初涉尘世的苦行者——鹿角仙人 ... 55
神猴横空出世——风神之子哈奴曼 ... 58
胡作非为的继任者——堕落的友邻王 ... 60
雄伟的巨蛇族与天国的音乐家——那羯和乾闼婆 ... 62
在瓦罐里长大——仙人阿竭多 ... 64
为爱付出一半生命——隐士鲁鲁 ... 66
千金不换的乳牛——水神之子极裕仙人 ... 68
失去爱妻的另类修行——湿婆与"大神"林迦 ... 71
布头变成的天神——人身象首的迦尼萨 ... 73
正义勇猛的君主——甘蔗王的后代普兰贾耶 ... 75
鱼肚中生出美少女——贞洁的芳香女 ... 77
割开耳朵的人——善良神子迦尔纳 ... 79
绝不比丈夫享受更多——生百子的甘陀莉 ... 81
给人类传递神的旨意——天神信使那罗陀 ... 84
只爱虔诚的苦行者——太阳神之女炎娃 ... 86
狂妄自大受惩罚——转世人间的五兄弟 ... 89
苦行者的一对儿女——弓箭术大师慈悯 ... 91

第三章　维护正义的不朽战歌 ... 93
圆满时代的诸神之战——天帝的金刚杵 ... 94
人类罪行的惩罚——灭世洪水泛滥 ... 96
真假阿修罗——乌沙纳斯斗天帝 ... 98
威武罗刹攻占北方——恩将仇报的十首王 ... 100
魔王与死神的搏斗——十首王大闹地府 ... 102
海空之战——十首王征服西方世界 ... 105
虎父无犬子——弥迦那陀刺杀天帝 ... 107
轻敌的后果——猴王降服十首王 ... 109
争夺甘露——乳海之战 ... 112
致命一箭——湿婆击毁三连城 ... 114
祸水红颜的离间——阿修罗王兄弟相残 ... 116

国王的预言——梵天佑护下的邪恶厮杀	118
出生七天建功勋——战神斯坎达	120
为正义而战——喝干海水的仙人	123
神牛被盗——波尼妖魔诱骗神犬	125
众神合力除恶——水牛马希沙之死	127
夺回先父王朝——阿周那的天国之旅	129
虔诚的祭主之子——天神大战阿修罗	132
为人类和平而战——普里图降服大地女神	134
怒火幻化的天神——贾蓝达拉征服三界	136
背叛的代价——天帝斩杀毗婆鲁帕	138

第四章　真善美开出道德之花　　141

谨遵神旨——信守承诺的国王杜尚陀	142
欲望永无休止——多子多孙的仙人	144
蔑视恩师的罪人——化为星座的特里尚库	146
骄横的圣典取得法——固执己见的苦行者	148
都是爱情惹的祸——毗湿奴的魔力	150
寻找世界的尽头——摩砍德耶的愿望	153
家有一老如有一宝——弃老国的故事	155
割肉喂鹰——仁慈忠厚的乌希纳拉	157
水神赐子——信守诺言的罗西塔	160
真爱感天动地——巧匠奇缘	163
苦行者的虔诚之心——恒河下凡	166
梵天之子夺人之爱——苾力瞿抢妻	169
深知女人心——因祸得福的班加斯瓦纳	171
勾引仙人之妻——天帝因陀罗偏离正道	174
用爱子献祭——知恩图报的索玛卡	176
将承诺当成儿戏——达吉杨奇泄密受罚	178
善行的奖赏——梵天庇护狄沃达斯	180
都是邪淫惹的祸——耶耶提未老先衰	182
天鹅做媒人——那罗与达摩衍蒂喜结姻缘	184

神牛幻象试诚心——仙人的考验……187
俘获美人芳心——以暴制暴的猎人……190
与土星比输赢——傲慢的因陀罗……193
为爱痴狂——终成眷属的普鲁拉瓦斯……195
欲望之魔的口中食——贪婪的马尔克……198
月亮在头,星星在手——惩恶扬善的男孩……201
侮蔑仙人酿悲剧——吃人的国王……204
苦行修炼终得真爱——仙人赤耶婆那……206
为父申冤——王子复仇记……208

第一章
大梵天和他的神子们

混沌初开——
创造之神大梵天

从前,宇宙中既没有太阳,又没有月亮,也没有星辰,只有无边无际、苍茫广阔的海水。在湛蓝澄清的海底,蕴藏着温暖和煦的热火。有一天,一颗金黄色的蛋冒出水面,随意地漂浮游弋,它在热火的烘灼下慢慢变大,颜色也变得越来越璀璨。没过多久,金蛋孵化成熟,突然裂开,从中走出一位肤色粉红、四头四臂的老人。只见他身穿白袍,四张脸分别朝向东南西北四个方位,象征着四部吠陀经;四臂则分持念珠、权杖、弓箭以及盛有恒河水的水罐等物,其中念珠用来记载时间,恒河水用来衍生万物。这位神奇的老人就是世间万物的始祖——大梵天。

混沌初开,大梵天看着烟波浩渺、一望无际的海水,感觉十分枯燥。于是,他将金蛋的蛋壳一分为二,一部分上升,作为苍天;一部分下降,作为大地。大梵天在海水中开辟了无数的大陆,把自己的四张脸所面向的方位定为东、南、西、北,并用手中的念珠作为记载时间的工具。他环视四周,欣赏着自己的创造成果,但是一股孤独感还是不时涌上心头。大梵天想:"我的伟大创造不能孤芳自赏,如果有人能与我共同分享喜、怒、哀、乐,交流情感,那该有多么美好啊!"

大梵天的意念刚起,他的身体上就奇迹般地冒出了九个人。老大叫莫里质,他出自大梵天的心灵;老二叫阿底利,出自大梵天的眼睛;老三叫安吉洛,出自大梵天的嘴巴;老四叫卜罗斯,出自大梵天的左耳;老五叫卜罗诃,出自大梵天的右耳;老六叫克罗涂,出自大梵天的鼻孔;老七叫达刹,出自大梵天的右脚大拇指;老九叫苾力瞿,出自大梵天的皮肤。大梵天的大儿子莫里质生下了一位仙人,名叫伽叶波。他创造了天神、人类、妖魔、禽兽等生物,并将这些生物分配在天、地、人三界中。老二阿底利生下了正义之神达摩。老三安吉洛创造了安吉洛仙人家族,并成为族中的长者。老九苾力瞿生下了一个神子,名叫乌沙纳斯,他一出生就通晓世间万物和秘咒魔法,成为了阿修罗的祭司和导师。

大梵天的第八个孩子是个女儿,出自他的左脚大拇指,名叫毗里妮。她与大梵天右脚大拇指生出的达刹结为夫妻,并生下了五十个女儿。其中的二十七个女儿许配给了月神苏摩,变成天空中的二十七个星座;十三个女儿嫁给了仙人伽叶波;

还有十个女儿与达摩结为连理。其中,嫁给伽叶波的三女儿阿底提生下了十二个儿子,个个都成了英明神勇的天神。其中雷神因陀罗、水神伐楼那、太阳神苏利耶及守护神毗湿奴最负盛名。

五十个女儿们还生下了一些阴险邪恶的逆子,他们都被称为阿修罗。起初,阿修罗本是虔诚与高尚的神仙,但随着自身力量的不断壮大,他们变得傲慢起来。统治宇宙的贪欲充斥着阿修罗的心灵,他们决定与天神势不两立,并一次次地发起挑战,不达目的誓不罢休。

世间万物繁衍生息,数量越来越多,大地眼看就要承受不住了。这时,大梵天创造出一位深黑色眼睛的女神,并称她为死神。大梵天要求死神怀着一颗慈悲之心,定期减少世上的生灵,并发誓永远忠于正义。从此,世界上便有了死亡。

毗湿奴和吉祥天女坐在巨蛇舍沙的身上,而从毗湿奴肚脐生长出来的莲花则诞生了梵天

做完了这一切,大梵天决定将宇宙的统治权交给天神与阿修罗,然后隐退,独自修行。没想到阿修罗与天神的战争愈演愈烈,才智超群、力量雄厚的阿修罗势不可挡,他们将天神一步步击退,眼看就要达到统治宇宙的目的了。大梵天见状,非常气愤,他用怒火创造了湿婆鲁德罗,称他为"毁灭之神"。鲁德罗高举正义的宝剑,狠狠地打击了阿修罗,镇压了邪恶的势力。

从此以后,大梵天终日在冥想与醒来中度过。当他躺卧身躯、紧闭双目,进入冥想状态时,世界就处在平静的生活中。当他睁开双眼、坐起身时,世界就会经过一次洗礼,并重新来过。经过大梵天的冥想与清醒,世间万物生生灭灭,永无止境。

小知识

根据《往世书》的说法,梵天是自我诞生的,并没有母亲。但是还有另一种说法认为,在宇宙肇始之际,毗湿奴肚脐上的莲花产生了梵天。这也说明了梵天的名字又叫做"Nabhija",即"从肚脐生出来的"。

正义凛然的无敌天帝——
雷神因陀罗

来自梵天右脚大拇指的达刹,成婚后生下了五十个女儿,他把其中的十三个孩子嫁给了仙人伽叶波。在这十三位妻子中,伽叶波最疼爱的就是达刹的三女儿阿底提。丈夫把大部分的时间与精力都花在自己的身上,这让阿底提感到十分幸福,她决定为伽叶波生下孩子,建立圆满的家庭。不久,阿底提很顺利地怀孕了,可是就在她分娩的时候,意外发生了。由于胎儿在腹中活动剧烈,四肢用力挣扎踢打,害得阿底提疼痛欲绝,差点送了性命。最后,阿底提凭着坚强的意志强忍住剧痛,生下了一个结实浑圆的男婴。

男婴五官端正,长着一副威严之相,皮肤黄里透红,十分健康。他呱呱坠地后并没有哭闹,而是好奇地望着眼前这个陌生的世界。他发现母亲腰间佩着一把宝石镶嵌的匕首,便伸出稚嫩的小手,将匕首抓住,抱在怀里,冲着母亲呵呵笑起来。阿底提看见孩子的举动,心想:"我的儿子一定能成为天界中最威武的神祇,必定大有作为。"于是,她为孩子起名因陀罗,意思是优胜与征服。

因陀罗在母亲的精心照料下一天天长大,很快就长成了强壮魁梧的男子汉。一天,妖魔艾穆沙变成一头野猪,偷偷溜进天神的粮仓,盗走了准备用于献祭的粮食。这一幕正巧被勇敢的因陀罗撞见,他毫不犹豫地拉开弓箭,向野猪射去。锋利的箭矢离弦而出,穿过了二十一座高山,狠狠地射入了野猪的心脏。艾穆沙哀嚎一声,现出了原形。就这样,因陀罗消灭了狡猾的妖魔艾穆沙,将夺回的粮食送回仓库。看管祭品的天神连连道谢,并由衷地赞叹了因陀罗的神勇无畏。

从此之后,凭着自己的勇气与力量,因陀罗征服了许多黑暗势力,打败了无数危险可憎的敌人。众神都对他的正义与威武赞叹不已,便一致向梵天推举因陀罗为天神之王。梵天了解到因陀罗的事迹后,郑重地封他为雷神与天帝,负责维持天上与人间的正义。因陀罗的亲生兄弟陀士多是天界中的神匠,他亲手为哥哥打造了一辆璀璨华丽的金车,并锻造了一件绝世兵器——金刚杵。每天,因陀罗手持金刚杵,在侍从的陪伴下乘坐金车,游历于天人两界,他一视同仁,勇敢地捍卫着正义。

第一章 大梵天和他的神子们

泰国郑王寺中央塔上的因陀罗像

天界中最大的对立,无外乎天神与阿修罗,他们为了夺取宇宙的控制权,足足征战了数千年之久。天帝因陀罗带领天兵天将,与邪恶的阿修罗斗智斗勇。纳木质是阿修罗中的一名谋士,他尖酸狡猾,不可一世。

一天,他对因陀罗说:"伟大的天帝啊!我愿与你世代交好,结成联盟。不论是在白天还是黑夜,不论是在陆地还是水中,我们都不要动武,要友好相处。"

听了这番话,因陀罗决定停战,并与纳木质签订友好条约。可是没过多久,纳木质就动起了歹毒之心,他在天帝所饮的酒中掺入了修罗酒,致使因陀罗浑身瘫软,丧失了力气。就在纳木质要残害天帝,带领阿修罗造反之时,风神及时赶到,解救了因陀罗的性命。纳木质背叛了约定与原则,令因陀罗十分生气,他决定想一个方法,在不违背友好公约的前提下降服纳木质。

某天的黄昏时分,因陀罗埋伏在海岸边,将路过的纳木质活捉。他举起手中的金刚杵,沾了一下海水泡沫,对纳木质说:"现在不是白天也不是黑夜,这里不是陆地也不是水中,我手中的既非干武器也非湿武器,我要替天行道,杀了你这个不守承诺的魔鬼!"话音刚落,因陀罗就迅速结果了纳木质的性命。

《帝释梵天护法礼佛图》局部

此后,天帝因陀罗还在肉搏战中击败了阿修罗中最强壮的桑波罗,在城战中驱散了阿修罗声势浩大的军队,杀死了巨妖普洛曼。普洛曼的女儿舍脂是个富有正义感的美女,她一心跟随因陀罗,最终成了天帝的妻子。

小知识

因陀罗在汉译佛经中为"天帝"、"帝释天"、"帝释"或"天帝释"。在中国寺庙中多为少年帝王像,而且是男身女相。

天神中的怪胎——
太阳神苏利耶

苏利耶是阿底提与仙人伽叶波的第八个儿子,也是天帝因陀罗的亲兄弟。刚出生时,苏利耶身形怪异,没手没脚,他的身高与体宽相等,活像一团肉球。天神们议论纷纷,都说苏利耶是个异种怪胎。为此,母亲阿底提心痛不已,常常暗自掉眼泪。因陀罗与其他六个兄弟不忍心看到母亲为此伤心,决定一起对苏利耶进行大改造。

他们割下苏利耶身上多余的肉,将他变成一个普通的凡人,并把废肉变成一头大象,当他的坐骑。苏利耶的亲兄弟陀士多想把自己的女儿萨拉尼许配给他,但遭到了女儿的拒绝,她并不想嫁给一个凡人。然而父命难违,经过陀士多的耐心劝说,萨拉尼终于同意了这门婚事,并跟随苏利耶下凡来到人间。

苏利耶来到人界,成为了凡间第一个人,也是人类的始祖。他与妻子萨拉尼来到一片平原中,携手搭建起一座房子,并在此定居。不久以后,萨拉尼为苏利耶生下了一对双胞胎,男孩儿叫阎摩,女孩儿叫阎蜜。从此,苏利耶一家四口过上了平静而又祥和的日子。可是自命不凡的萨拉尼很快就厌倦了这种平凡的人间生活,决定逃回天界。

一天,趁苏利耶外出寻找食物时,萨拉尼偷偷施法,将自己的影子变成一个和自己一模一样的女人,并对这个女人说:"从今以后,你就叫桑吉耶,请你替我担任凡人的妻子吧!"说完,萨拉尼便跑回天界,来到父亲陀士多身边。父亲见女儿抛弃了丈夫,十分生气,勒令女儿速速返回人间,到丈夫苏利耶身边去。但是倔强的萨拉尼不肯妥协,她变成一匹大嘴母马,向着北方奔去。

苏利耶回到家中,并没有发现他的妻子已经换人,便继续过着平凡的日子。假妻子桑吉耶像萨拉尼一样照顾孩子,料理家事。一年后,桑吉耶为苏利耶生下了两个儿子和一个女儿,从那时起,桑吉耶便不再照顾萨拉尼的两个孩子,她一心哺育自己的三个孩子,对阎摩和阎蜜毫不关心,有时还会拳脚相向,迫害兄妹俩。有一次,阎摩终于忍受不了桑吉耶的伤害,他对这位假母亲大喊着:"您不能这样对待自己的孩子!"

桑吉耶咬牙切齿地说:"小畜生,你怎么敢对父亲的妻子如此无礼!我诅咒你到恐怖的地方去!"

阎摩受到了桑吉耶的诅咒,他伤心地跑到父亲面前,将刚才发生的一切告诉了苏利耶,并哭着说:"父亲,我感觉母亲变了,她一点也不疼爱我和阎蜜,还经常毒打我们。"

苏利耶安慰着阎摩,说道:"她是你们的母亲,是可以严厉教育你们的。"

"不!"阎摩说,"难道母亲可以诅咒自己的亲生儿子吗?我受到了母亲的诅咒,请求父亲帮我解开毒咒吧!"

听到这,苏利耶遗憾地说:"我可怜的孩子,天下没有什么力量可以解开来自母亲的诅咒。"

"父亲,如果是这样的话,我不想认这个恶毒的女人做母亲了!"阎摩哭着说。

苏利耶一脸严肃地说:"你是有教养的正直之子,如果你不认母亲,便是违背了道德之规,绝对不可以。请你先冷静一下,我去找你的母亲谈谈,请她收回对你的诅咒。"

太阳神苏利耶

说完,苏利耶便找到桑吉耶,问道:"你为什么对孩子们区别对待,难道这里面有什么隐情吗?"

面对苏利耶的质问,桑吉耶低下头,默不作答。看着妻子唯唯诺诺的样子,苏利耶断定其中必有缘由,他义正词严地说:"一个母亲是不可能诅咒自己的亲生儿子的,快告诉我,你到底是谁?"

桑吉耶被丈夫的震怒吓得哆哆嗦嗦,将事情的真相一五一十地告诉了苏利耶,并等待接受丈夫的惩罚。苏利耶听后,并没有怪罪于她,而是奔向天界,找到自己的岳父。陀士多听到苏利耶家中所发生的一切,认为这是自己女儿闯下的大祸,表示愿意替女儿承担一切惩罚。同时,他将女儿变成母马逃向北方的事情告诉了苏利耶。苏利耶毫无怪罪之意,他迅速变成一匹公马,向着北方飞驰而去。

苏利耶一路风驰电掣,跑到了北方的天边,并如愿以偿地见到了自己的妻子萨拉尼。萨拉尼被丈夫的真情所感动,双方便重归于好,并以马的样子重新结为夫妻。不久,他们生下了一对双胞胎兄弟,分别叫纳萨佳和达斯拉,他们是一对人马,医术高明,成了医神。在佛教中,这兄弟俩演化成了老少皆知的观音菩萨,这就是马头观音的来历。

苏利耶对妻子的理解包容和对真爱的执着感动了众神,天帝因陀罗封苏利耶为太阳神。从此,苏利耶按照自己固定的规律运行,为凡人们送去温暖与健康。他还将火种赐予人类,成为大地上的献祭第一人。

小知识

太阳神苏利耶的儿女们都很有作为。他的大儿子阎摩由于受到桑吉耶的诅咒,死后去往了地府,成为开辟地府之路的第一人;妹妹阎蜜成了阎木拿圣河的河神;桑吉耶的一个儿子沙尼变成了土星之主,另一个儿子摩奴成为人类繁衍之祖;女儿塔帕蒂成为了月亮王族的皇后。

主宰祭祀的首领——
火神阿耆尼

在创世之初,大梵天的肚脐中冒出了八位天神,他们包括老大阿恒,意思是白天;老二叫德鲁坡,成为了北极星的主宰;老三是月亮之神苏摩;老四是大地支柱达罗;老五是风神阿尼拉;老六是火神阿耆尼;老七名叫普拉久沙,意思为拂晓;老八名叫佳乌丝,意思是青天。他们个个善良贤德,被梵天称为婆苏,意思是乐善好施的人。

在这八位善良的天神中,火神阿耆尼是当之无愧的强者,他率领其他七位天神,忠心辅佐着天帝因陀罗,维护着正义的事业。

阿耆尼刚刚来到世上时,恰巧赶上众神举行盛大的祭典。大家见阿耆尼面如乳酪,皮肤橙红,全身闪耀着太阳一般的光芒,便纷纷推举他为这次祭典的祭司。听到众神的请求,阿耆尼心中感到十分恐惧,他对大家说:"如果我作为祭司将祭品献上,等到祭祀之火熄灭以后,我的生命也将结束了,我才不要这么做。"

说完,阿耆尼匆匆忙忙地逃向远方,一头扎进了海里,再也不出来。由于火神的消失,妖魔纷纷活跃起来,他们在人间为非作歹,嚣张跋扈。到了夜晚,因镇妖驱魔的黑暗之火被熄灭,妖魔们更加猖狂霸道起来。其余的天神们谁都无法替代火神降妖伏魔的力量,大家看着祸害人间的妖魔,感到十分无奈。夜神向天帝因陀罗请示道:"万能的天帝,我所掌管的黑夜如今混乱不堪,请求您帮我找回火神阿耆尼。"

天帝因陀罗答道:"我派水神助你一臂之力,尽快找到阿耆尼。"

于是,夜神与水神结伴来到海边,准备下海打探一下。这时,一群小鱼游了过来,对他们说:"伟大的天神啊!自从火神来到我们的领域,我们便不得安宁。他每天都散发着热气和能量,海水变得又热又烫,我们都快要窒息了。"

在鱼类的指引下,水神与夜神很快就找到了阿耆尼。阿耆尼得知是鱼类告的密,十分愤怒,狠狠地诅咒了大海中所有的鱼类。从此,鱼类就成了人类餐桌上的美味食物。

两位天神对阿耆尼劝解道:"万能的火神啊!你是天界无法替代、独一无二的,

第一章　大梵天和他的神子们

没有了你，人间便失去了祥和与安宁。"

"人间发生什么事了？"阿耆尼问道。

"自从你出走后不久，黑暗之火便慢慢熄灭了，妖魔鬼怪在人间肆意作乱，无所畏惧，人类被折磨得苦不堪言。为了维护正义，请你担任祭司的职务，完成神圣的祭典，燃起威严的黑暗之火，铲除邪恶吧！"夜神把人间的苦楚一一向火神吐露。

听到这些，阿耆尼为妖魔的放肆感到愤怒，但他想到献祭的危险，又冷静了下来。他对水神与夜神说："献祭者就像是被猎人盯上的羔羊，只要祭祀之火一熄灭，就只能等死。我就是因为不想死去，才逃到这里来。如果能让我获得永生，我就愿意跟你们回去。"

两位天神带着阿耆尼的要求返回天界，向大梵天请示。由于火神对天人两界起着重要的作用，梵天便同意了阿耆尼的要求，赐予他长生不老的身体与灵魂。水神与夜神带着无上的恩典来到海底，对阿耆尼说："伟大的火神啊！您已经获得梵天的恩典，拥有了永生之躯。"

《火神阿耆尼》，18世纪水彩画，原作者不详

就这样，阿耆尼在水神与夜神的陪伴下，重新返回了天界。祭典中，他庄重而又严肃地将祭品献上，在祭祀之火缓缓熄灭后，阿耆尼不仅没有受到任何损伤，还意外地获得了一份祭品。他知道这是梵天的恩赐，感到十分荣幸。

祭典结束后，火神阿耆尼把在人间作乱的妖魔们赶尽杀绝，并重新燃起黑暗之火，震慑住一切邪恶的力量。从此，正义之火熊熊燃烧，永不熄灭。

小知识

"阿耆尼"在梵文中的意思为"火焰"，象征着纯净与高尚。与其他诸神相比，火神阿耆尼与人类的关系最为密切，他能破除黑暗、降妖伏魔、守护正义一方。经常供奉火神的人们，会在危急时刻获得意外的救援与帮助。

君子不夺人之美——
水神伐楼那

与天帝因陀罗一样,水神伐楼那也是仙人伽叶波与阿底提的儿子。他掌管世间所有的江河湖海,成为人类生存的重要依赖。伐楼那有四只手臂,一手持泄水瓶,一手持收水瓶,这两只手负责收放人界的水源。另外两只手各自持有一汪清水与一摊浑水,教人辨别是非,分清善恶。伐楼那将人间之水管理得井井有条,从不制造灾难,依水而生的人们定期膜拜供养他,认为水神是天界中最温和、最完美的天神。但是人无完人,伐楼那也曾经犯过错。

大仙乌塔提的妻子婆德罗是月神苏摩的女儿,也是三界中最美丽的女人。在她很小的时候,水神伐楼那就已深深地爱上了她。当伐楼那得知婆德罗的婚讯后,十分懊恼,一边抱怨月神,一边动起了歪脑筋,千方百计想横刀夺爱,将美丽的婆德罗据为己有。

骑乘海兽摩羯的水神伐楼那

一天,趁仙人乌塔提离家外出,伐楼那幻化出一条平静悠长的阎木拿河,从乌塔提家门口蜿蜒而过。美丽的婆德罗发现了这条清澈见底的小河,便十分欣喜地走进河里,挽起飘逸的秀发,脱去轻柔的纱衣,在温暖的河水中洗起澡来。

看着婆德罗优美性感的身姿在水中摇曳,伐楼那终于忍不住自己的贪念与色心,立即卷起波澜,将美人带到了自己的海底宫殿中。婆德罗赤裸着身体,被眼前发生的一切吓坏了,她哭着对伐楼那说:"伟大的水神,我与你无冤无仇,你为什么要这样羞辱我?"

伐楼那急切地答道:"亲爱的婆德罗,我已经爱慕你很久了,你是三界中独一无二的美人,我是受到人界敬仰的天神,我们俩如此般配。"

"不!"婆德罗说,"很遗憾,父亲已将我许配给仙人乌塔提了,我要遵守父命,专一地爱我的丈夫,求你放过我吧!"

听到这,伐楼那感到有些气不过,就愤愤地说:"如果你的心里只有那个平凡的仙人,那么我就将你关在这里,直到你死心。"

说完,伐楼那施法将宫殿封锁起来,他不顾婆德罗的哭喊,转身扬长而去。

仙人乌塔提回到家中,发现妻子不见了,而门口却多了一条河,河边堆放着妻子的衣服。他用神通之力看到了水神对妻子所做的一切,于是急忙找到天界的友谊使者拿罗陀,求他找水神伐楼那说情。拿罗陀接受了这个使命,立刻赶往萨罗斯法底河,找到了水神,恭敬地对他说:"伟大的水神啊!您是人类的守护神,也是世界上绝无仅有的善良之神,怎么能做出劫持他人妻子的勾当呢?"

伐楼那强词夺理道:"你少在这里胡言乱语,我对婆德罗的感情是真爱。虽然她曾经属于乌塔提,但从此之后,她会和我一起,过上比之前幸福一万倍的生活。"

"善良的天神啊!君子不夺人所爱,难道您忘了始祖梵天的教诲了吗?"

"你快走吧!我是不会将爱人交给你的!"伐楼那感到有些气愤,他将友谊使者赶出了萨罗斯法底河。

拿罗陀返回仙人家中,对乌塔提遗憾地说:"很抱歉,伐楼那态度坚决,他并不想交出你的妻子,还把我赶了出来。"

听到这里,乌塔提十分生气,他用自己的全部法力,改变了水神所在的萨罗斯法底河道,让它不再流向大海,而是通往浩瀚的沙漠。乌塔提对水神的愤怒之火激发了他潜在的能力,所有的江河都改变了流向,大海没有了水源的补充,日渐干涸。没过多久,伐楼那便失去了容身之地,他的生命力逐渐减弱,眼看就要坚持不住了。这时,友谊使者拿罗陀再次来到伐楼那身边,对他说:"善良的天神,快把属于乌塔提的妻子还给他本人吧!"

虚弱的伐楼那解开了海底宫殿的魔法,将美丽的婆德罗还给了仙人。乌塔提见妻子完好无损地归来,便收回了自己的法力,将河道水域一一恢复原貌。但是,为了给水神一个教训,仙人没有收回对萨罗斯法底河的魔咒。直到今日,萨罗斯法底河依然流不到大海,而是消失在苍茫的沙漠中。

从此之后,伐楼那谨记梵天的教诲,不再贪恋任何人和事物。他专心治理水界,成为一位善良正派的天神。

小知识

在印度佛教中,水神伐楼那后来追随释迦牟尼佛,皈依了佛门。他十分善于说法,懂得因材施教,对不同的人用不同的口吻和方式来教导。经由他的解说,很多人类皈依了佛门,受益终生。

月亮的主宰者——
苏摩与苏摩酒

苏摩来自大梵天的肚脐,他受到梵天的重用,成为星辰、植物、祭司、礼仪与誓约的掌管者。在成功完成一次登基典礼后,他得到了诸天神的赞美。苏摩为自己的荣誉与美貌骄傲起来,渐渐忘记了梵天的教诲,变得越来越放肆无礼。

一天,祭主迎娶了一位美貌绝世的姑娘托罗,并和她幸福地生活在一起。这一切遭到了苏摩深深的嫉妒,他不顾一切地抢走了托罗。祭主软硬兼施,不管用什么方法,都无法夺回自己的妻子。万般无奈之下,祭主向天帝因陀罗与梵天求救,但是他们也拿苏摩没辙,搞得祭主十分懊恼。阿修罗的导师乌沙纳斯得知此事,非常幸灾乐祸,他早已恨透了祭主与正义的天神,于是趁机站在了苏摩那边,煽风点火,盼着天下大乱。

天帝见阿修罗参与了这件事,便率领天兵天将,向苏摩的家攻了过去。乌沙纳斯也毫不示弱,他召集了强大的阿修罗,向天神的领域发起反击。双方爆发了残酷而疯狂的战争,大地女神不停地颤抖,连人类也受到了牵连和迫害。大地女神快要坚持不住了,便向梵天求助。梵天出面制止了战争,并将托罗解救出来,交还给祭主,争斗才渐渐得以平息。

回到家不久,祭主的妻子托罗就生下了一个男婴。苏摩得知此事后,迅速赶到祭主家中,看着绝顶漂亮的孩子,他激动地说:"这一定是我的儿子。"

听了苏摩的话,祭主大发雷霆道:"你给我滚!她是我的妻子,生下的孩子一定是我的!"

于是,双方为谁是孩子父亲的问题,大吵大闹起来。许多天神闻声赶来,大家议论纷纷,一位天神大喊了一声:"喂!你们别打了,孩子的父亲是谁只有他的母亲知道,不如问问托罗。"

话音刚落,苏摩与祭主立刻停止了争吵,大家把目光投到托罗身上,等待着最终的答案。托罗望着祭主,羞怯地说:"对不起,这个孩子的父亲是苏摩。"

听了托罗的话,苏摩高兴得合不拢嘴,他兴高采烈地抱走了儿子,并给他取名为布达,意思是明智的人。梵天得知苏摩有了子嗣,感到很欣慰。他封布达为水星的主宰，掌管着聪明智慧。而托罗犯下了违背丈夫的错误，决定留在祭主身边，为自己赎罪。

此后不久，苏摩就娶了梵天之子达刹的二十七个女儿为妻，这二十七个美女都是天上的星座，个个华丽闪耀，美艳无比。在她们之中，苏摩特别偏爱年龄最小的妻子罗西尼，他花了大半的时间陪伴在罗西尼身边，把其他二十六位妻子抛在脑后。遭到冷落的妻子们跑回父亲身边抱怨道："父亲啊！我们的丈夫苏摩对小妹十分偏心，请您让我们每个人都分享到爱情。"

达刹听后十分生气，立刻召见了苏摩，并对他说："偏心是可耻的，你应该对待妻子们一视同仁。"

苏摩接受了岳父的教诲，返回到家中。他硬着头皮到二十六位妻子身边走了个过场，然后就匆匆赶回罗西尼身边，享受爱情的快乐。二十六位妻子再次遭到遗弃，她们又跑到达刹身边告状。于是，达刹再次警告了苏摩，苏摩将妻子们接回家中。没过多久，他再次对二十六位妻子置之不理。妻子们跑回娘家，发誓再也不回去了。达刹十分愤怒，狠狠地诅咒了苏摩。

从这以后，月神苏摩终日病魔缠身，他身体虚弱，越来越消瘦，月光也变得黯淡苍白。大地上的植物开始枯萎，动物与人类也都产生了各种不适。天神们十分担忧，他们向苏摩了解情况，得知他是中了达刹的诅咒。于是，天神们不辞辛劳，耐心地为翁婿两人进行调解，最后双方终于和好如初。

苏摩在圣河洗掉了自己的罪孽，重新获得了丰满清亮的月光。他用自己身上的圣河之水发酵制成了天神的甘露——苏摩酒，用来祭神与供养。每个月，天神与地府的灵魂都来吸取月亮上的苏摩圣酒，此时，圆满的月亮就会变得慢慢消瘦下来，形成弦月，等到酒被吸干，苏摩就会用圣水继续补满。从此，月亮就有了阴晴圆缺。

小知识

在《梨俱吠陀》中，称苏摩酒为天神之甘露，可赋予饮用者超自然之力或永生之力。在史诗中，苏摩掌管祭祀、苦行、星座、药草，是这四项的保护神。

惩恶扬善的保护之神——
毗湿奴

毗湿奴是仙人伽叶波和阿底提的儿子,是天帝因陀罗、太阳神苏利耶的亲兄弟。他天性善良温和,富有正义感,经常解救虔诚的信徒于危难之中。毗湿奴大神长着四只修长的臂膀,每只手中分别握着法螺贝、圆轮、棍棒以及神弓。金翅神鸟迦楼罗对他十分崇拜,荣幸地成为了毗湿奴的坐骑。大神非常善于变幻,经常化身成各种生灵形象,在天界与世间惩恶扬善,扶持正义。

远古时期,大地上的各种生灵开始无限繁衍,当时并没有死亡一说,因此在崇山峻岭中,栖息的生物越来越多,导致大地不堪重负,向海底缓缓下沉,眼看就要接近阿修罗的领地。为了拯救大地,毗湿奴大神变成一头强壮的野猪钻到大地之下,用两个坚韧的獠牙挑起大地,放在海洋的中间,使它恢复平衡。这一幕被阿修罗希蓝耶克拉看到,为了抢夺大地的统治权,他与毗湿奴大神展开了激烈的搏斗。然而他根本不是毗湿奴大神的对手,很快就败下阵来。

阿修罗王希蓝耶卡见哥哥希蓝耶克拉没有得到大地的统治权,心里十分不满,他在毗湿奴走后,趁机占领了大地,并在大地上胡作非为,他残酷地扼杀生灵,焚烧山林,抛弃了高尚的品德与伦理。阿修罗王的儿子普拉赫拉对父亲的所作所为十分不满,耐心地劝父亲向毗湿奴大神学习。这一举动不但没能制止希蓝耶卡的恶行,反而将他激怒,他决定处死这个吃里爬外的儿子。虔诚的普拉赫拉在行刑前拼命地向毗湿奴祈祷,大神果然前来搭救。当刽子手的刀砍向普拉赫拉的脖子时,刀突然变成了柔软的丝绸,搭在了普拉赫拉的脖子上。希蓝耶卡见儿子没死,就命人将他扔在发狂的大象面前,试图让大象踩死他,可是大象竟然当场倒地,断气死亡。希蓝耶卡气急败坏,他又把儿子从高高的城堡上推落,想摔死他,谁想到普拉赫拉就像倒在软绵绵的床上一样平安落地。希蓝耶卡怒气冲冲地把普拉赫拉的手脚捆住,扔进波涛汹涌的大海,普拉赫拉一心向毗湿奴大神祷告,捆绑手脚的绳索突然消失,咆哮的浪花也恢复了平静,普拉赫拉轻而易举地游回了岸边。无论怎样,阿修罗王都无法将普拉赫拉处死,万般无奈之下,只好把他关进大牢。

万恶的阿修罗王希蓝耶卡并不引以为戒,他继续骄横跋扈地虐待着万物生灵。

因为他曾经修行刻苦,梵天赐予他金刚不坏之身,谁也无法伤害他。然而毗湿奴大神发誓要破除对恶人的恩赐。于是,大神变成一个狮身人面的威严形象出现在希蓝耶卡面前,对他说:"阿修罗王,你曾经虔诚于宗教,也经历了十分严酷的苦行,为什么不继续修行,仁慈地对待世人,偏偏要选择做个暴君呢?"

希蓝耶卡见毗湿奴前来说教,便轻蔑地说:"大神啊!你知道吗?我通过苦行获得了梵天的恩赐,任何人都无法伤害我,你还是好自为之,打消了这个念头吧!"

毗湿奴大神微微一笑,对阿修罗王说:"梵天的恩赐只对虔诚而善良的人起作用,现在的你狂妄自大,为所欲为,还放弃了修行与祭祀,你已经与当初大相径庭,梵天的恩赐将失去作用。"

"哈哈!简直是笑话!"希蓝耶卡轻狂地说,"大神啊!难道你想跟我比试比试吗?难道你想自取其辱吗?"

毗湿奴是印度三大神之一。又译遍入天、毗修奴。在吠陀时代,毗湿奴可能是太阳神的一个称号;在史诗和往世书时代,他被认为是印度三大神中的保护之神

毗湿奴大神被希蓝耶卡的丑态恶语彻底激怒了,他没有做出任何回答,而是腾空而起,向阿修罗王猛扑过去。希蓝耶卡迅速做出反应,掏出武器与盾牌,抵御着大神的攻击。变成狮身人面形像的大神伸出利爪,朝阿修罗王的脸上狠抓了一把。希蓝耶卡摸了摸自己的伤口,发现渗出了血迹,他愤怒地挥舞着三齿叉,刺向毗湿奴。大神顺势躲过了攻击,扑在希蓝耶卡的身上,一口咬断了他的脖子。鲜血瞬间喷涌而出,溅了大神一脸,希蓝耶卡倒在血泊中。临死之前,他还不相信自己失去了梵天的恩赐,固执地认为自己会复活。然而,命运不会偏心于恶人,阿修罗王希蓝耶卡就这样一命呜呼了。

毗湿奴将大牢中的普拉赫拉救出,他顺理成章地继承了父亲的王位,掌管着阿修罗。普拉赫拉虔诚地信奉宗教,通过苦行获得了巨大的威力。后来,天帝因陀罗变成婆罗门的模样,向普拉赫拉请求献出自己的德行。仁慈的普拉赫拉无法拒绝,只好把自己的神威之力用影子的形式献给了因陀罗,最终被天帝打败。

威力无比的湿婆——
毁灭之神鲁德罗

鲁德罗出世时,就像一团熊熊燃烧的怒火,从梵天的额头喷涌而出。他的身上汇集了所有天神的破坏之力,因此成为最威严、最可怕的天神。鲁德罗的面貌阴森恐怖,让人一看就有不寒而栗的感觉。他的性格孤僻,独自居住在喜马拉雅山北方最荒凉的地方。鲁德罗还掌管着世间野兽,因此也被人们称为兽主。他经常身披兽皮、手拿黑色的弓箭,以稀奇古怪的猎人面貌示人,游荡在深山野林之间。

鲁德罗的弓箭威力无比,可怕异常,能传播疾病,制造死亡。在这位兽主面前,所有的生灵都会卑躬屈膝,绝对服从。鲁德罗会使作奸犯科的恶人与凶残的野兽生病中邪,对于仁慈善良的人和动物,他都会格外地恩赐,用神力和慈悲的心守护他们。因此,人们给他起了另一个名字,叫湿婆,意思就是仁慈。

为了与威武的湿婆搞好关系,达刹将自己的女儿萨蒂嫁给了大神,但这并不是维系友谊的好办法。一天,骄傲自满的达刹前去参加天神们的聚会,当他走进宫殿时,所有的天神都起身相迎,只有梵天和湿婆卧坐未动。达刹当即产生了嗔恨之心,他在聚会之后举办了一次盛大的祭典,邀请了所有天神,唯独没有通知湿婆。

达刹的女儿萨蒂得知父亲对丈夫的记恨,感到十分羞辱,她绝望地跳进燃烧的火堆,结束了自己年轻的生命。这件事令湿婆怒火中烧,他带着弓箭冲向达刹的祭典。天神们被湿婆凶狠的面容吓得胆颤心惊,大地女神也跟着颤抖起来,顿时地动山摇。湿婆抽出一支箭射向祭品,祭品立刻变成一只羚羊奔向了天空,成为了猎户星座的一部分。

天神们见湿婆搭起了可怕的弓箭,纷纷跪

湿婆与他的第一任妻子萨蒂

地求饶。湿婆的怒火无法平息,尽情地发泄起来。他将弓箭射向牲畜保护神普善,射落了他的一颗门牙;又瞄准了幸福之神拔伽,射瞎了他的一只眼睛。众神见跪拜无效,赶忙抱头鼠窜,生怕中了湿婆的箭。盛怒的湿婆发射着恐怖的箭矢,由于力气过于巨大,他将弓弦拉断了。于是,他挥舞起锋利的大刀砍向达刹,达刹的头颅落地之后就不见了,只好慌慌张张地安上了一个羊头。这时,天神的导师上前劝说,终于将大神的怒火平息。湿婆将愤怒之火投入海中,慢慢蒸发一空。从此,牲畜保护神普善只能吃稀饭,而幸福之神拔伽成了独眼龙。

坐落在印度班加罗尔的湿婆像体现了毁灭之神冥想的神韵

湿婆向梵天质问道:"既然你把我创造出来,为什么所有的天神都有祭品,唯独我没有?"

于是梵天吩咐道:"任何天神都要向湿婆大神献祭,歌颂他,尊敬他。"

从此,湿婆大神拥有了神圣的地位,回到住所潜心修行。之后,湿婆大神娶了喜马拉雅山的女儿乌玛,并和她生下了一个儿子,他就是出生七天就能打胜仗的战神斯坎达。

湿婆还有一个儿子是天界中的暴风雨神,名叫摩鲁多。他曾经变成一只公牛,向变成花色母牛的大地女神求婚,并获得了女神的同意。他们生下了二十一个强大勇敢的儿子,并给他们取名都叫摩鲁多,送给了天帝因陀罗。因陀罗对待他们如同自己的亲生儿子一般,等他们长大后,因陀罗便任命他们为亲信,留在自己的身边。

小知识

湿婆是天界最具盛名的苦行之神,他终年在喜马拉雅山上的吉婆娑山修炼苦行,经过最严格的苦行和最彻底的沉思,获得最深奥的知识和神奇力量。

周而复始的生命循环——
死神的诞生

很久以前,世上根本不存在死亡,也没有白天、黑夜之分。人们也不懂得什么是恶行罪孽,平静幸福地生活在大地上,无忧无虑。随着时间的流逝,人类无限地繁衍生育,到了人满为患的地步。大地女神不堪重负,向梵天诉苦求助。梵天召集众神,就如何减少世间生灵的问题展开了讨论,可是天神们谁也想不出合适的办法,这使得梵天极为愤怒。他的怒火从全身的毛孔喷涌而出,变成了一个硕大的火人,大地女神吓得颤抖起来,顿时山崩地裂。大地上的生灵以为世界末日来临了,发出了惊恐的哀号声。湿婆大神心生仁慈,他向梵天劝慰道:"伟大的始祖,请您息怒。您的怒火将引发世界末日,毁灭整个宇宙,如果世间万物全部消失,我们再想创造可就太难了。"

梵天听了湿婆的话,渐渐平息下来,他深吸一口气,将怒火吹灭。这时,怒火中走出了一个女神,她穿着一件红袍,留着一头乌黑的长发,深邃的眼睛仿佛看不到尽头。梵天对她说:"你来自我的愤怒与绝望,就称你为死神,去适当地消灭大地上的生灵。"

听到这话,女神哭泣起来,她向梵天央求道:"伟大的始祖啊!请您行行好吧!大地上的生灵都有自己的亲人,我怎么忍心从他们的手中夺取无辜的生命呢?死神会将人类弄得妻离子散、家破人亡,这简直就是罪孽,我无法承担受害者的眼泪和诅咒。"

梵天温和地对女神说:"死神啊!你所接受的任务是我所授权的,为的是使万物更长久地繁衍。"

最后,女神万分无奈地接受了死神这个职位,她来到人间,只带走了几类人的生命。在这些人之中,有贪财的赌徒,有害命的贪官,还有邪淫的色狼。死神带着这些人的灵魂来向梵天复命,她流着眼泪说:"伟大的始祖,这些人都是受到亲人鄙视的恶人,我只敢带走他们的生命,实在不敢伤害善良的人。"

梵天为了鼓励死神,就把她的眼泪变成死亡和疾病,定期撒向人间,同时还播撒了一些激情与淫荡的种子。

太阳神苏利耶之子阎摩病死了，这令他的妹妹阎蜜悲痛欲绝。天神们十分心疼这个可怜的姑娘，纷纷赶来表示深切的同情与慰问。他们想尽各种办法，让善良的阎蜜忘记痛失亲人的悲伤，可是这一切根本无济于事。天神们只好劝说道："可怜的姑娘啊！你的哥哥是在遵循梵天创造的自然规律，请你擦干眼泪，接受这个事实吧！"

《骑着水牛的阎摩》，画于17世纪的南印度，现收藏于大英博物馆

阎蜜哽咽着说："我的哥哥今天刚刚死去，我怎么可能把他放下。"

天神们听后，对梵天请求说："伟大的始祖啊！世上的人们都在对死去的亲人念念不忘，这样下去的话，人们善良的心会被痛苦所填满。"

梵天听后陷入了沉思，过了很久，他终于有了主意。于是，梵天创造出了白天与黑夜，并吩咐太阳神苏利耶与月神苏摩分别值班守护。白天，太阳神用灿烂的阳光照耀着大地；夜晚，月神用冷峻的月光为大地降温，大地女神经历着白天、黑夜的轮回，继续孕育生命。就在第一个白天过去，夜晚来临之时，阎蜜终于忘却了阎摩，不再伤心难过了。为此，世间还流传着一句话："昼夜循环，痛苦遗忘。"

太阳神之子阎摩在人间生活，他成为了第一个死去的天神。阎摩来到地府后，掌管了人类的生死，变成亡灵的审判者，他会根据每个人生前的善行与恶行，区分成享福与受罪两种果报。

小知识

阎摩还有许多其他称呼，如死神、鬼王、祖灵之主、法王、持刑杖者等，他的形象随佛经流传到中国民间，被称为阎罗王或阎王。

拥有神通威力的鬼蜮——
阿修罗乌沙纳斯

曾经,阿修罗与天界的神仙们一样,是极为虔诚与高尚的种族。有一次,他们应天神邀请,齐心协力搅拌乳海,希望从中提炼出长生不老的甘露。乳海在搅拌中出现了许多神奇的宝物,但都被天神们一一抢夺,就连最后提炼出的长生不老药,也被天神用欺骗的手段获得。这使阿修罗非常懊恼,他们与天神大打出手,展开了著名的乳海之战。势力强大的天神们将阿修罗击败,把他们驱散到地下与海底。从此,阿修罗的心中升起了嗔恨之心,发誓要打败天神,重新夺回三界的统治权。从此以后阿修罗与天神的战争愈演愈烈,无休无止。

乌沙纳斯是梵天的儿子苾力瞿之子,他深谙一切魔法神咒,是阿修罗的祭司和导师,在阿修罗中享有至高无上的地位与荣耀。在乌沙纳斯的智慧与魔法的帮助下,阿修罗曾经多次战胜天神,获得了三界统治权。但是,也有不听劝的阿修罗王,将祖辈辛苦夺回的统治权拱手相让。

曾经有一位名叫巴厘的阿修罗王,他身材高大,体魄强壮,经过严格的苦行获得了超过三界的神威之力,进而得到了宇宙的统治权。三界万物通通服从于他,就连天神们也不得不唯命是从,这令巴厘十分得意,不由得在心中产生了傲慢的情绪。

做为祭司与导师,乌沙纳斯经常陪伴在阿修罗王巴厘的身边。自从巴厘获得了三界的统治权后,便一股脑儿地扔下了虔诚的信仰与德行,在阿修罗中呼来唤去,傲慢无比。对此,乌沙纳斯试图给予警告和劝慰,他对巴厘说:"阿修罗王啊!虽然你现在贵为三界统治者,但我奉劝你不要骄傲自负,因为权力随时可能离开无法善用它的人。"

巴厘撇了撇嘴,对乌沙纳斯说:"伟大的导师啊!我是出于对你的敬重,才回应你的话。否则,我根本不会理你。"

面对傲慢的巴厘,乌沙纳斯留下一句话后便转身走了,他说:"即使是恩赐,也会根据人的善恶,选择留下还是离开。"

他的话并没有点醒傲慢的阿修罗王,巴厘依然我行我素,骄横跋扈地管理着三界。由于乌沙纳斯精通魔法,巴厘并不敢正面与之抗衡,只好另辟蹊径。他下令捣毁所有的圣坛,禁止人间对天神进行献祭与供养,并拆毁了无数的寺庙。人们都被阿修罗王的淫威震慑,谁也不敢再去祭拜天神。乌沙纳斯的祭司职位被架空,成了阿修罗王身边无足轻重的人。天神们失去了供养,变得十分衰落,就连太阳与月亮也都失去了光彩。巴厘的恶行引起了毗湿奴大神的愤怒,他打算亲自出马,用智慧与阿修罗王较量一番。

毗湿奴大神变成一个侏儒,来到了巴厘的国家。他恭敬地对巴厘说:"伟大的阿修罗王啊!您贵为宇宙之主,所以我特来向您请求恩赐,请您满足我一个愿望吧!"

巴厘见有人向他请求恩赐,心中充满了喜悦与满足感。而站在一旁的乌沙纳斯则用神通之力看到了侏儒的原形,他立刻趴到巴厘的耳边,低声说:"阿修罗王啊!这个侏儒的来意不善,请你赶快拒绝他的请求吧!"

傲慢的巴厘本来就对乌沙纳斯抱有偏见与厌恶,便生气地说:"谢谢你的好意,不过我的肩上也有一个脑袋,它可不是空的。"

阿修罗

听了巴厘的话,乌沙纳斯感到十分羞辱,他默默地站回了原位。巴厘对侏儒说:"可怜的人啊!我是宇宙之主,愿意满足你一个愿望。"

毗湿奴变成的侏儒装出一副委屈的样子说:"我是天生矮小的侏儒,不仅没有受到命运之神的关照,还要来到世间受他人的歧视。如今我流离失所,希望伟大的宇宙之主能够赐予我一块容身之地,哪怕只有三步也好。"

乌沙纳斯立刻读懂了毗湿奴的心意,他为了阿修罗的利益安危,放弃了自己的颜面,再次到巴厘耳边说:"阿修罗王啊!请你保持清醒。天神变化多端,他们曾经欺骗过我们,如今眼前这个侏儒,就是天神所变,他想夺回宇宙统治权。"

"够了!"巴厘突然大发雷霆,对乌

沙纳斯怒吼道,"因为你是导师,我一直都给你留着面子,你在背后说别人的坏话,这样好吗?不觉得有失身份吗?快给我滚!"

乌沙纳斯生气地拂袖而去,他回到自己的住所中,用神通之力观察着阿修罗王的情况。巴厘果然答应了侏儒的请求,让他随便走三步,三步之内的土地归侏儒所有。

毗湿奴变成的侏儒突然增高,他的第一步跨越了天空,第二步迈过了海洋,在他刚要跨出第三步时,梵天出面请求大神宽恕阿修罗的傲慢,毗湿奴只好同意。

巴厘不听乌沙纳斯的劝告,被天神骗走了统治三界的权力,阿修罗只好再次回到地下世界中。

小知识

修罗 Sura 和阿修罗 Asura 来自于梵文,修罗就是"端正",国人称其为天神,梵文"阿"是否定词,阿修罗翻译过来叫"无端正"。无端正自然长相丑陋,且凶狠而好斗,而修罗的长相倒可称为气宇轩昂。其实二者是亲戚关系,血缘也比较近。

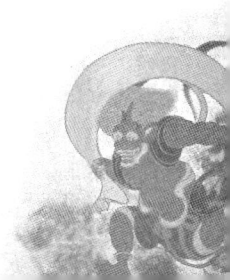

夜叉的领导者——
财神俱毗罗

俱毗罗是梵天的重孙,伟大的苦行者维什拉瓦斯之子。他虔诚信教,坚定不移地进行着严格的苦行修炼,最终得到了梵天的恩赐。梵天封赏俱毗罗为财神,命令负责保护财产的夜叉做俱毗罗的助手,还将神奇的云车送给了他,作为俱毗罗在空中行驶的坐骑。

俱毗罗带着梵天的恩赐回到家中,他兴奋地对维什拉瓦斯说:"父亲,如今我获得了梵天的恩赐,但他并没有指引我的住处,我应该在什么地方保护资产、掌管财富呢?"

财神俱毗罗

维什拉瓦斯一边替儿子高兴,一边想了想说:"在世界的南部有一个岛国,叫楞伽。那里四面环海,风景优美。岛上有一座非常高大的山,它的山顶直冲云霄,山腰上铺满了金砖银瓦,富贵至极。"

俱毗罗听后,高兴地说:"正好我有飞行于空中的云车,可以直达楞伽岛国!谢谢父亲指点,我这就出发。"

"等一等!"维什拉瓦斯对俱毗罗说,"我的孩子,请你听我把话说完。很早以前,楞伽是属于吃人妖魔罗刹的地盘,罗刹和夜叉一样,都来自于梵天的脚趾。所不同的是,夜叉服从梵天的旨意,忠实地守护着山上的财宝。而罗刹野蛮残酷,非常任性,他们在楞伽岛上厉兵秣马,甚至还会向天神和阿修罗发起攻击。"

听到这里,俱毗罗有些犹豫,他对维什拉瓦斯说:"既然是这样,那我还是别去了,免得守护财宝不成,还将梵天的恩赐丢给恶魔罗刹。"

维什拉瓦斯接着说:"后来,大神毗湿奴乘着神鸟迦楼罗向罗刹们发起了空中攻击,在激战中取得了胜利。大神将罗刹驱赶到了地下世界,楞伽也就变成了一座空城。"

"好吧!那我就到那里安身吧!"俱毗罗拜别了父亲,飞向楞伽岛,当上了那里的国王。

罗刹首领有一个女儿名叫凯凯西,她的美貌与女神拉克什米不相上下。一天,她离开地府外出游走,刚巧遇见了举行火祭的维什拉瓦斯。他们两人一见钟情,心中互生爱意。凯凯西向维什拉瓦斯央求道:"请您怜爱我吧!"

维什拉瓦斯温和地拒绝道:"美丽的姑娘,你来的有些不是时候,我正在举行火祭,如果与你欢爱,恐怕会生下一个面目狰狞、生性残暴的孽种。"

"不会的!我们的孩子一定乖巧听话,善良正义。请您可怜可怜我,珍惜我们在一起的时间吧!"凯凯西苦苦哀求着。

万般无奈之下,维什拉瓦斯只好答应了凯凯西的请求。不久后,凯凯西果然生下一个恐怖的罗刹之子。他长着十个脑袋和十双手,青面獠牙,十分狰狞,维什拉瓦斯为他取名叫罗波那。罗波那在母亲凯凯西的宠爱下逐渐长大,变得非常骄横。

一天,俱毗罗乘坐云车回家探望父亲,凯凯西指着俱毗罗对罗波那说:"孩子,你快看,他是你同父异母的兄弟,叫俱毗罗,是一个掌管金银财宝的财神。他的名气可大了,统治着楞伽国。相比之下,你的命就没这么好,你应该跟他比试比试。"

不可一世的罗波那为了争这口气,进行着刻苦的修炼。夏天,他躺在熊熊烈火中;冬天,他又泡进冰河里,如此这般坚持了五千年。

在修行的过程中,罗波那因为梵天的无视愤而将自己的头切下来,但每次刚切下时都会从中生出新的头,如此重复十次后梵天终于显灵,在他的肚脐注入不死甘露并赐予他不受凡人以外的神魔所伤的祝福,同时顺手将全部被切下的头都接回他的颈上。获得神力的罗波那来到楞伽,对俱毗罗叫嚣道:"这个国家原本属于罗刹,你凭什么夺他人土地,扬自己威风!我要与你比试比试,谁赢了谁就统治楞伽。"

俱毗罗并不想手足相残,他乘着云车赶回家中,对父亲讲述了发生的一切。维什拉瓦斯说:"孩子,别与这罗刹之子交手,他获得了梵天的恩赐,变得十分威猛。北方的山区有一个开满鲜花的吉罗娑山,湿婆大神就住在那里,你也搬过去居住吧!"

俱毗罗听了父亲的话,带着妻儿老小、谋士助手们离开楞伽,搬到了吉罗娑山。在他的管理下,吃人的夜叉都对他言听计从,成为了忠实的护法神。而罗波那则占领了楞伽岛,释放了地下的罗刹,成为他们的国王。楞伽岛在罗波那的统治下富裕无比,百姓丰衣足食。

佛教护法神——多闻天王

小知识

古印度神话中的四天王是守护四方的四位守护天神。他们依其持物分别为持刀的东方持国天、佩剑的南方增长天、执笔的西方广目天、携宝塔的北方多闻天,其中又以北方多闻天最为知名,且其造像与持物皆忠实根据佛教经典的纪录而成像。主要原因在于原印度教与婆罗门教中,又名俱毗罗的多闻王是富贵福德的财神,守护世界上所有的财富,是属福神之一,故受到特别的尊崇,甚至有独立的毗沙门天王庙。

大梵天的一半身体——
女神莎维德丽

创世之时,孤独的梵天感到寂寞难耐,他把自己一分为二,用一半的身躯创造出了一个女性,为她取名为莎维德丽。这个女人貌美如花,身材婀娜无比,让梵天萌生出无限的爱意。他把莎维德丽当作自己的妻子,给予她许多的疼爱与怜惜。莎维德丽与梵天一起,住在高于天神的一层天界中。她每天都接受着天神们的顶礼膜拜,成为天界中至高无上的女神。

与所有的夫妻一样,梵天与莎维德丽之间也曾出现过争吵不和。在一次吵架后,梵天举行了一场隆重的祭典,所有的天神和女神都应邀赶到,并按照自己的威望和成就排序,一一就位。祭典即将开始之时,众神惊奇地发现,伟大的女神莎维德丽还没有到场。应众神要求,愁容满面的梵天派一名祭司去请女神。但是莎维德丽的火气还没有消,她对祭司说:"我的衣服没有穿好,妆容也没有修饰,做为梵天的妻子,我必须进行精致而华丽的打扮。"

梵天见祭司被女神打发回来,顿时怒火中烧,他对身边的因陀罗说:"天帝啊!快去给我找一个妻子来!把你遇到的第一个姑娘带回来献给我。"

因陀罗领命后匆匆出发了,他所遇见的第一个女人是放牧的姑娘迦叶德丽。于是,迦叶德丽被因陀罗带到了众神集会的会所,恭敬地向梵天行了礼。梵天牵着迦叶德丽的手,对众神宣布:"伟大的天神、仙人和苦行者们,我将举行盛大的仪式,娶这位姑娘为妻,她将成为三界中纯洁的象征。"

天神们欢呼雀跃,一致赞扬梵天的决定。祭司们连忙用鲜花和珠宝,将迦叶德丽打扮成最美的新娘。当迦叶德丽重新出现在众神前时,大家都为她的美丽摒住呼吸。就在仪式即将开始之时,莎维德丽女神浓妆艳抹、珠光宝气地走进了会所。她看见新娘打扮的迦叶德丽依偎在梵天的怀里,便不顾颜面地怒吼道:"梵天!难道你要抛弃合法妻子吗?整个宇宙都尊敬你,你居然做出这种勾当,不怕遭到三界的嘲笑吗?"

梵天也生气地说:"莎维德丽,众神的盛大集会需要偕妻子出席,可是你并不愿意陪我。我派祭司去请你,却遭到了你的回绝,那时你想过我的颜面吗?所以我才吩咐天帝再帮我找一位妻子,请你安静些!"

愤怒的莎维德丽抱怨道:"梵天,你让我当着众神的面受到如此大的委屈,我也不会饶了你!从现在起,人们不会再像以前那么崇拜你。一年之中,人们只会到庙宇中朝拜你一次。还有你,懦弱的因陀罗,你也不能得到我的宽恕,敌人会从你的手中夺走统治宇宙的权力,然后把你俘虏!"

说完,莎维德丽转身离开了会所。温柔善良的迦叶德丽赶忙为天帝开脱道:"强大的天帝,你被俘的时间会很短很短,此后你依然会返回天界,扬名海内外。"

天帝非常感激迦叶德丽,立刻献上了自己的祝福。婚礼仪式即将开始,这时,梵天说出了自己的心事,他希望自己与妻子莎维德丽重归于好。于是,善良的毗湿奴带着妻子拉克什米前去找女神说合,最终莎维德丽原谅了梵天,并重新回到了他的身边。

莎维德丽女神

这时,迦叶德丽跪拜在莎维德丽的面前,真诚地说:"威严的女神,您是至高无上的,请原谅我吧!"

"美丽的迦叶德丽啊!你是无罪的,妻子应该听命于自己的丈夫,任性只能为双方带来伤害和疾病,生出诸多痛苦,损害本来的幸福。我会与你友好相处,使丈夫梵天开心。希望你能保持虔诚温柔的本性,照我说的做,我会让你成为第二个莎维德丽,至高无上的女神。"

"伟大的女神,我愿意服从您的任何命令,和您一起侍奉梵天。"梵天被妻子莎维德丽的宽宏大量所感动,他赐予了女神聪明的头脑与高雅的艺术天分。迦叶德丽对女神也是充满了敬重之情,像自己说的那样对女神唯命是从,莎维德丽也把她当作亲妹妹一样疼爱。

小知识

莎维德丽是学术的女神,创造出了梵文和字母,以及印度的各种文字。她也是艺术、科学和文学的女神,管辖所有宗教节日,赋予大地及人类孕育的能力,令他们具有力量和智慧。

金翅神鸟救母——
以龙蛇为食的迦楼罗

　　仙人伽叶波让他的妻子们选择自己想要的后裔,她们当中,贪心的蛇仙迦德鲁想要一千个儿子,而鸟仙毗那陀只愿意要两个儿子。不久后,她们便如愿了。迦德鲁生下了一千颗蛋,毗那陀则生下了两颗。经过五百年的孕育,迦德鲁的蛋孵化出一千条大蛇,而毗那陀的两颗蛋却毫无动静。后来,她等得有些不耐烦了,便打破了一颗蛋,发现里面是一个尚未成熟的畸形男婴,毗那陀给他取名叫阿鲁纳。阿鲁纳对母亲终止自己发育的行为很不满,于是诅咒母亲将做五百年的奴婢。没过多久,阿鲁纳的诅咒应验了。迦德鲁与她的一千个儿子串通一气,陷害了可怜的毗那陀,使她成为了迦德鲁的奴婢。

　　又过了五百年,毗那陀的第二颗蛋终于孵化成熟,一只体魄强壮、身躯巨大的雄鹰破壳而出。大鹰的翅膀硕大无比,据说有三百三十六万里长。翅膀上长满了耀眼的金色羽毛,当它展翅翱翔时,太阳撒向大地的光芒都会被它阻挡。毗那陀给孩子取名叫迦楼罗,并告诉它要以蛇为食,以报复为迦德鲁当了五百年奴婢所受的屈辱。迦楼罗听了母亲的话,开始在大地上觅食所有的蛇类,人们都对这只遮天蔽日的大鹰惧怕不已。直到今日,老鹰都是蛇类最恐怖的天敌。

　　一天,迦楼罗飞到海边看望当奴婢的母亲。正好听见迦德鲁刁难毗那陀:"大海中间有一个岛屿,非常适合蛇类居住,你把我和我的一千个儿子驮到那里吧!"

　　迦楼罗知道迦德鲁在强人所难,便上前帮助母亲。它让母亲驮着迦德鲁,自己驮着那一千条大蛇,母子俩共同飞上天空。迦楼罗尽量靠近太阳飞翔,好让炽热的阳光烧烤蛇身。迦德鲁为了保护儿子,虔诚地向天帝因陀罗求救。因陀罗用一片云彩遮住太阳,并降下大雨,保护迦德鲁母子平安着陆。迦楼罗看着可怜的母亲,愤愤不平地问:"我们为什么要给蛇类当牛做马?"

　　毗那陀将自己受到诅咒一事告诉了儿子,迦楼罗立刻去找迦德鲁,让她提出能使母亲自由的条件,迦德鲁想了想说:"天神那里有长生不老药,如果你把它弄来给我,我就放了你母亲。"

　　迦楼罗展翅高飞,去寻找有长生不老药的地方。途中他感到有些饥饿,便降低了飞翔高度,在崇山峻岭之间觅起食来。突然,它看见了自己的父亲伽叶波仙人,便赶忙降落,向父亲讨些吃的。伽叶波仙人对它说:"离这不远有一个湖泊,湖边有一头大象,湖底有一只乌龟,它们曾经是两位仙人,因为一笔财产发生了激烈的争执,对彼此进行了诅咒,于是变成了象和龟。它们并没有认为受到惩罚,反而更加凶狠地战斗,每天都要打个你死我活,你就以它们为食吧!"

迦楼罗听了父亲的话,飞到湖边。他伸出两只宽大而又锋利的鹰爪,分别将大象和乌龟抓住,然后腾空而去。途中,迦楼罗停在一座巍峨的雪山上,把大象与乌龟生吞了。他围着雪山盘旋了几圈后,又继续赶路了。

过了很久,迦楼罗终于来到了天宫门口,此时的天神们正在导师祭主家中聚会。祭主感应到了迦楼罗的到来,他对众神说:"神鸟降临宫门外,似要盗取长生不老的甘露,曾经的预言即将兑现。"

听了祭主的话,因陀罗率先站起身,他披上金盔金甲,拿着神兵利器,守卫在长生不老药前,等待着迦楼罗到来。过了不久,神鸟迦楼罗便呼啸而来,它三两下就打败了所有的天兵天将。因陀罗见状急忙应战,用箭雨激怒了神鸟,迦楼罗突然腾

神鸟迦楼罗

空而起,发出尖锐的鸣叫,从高空猛地俯冲下来。因陀罗被神鸟的翅膀拍倒摔了下去,长生不老药被迦楼罗轻松夺走。因陀罗不甘示弱,他挥舞着金刚杵,向神鸟追去。迦楼罗不仅不逃,反而表情泰然地矗立在原地,它镇静地说:"天帝啊!我的翅膀能将整座大地背起,你是斗不过我的。如果你愿意与我化敌为友,就请跟我走一遭。"

迦楼罗将母亲受到诅咒沦为奴隶的事情告诉了天帝,因陀罗与神鸟一同回到了蛇岛。迦楼罗对迦德鲁说:"长生不老药我已经拿来了,就放在俱舍草边,你们释放我的母亲吧!"

迦德鲁表示同意。迦楼罗就驮着母亲与因陀罗离开了蛇岛,临走前,因陀罗偷偷将长生不老药揣进了怀中。所有的蛇类聚集在一起,纷纷舔舐着俱舍草,结果舌头都开了叉。而俱舍草沾染了蛇的毒液,变成了一种圣草。迦楼罗把母亲毗那陀送回父亲伽叶波身边,然后与因陀罗返回天宫。从此,他成为了毗湿奴大神的坐骑,与天神们一起维护正义。

小知识

根据印度佛教经典的说法,迦楼罗后来成为了护持佛的天龙八部之一,有种种庄严宝像,它每天吞食一条龙王和五百条毒龙,体内毒气逐渐聚集,最终无法进食,在飞往金刚轮山时毒气发作,全身自焚,只剩一个纯青琉璃心。

须弥山旁的繁衍者——
猴王里刹拉贾

　　创世之初,梵天经常坐在须弥山中宫殿的宝座上,陷入对宗教的思索。由于过于入神,梵天没有立即擦去流下的眼泪。他的一滴晶莹的泪珠掉在了膝盖上,顿时变成了一个小怪物。这个小怪物长着一身乌棕色皮毛,无论是五官还是四肢,都和人类十分相似,唯独多了一条长长的尾巴。他的脸像成熟的蜜桃般粉红,大大的眼睛就像两颗明亮的星星。小怪物十分淘气地在梵天膝盖上翻跟头,还不时地做出鬼脸。梵天被这个憨态可掬的小生灵逗得笑了起来。他说:"可爱的小家伙,我就叫你猴子吧!须弥山山顶有一片树林,那里水果充足,根茎多汁,天神们都住在那里,你也到那里生活吧!"

　　猴子眨了眨眼,对梵天说:"创造始祖,您还没有给我名字呢!"

　　"今后你就叫里刹拉贾。"

　　"您是猴子的创造者,我听从您的命令。"猴子的鼻祖里刹拉贾拜谢了梵天,向须弥山顶的树林奔去。在那里,里刹拉贾每天都能吃到新鲜甘甜的水果,还可以肆意在林中奔跑玩耍,过得十分开心。一天傍晚,熟睡的里刹拉贾从梦中醒来,感到有些口渴,便游荡到一片小湖边饮水。他刚把头探进湖面上,就看见了明亮圆满的月亮。里刹拉贾目不转睛地盯着满月,心想:"天上的月亮怎么离我这么近?我能不能得到它呢?"

　　于是,里刹拉贾爬上了湖畔的一棵古藤树,用尾巴缠住一根垂直在湖面上的树枝,把自己倒吊在树上,试图捞起水中的满月。他拼命地伸手抓,但还是碰不到湖面。里刹拉贾越来越心急,动作越来越大,突然一个不小心,尾巴没有缠住树枝,头朝下掉进了湖水里。

　　里刹拉贾拼命地挣扎,终于逃回了岸边。他甩甩身上的水,望着湖里的满月,这时湖面渐渐恢复了平静,里刹拉贾无意间瞥了一眼湖面上的倒影,突然尖叫了起来。原来,里刹拉贾就像变身一样,成为一个美艳无双的母猴。

　　他观察着自己的身体,胸脯鼓起,臀部上翘,腰肢苗条,面容妩媚,简直比女神还要动人几分。一时间,里刹拉贾有些无法面对,仓皇地逃回了洞中。几天后,里刹拉贾渐渐地习惯了变成母猴的自己,她学会了梳妆打扮,就连走路也优雅了许多。

一天,天神们聚集在一起,向梵天进行朝拜。仪式结束后,天帝因陀罗与太阳神苏利耶结伴而行。当他们路过须弥山顶的树林时,正巧看见母猴里刹拉贾端坐在湖边梳洗打扮。母猴娇羞的面庞与性感的体态深深吸引了两位天神,他们争先恐后地降临在里刹拉贾面前,并向他表达了爱意。因陀罗温柔地说:"你真是天界的尤物!一看到你,我的心就小鹿不停地乱撞,悸动不已。我是天神之王因陀罗,我会给你最强大的保护和最贴心的爱抚。"

苏利耶把因陀罗推到一旁,自己站在了里刹拉贾面前,他的双眼泛起炽热的爱火,向母猴发起了深情的告白:"我是太阳神苏利耶,我能给你的不多,只有灿烂如日光的一生和热烈如暖阳的疼爱。"

里刹拉贾被这突如其来的一切吓懵了,不知所措地说:"梵天让我在这里繁衍生息,可是我只能拥有一个丈夫,你们两位都是威力无比的天神,叫我怎么做出选择呢?"

"请你选择我,我会给你所有的温柔!"因陀罗一边说,一边轻柔地牵起了里刹拉贾的左手。苏利耶见状也毫不示弱,他迅速拉住母猴的右手,温柔地说:"请你选择我,白天我可以守护你,夜晚我可以陪伴你。"

里刹拉贾看着两个英俊的天神,一时无法做出选择。两位天神被爱火焚烧得十分难耐,终于忍无可忍,与里刹拉贾共同结合了。两位天神走后不久,里刹拉贾生下了两个儿子,一个叫波林,一个叫须羯里婆。生下两个孩子后,他就恢复了雄性的模样。无奈之下,里刹拉贾只好又当爹又当妈,把两个孩子哺育长大。梵天见里刹拉贾成功地繁衍了后代,感到十分欣慰,他创造了一座美丽的城市吉斯近陀,请里刹拉贾带着儿子们搬过去。从此,吉斯近陀就成为了猴国,而里刹拉贾做为猴子的鼻祖,被封为第一代猴王。

小知识

里刹拉贾的两个后人继续进行着繁衍与生育,经过了许多年的演变,大地上出现了各种形态的猿类,有的臂膀修长,有的眉毛雪白,有的则拥有一身如金丝般的毛发,因此,猿猴成为了最接近人而又不像人的生物。

天国的主宰——
四方世界的那些守护神

　　天神与阿修罗经久不息的战争终于结束了，天帝因陀罗所带领的天神们取得了最终的胜利。在以往的战争中，天帝因陀罗、地府阎摩王、水神伐楼那和财神俱毗罗表现最为神勇无敌，梵天命他们担任世界四方的守护者，以示奖励和恩赐。

　　东方为天神之国，梵天将此方交给了天帝因陀罗，因陀罗请来七位大仙协助他掌管东方。乾闼婆、阿卜娑罗、悉陀等居住在天地之间的小神与风火雷电、隐士国王等，都心甘情愿为天帝效力。因陀罗的坐骑是一头神奇的白象，它与其他三头白象用象牙支撑着大地。

　　南方是先人之国，由地府阎摩王所掌管。阎摩命两个四只眼的鬼怪把守着先人之路，所有死去的亡人都要经过这条路来到地府。地府中一片漆黑，没有食物也没有水，没有树木更没有花。但是到这里的人会出现不同的感受，善良的人无所畏惧，心中一片轻松快乐，而邪恶的人会胆战心惊，受到恐吓。

　　地府的下面有许多层地狱世界，那里恐怖至极，凡是在生前胡作非为、制造罪孽的亡人都要到此受罪还债。世间的日、月、星、辰、风、水、火都是阎摩的暗探，监督着每个人的行为与思想，见证着人们的善行与罪念。阎摩的仆从身穿一袭黑衣，头上长着火红色的头发，面貌非常恐怖。他们听从阎摩的安排调遣，把亡人的灵魂带到地府中。在这里，恶人将会被送到地狱中饱受煎熬，而善良正直的亡魂会被送到富丽堂皇、舒适无比的宫殿中，欣赏着乾闼婆与阿卜娑罗美妙的歌舞表演，感觉十分惬意。

　　西方世界是一片汪洋大海，梵天将它交给水神伐楼那守护。建筑大神为伐楼那打造了一座白色的海底宫殿，殿外的地上铺满了五颜六色的鲜花，树上长满了宝石。死亡的阿修罗会来到这座宫殿，由水神伐楼那按照他们的功绩、过失分别进行奖惩。

　　伐楼那的妻子是阿修罗导师乌沙纳斯之女希蒂，她与丈夫一起坐在海底宫殿中，审判着每一个阿修罗的灵魂。乌沙纳斯曾经拜托过自己的女儿，希望她能照顾一个死去的爱将。导师的爱将生前不孝父母、不敬神灵，还残忍地杀害了许多动物与天神的性命。希蒂义正词严地向父亲表示，绝不放过一个恶人，也绝不错待一个好人。她不徇私情、秉公办事的品德，深深打动了水神伐楼那的心，也让父亲乌沙纳斯感到敬重。许多阿修罗得知这件事后，都努力改掉了傲慢无礼的德行，一心向善。

梵天把北方世界交给了财富的主宰、夜叉的首领俱毗罗掌管，他住在喜马拉雅山上，常年享受着自然带来的和谐气息。春天野花遍地盛开，夏天河流送来清爽，秋天微风轻柔拂面，冬天雪山带来清净。在财神俱毗罗的领地上，遍地都是金银，满山都是宝石，夜叉忠实地守卫着这片地域。

众神之王因陀罗

建筑大神为俱毗罗建造了一座金光四射的奢华宫殿，漂浮在山巅。天神们经常到此拜访财神，与他一起笑语欢歌、饮酒作乐。俱毗罗与天帝因陀罗格外交好，经常互通有无，协助彼此掌管世界的北方与东方。湿婆大神也居住在喜马拉雅山上，他与财神曾经发生过矛盾。一天，俱毗罗到湿婆大神家拜访，见到了大神闭月羞花的妻子乌玛。俱毗罗忍不住多看她几眼，发现大神之妻越看越美，最后根本回不过神来。湿婆见状非常生气，他用弓箭射瞎了俱毗罗的左眼，以示惩罚。俱毗罗向大神夫妻忏悔了八百年，才获得了湿婆的原谅。他们重归于好，而财神的眼睛却无法恢复了。

梵天把四方世界安排妥当后，便进入了深沉的冥想与思考中。四位天神不负众望，用仁慈之心管理统治，让世界一片安宁祥和。

小知识

人类的后代将四方世界变成了四种方位，对地理位置做出了明确的界定，并在此基础上开创了四个斜向方位。其实梵天早已有所指向，他曾命月神、太阳神、火神、风神分别守护东北、东南、西南、西北四个斜向方位。

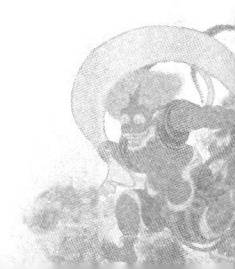

第二章
奇幻莫测的三界诸神

铲除邪恶的霞光之神——
双马童阿湿毗尼

太阳神苏利耶曾经一度生活在凡间,他的妻子是仙人之女萨拉尼。由于不愿待在家中,于是变成大嘴母马逃向天边。苏利耶发现后,一路追随妻子而去。他们在天边相会,丈夫原谅了妻子,并和她生下了一对双胞胎,两兄弟容貌俊美,身体强壮而健康。苏利耶为两个孩子取名叫阿湿毗尼,意思是马所生下的,因此也被称为双马童。

由于是两匹天神变成的马所生,阿湿毗尼的腿部肌肉从小就很发达,而且刚一生下就会走路和奔跑。长大后,两兄弟经常在天空中长跑,他们能在很短的时间内从天的一边跑到另一边,这让天神们跌破眼镜。他们彼此经常进行比赛,看谁先跑到天边。一天,阿湿毗尼在奔跑中不小心将一位天神撞翻在地,天神手中端着的许多瓜果,受到冲撞后散落一地,现场一片狼藉。阿湿毗尼赶忙上前道歉,并表示愿意赔偿这些瓜果。而天神火冒三丈地说:"你们两个臭小子到底是谁?这些瓜果是要献给梵天的,你们赔偿得了吗?"

无论阿湿毗尼如何解释,天神的火气始终不能消散。他带着阿湿毗尼来到梵天面前,委屈地说:"始祖啊!我本来是向您献祭的,可是路上遇见这两个冒失鬼,打翻了献给您的瓜果,只好带着他们来见您了。"

阿湿毗尼赶忙跪拜在梵天面前,低头认错道:"伟大的始祖,我们是太阳神苏利耶的孩子。对于我们的大意,请您原谅,我们愿意接受任何惩罚。"

梵天见两个美少年认错态度良好,便免去了对他们的责罚。

梵天说:"你们善于而且酷爱奔跑,就封你们为朝霞与晚霞之神吧!"

从此,阿湿毗尼就成为了天空中的朝霞与晚霞之神,在每天的黎明时分,两兄弟率先跑出来,显现在清晨的天空中,他们十分喜爱这份职务,并时刻感激梵天的恩赐。

太阳姑娘苏莉娅是天界不可多得的热情美女,她身材高挑,肤色健康白皙,粉嫩的脸上闪着一双明亮的大眼睛,一头火红的长发披散在身后。苏莉娅性格外向,敢爱敢恨,她经常到天神们的家中拜访,与大家成为了无话不说的好朋友。一天,

第二章 奇幻莫测的三界诸神

一些学者认为，大乘佛教中观世音菩萨的形象受到了双马童的影响。本图为《铜鎏金密修马头金刚像》

苏莉娅的父亲要将女儿嫁给月神苏摩，遭到了女儿的拒绝。苏莉娅说："父亲啊！我的天性热情似火，而月神苏摩冷峻孤僻，和我完全相反，我们根本无法走到一起。如果你同意的话，我想自己选择如意郎君。"

"哦？你已经有了心仪的对象吗？"苏莉娅的父亲问。

"不，暂时还没有。不过我希望在天神中展开一场招亲比赛，大家从天边出发，谁第一个跑到我们这里，我就嫁给他做妻子。不论他有多么老、多么丑，只要赢得第一，我就心甘情愿地爱他到永远。"

父亲答应了女儿的要求，将招亲比赛的事情公之于众。天神们听说美丽热情的苏莉娅要找丈夫，都争先恐后地赶到天边，想为自己的幸福奋斗一回，这其中也包括了阿湿毗尼兄弟。伴随着苏莉娅父亲的一声号令，天神们鱼贯而出，向太阳奔去。他们之中有的腾云驾雾，有的运用魔法，还有的乘坐着云车，使出浑身解数冲向终点。阿湿毗尼两兄弟没有借助任何工具和法术,就跑在了所有天神的最前面,他们并不以此为骄傲,反而更加拼命地加速奔跑。他们像两匹骏马一样套在一起,奔向了共同的幸福。

苏莉娅见英俊帅气的阿湿毗尼首先冲过终点,不由得又欣喜又发愁。欣喜的是能嫁给年轻貌美的同龄人,十分荣幸;发愁的是阿湿毗尼兄弟是同时到达终点,该怎么选择自己的丈夫呢?她把心事说了出来,阿湿毗尼兄弟笑着对她说:"美丽的苏莉娅啊!我们两兄弟从小同吃同住,就像连体一样黏在一起,永不分离。如果你愿意的话,我们愿一起娶你为妻,你将得到比别人多一倍的幸福与疼爱!"

苏莉娅摆脱了忧虑,高兴地投进阿湿毗尼的怀中,兄弟俩用自己的实力抱得美人归,幸福至极。

此后,阿湿毗尼兄弟还学习了医术,成为了天界的神医。他们不仅为天神医治疾病,还经常把饱受疾病折磨的凡人们解救出来,有时还会施法,让善良的老人返老还童。兄弟俩造福人间,受到了凡人们诸多的赞颂与崇拜。

小知识

双马童是吠陀时代雅利安人最崇拜的大神之一。《梨俱吠陀》中共有三百七十六处提到他们的名字,有五十七首颂歌是专门献给双马童的,这在《梨俱吠陀》中是个庞大的数字,仅次于因陀罗、阿耆尼和苏摩。

被贬到人间的主宰者——
苍穹之神佳乌斯

佳乌斯是伟大的黎明女神乌沙斯的父亲,曾经掌管着灿烂无比的苍穹。由于企图盗窃天神的乳牛,犯下了不可原谅的罪过。佳乌斯被天神诅咒,贬到人间,过着平凡人的生活。

一天,佳乌斯带着自己的妻子到喜马拉雅山的森林中游玩,他们一边说笑,一边闲逛起来。走着走着,佳乌斯的妻子指着树林深处说:"亲爱的,你快看,那是什么?"

佳乌斯顺着妻子手指的方向望去,看到了一只头戴花环的乳牛。乳牛并没有注意到他们夫妻,正在专心地低头吃草。佳乌斯趴在妻子耳边悄悄地说:"亲爱的,你知道吗?那只乳牛叫南蒂尼,是乳牛之祖苏洛毗所生。它具有神奇的力量,能够满足人们的所有愿望。它的奶水更加神奇,凡人如果喝上几滴,不管有多少种疾病缠身,都能即刻痊愈,活到一百岁!南蒂尼原本是天神们的宝贝,现在寄存在婆斯托仙人这里,并由他看管着。"

妻子听说乳牛具有如此惊人的神力,心中顿时充满了贪欲。她四下张望了一会儿,然后对佳乌斯说:"亲爱的,我看乳牛周围并没有人啊!婆斯托大仙到底在不在呢?"

听了妻子的话,佳乌斯也开始左顾右盼起来,他也没有发现婆斯托仙人的踪迹。佳乌斯想了想后,对妻子说:"亲爱的,这头乳牛能够听懂人说的话,而且十分温顺。也许婆斯托仙人今天不在家,南蒂尼自己出来觅食了。"

听到这,佳乌斯的妻子更加想得到这头神牛了。她急切地对佳乌斯说:"亲爱的,如果你爱我,就把这头乳牛送给我吧!"

"这可不行!偷盗天神的乳牛是要受到重罚的。亲爱的,就算我多么爱你,也不能做出这件事,我身为威严无比的苍穹之神,更应该以身作则,不能触犯天界法规。希望你把贪心收起,不要妄想将任何事物都据为己有。"佳乌斯义正词严,他想用天界的戒律压住妻子心中的欲望之火。但事与愿违,妻子的贪念变得更强了,居然对他编起了谎话。

妻子乌黑的眼睛中饱含着热泪，哽咽着对佳乌斯说："亲爱的，并不是我需要这头乳牛。我有一个凡间的姐妹，她是乌希拉尔族的公主。那天我下凡去看望她，得知她生了一场巨大无比的重病，吃什么就吐什么，身体一天比一天瘦弱，脸色也越来越惨白，最后连头发都快掉光了。她的父亲请了无数名医，都不能把公主医治好。我不想失去这个亲密的姐妹，希望能用乳牛救救她。"

佳乌斯被妻子的一番表演所感动，他一边夸赞妻子善良仁慈，一边潜入森林，将乳牛南蒂尼偷回自己的家中。婆斯托仙人见乳牛一夜未归，赶忙外出寻找起来。仙人用神通之力看到了佳乌斯与妻子的罪行，感到十分生气。他来到佳乌斯的住所，怒斥道："你身为苍穹之神，明知盗取乳牛是触犯天条的行为，还如此放肆，你的胆子太大了！"

"伟大的仙人啊！请您消消气，听我把实情说出来后，您不仅不会怪罪我，还会赞扬我妻子的善良。"说着，佳乌斯把妻子编的故事告诉了婆斯托。仙人对佳乌斯哼了一声说："你愿意跟我到凡间走一趟，亲自验证一下你妻子的话是否属实吗？"

佳乌斯同意了仙人的要求，两人结伴到乌希拉尔族了解情况。他们刚一降落到部落中心，就看见公主与一群女仆们围在一起唱歌跳舞，尽情享受着欢乐的时光。佳乌斯知道上了妻子的当，犯下了天规，即将受到不可饶恕的惩罚，心里十分惊恐。仙人婆斯托对他说："你这个愚蠢的家伙，根本不配掌管苍穹。"

为了惩罚佳乌斯夫妻，众神将他们贬到人间生活，让他们先向凡人学习珍贵高尚的品德，改过自新。骄傲自豪的苍穹之神在人间过起了苦日子，成为了第一个被贬下凡的天神。经过无数次轮回，佳乌斯最终获得了救赎，还清了罪债，又重新回到了天界。

小知识

在印度神话中，对于苍穹的主宰佳乌斯有很多种说法，大部分神话认为，正是由于佳乌斯被贬人间受难，无人管制的天空中才会出现太阳雨、火烧云、日月同辉等神奇的天象。

世间一切的呼吸——
任意游行的风神

在一场天神与阿修罗的激烈争斗中,天帝因陀罗率领天兵天将,将参战的阿修罗一网打尽。阿底提的儿子们全部被天神赶尽杀绝,悲痛欲绝的她深深地怨恨着因陀罗,并决心进行报复。

悲痛欲绝的阿底提对丈夫伽叶波仙人哭诉道:"伟大的仙人啊!在战争中,我们的儿子全部战死疆场,被可恶的天帝因陀罗虐杀,这真是天大的不幸!我想通过残酷的苦行再求一个儿子,让因陀罗死在他的手下。请你帮助我怀孕吧!然后我就开始修行。"

伽叶波听到了妻子的请求后,安慰道:"虔诚的女神啊!我会如你所愿,助你一臂之力的。在长期不懈的苦行后,你将生下一个强大的儿子,他能在战争中杀死天帝。如果你在未来的一千年里,能够保持圣洁无瑕的身体,我就让你生下一个更勇猛的儿子,他的威力足以征服三界。"

说完,仙人伽叶波轻柔地爱抚着阿底提的肚子,并给予了温柔的注视。阿底提感到一阵暖流迂回在自己的腹中,万分幸福,她向伽叶波表示了由衷的感谢,然后独自到一片树林中的小屋开始苦行。

阿底提女神与伽叶波仙人的一系列举动,都被神通广大的天帝因陀罗看在眼里,他在暗中观察着阿底提的行为,发现女神严格遵守着苦行戒律,循规蹈矩地过着每一天。这令因陀罗有些害怕,他十分担心阿底提腹中的儿子在未来应验了预言,不仅夺去自己的性命,还会威武地统领三界。因陀罗越想越不踏实,阿底提每苦行一天,他的恐惧与焦虑就多增加一分。终于因陀罗决定,不能再这样坐以待毙,要主动出击,用巧妙的方法破坏女神的修行。

因陀罗带着许多圣果与俱舍草来到阿底提女神的处所,像个女仆一样,温顺而细心地服侍着女神。在阿底提修炼结束后,他还主动为女神捶背揉肩。女神渐渐对狡猾的天帝放松了警惕,开始与他近距离接触。但因陀罗并不是发自内心地照顾怀孕的阿底提,而是想四下寻找机会,玷污女神洁净的身体,毁了她的苦行成果。

就在女神修炼了九百九十年时,阿底提激动万分地对因陀罗说:"再过十年,我的儿子就要降生了,他会比所有的天神更加威武,在战争中轻而易举地获得三界统治权。"

因陀罗并没有作答,而是冲着女神微笑起来。他心想:"还剩下十年的时间了,我一定要赶紧寻找机会,毁掉这个婴儿。"

一天下午,刺眼的阳光从林中投射下来,洒在阿底提的床上。阿底提女神被温暖的阳光笼罩着,不禁生起了困倦之意。她不自觉地闭上眼,歪在床上睡着了。因陀罗悄悄走进来,正好看见了女神不雅的睡姿。只见阿底提的头发混乱地洒在床上,两条腿张开,双脚还搭在床边上。因陀罗捂着嘴偷笑起来,他认为这个时候攻击毫无防备的女神真是再好不过了。

只见因陀罗从阿底提的双腿之间钻了进去,到达了女神的子宫,巨大的疼痛把女神弄醒了。阿底提知道因陀罗钻进了自己的腹中,她用庄重而又威严的口吻说道:"天帝,不要伤害我和我的儿子。"

因陀罗手中拿着金刚杵,从阿底提的小腹中发出了声音:"美丽的女神啊!刚才您的睡相十分不雅,张着双腿,把两只脚放在床外,这简直是在勾引我。在你子宫里的儿子将来会对我造成很大的威胁,请你原谅,我现在就要把他击碎。"

说着,因陀罗挥舞着金刚杵,把阿底提的子宫砍成了七块。阿底提强忍着腹中剧烈的疼痛,向因陀罗哀求道:"伟大的天帝啊!都是我的过错,请您原谅我吧!我简直太痛苦了!"

"女神啊!现在你子宫中的儿子已经被砍成了七块,他对我已经毫无威胁可言了。"因陀罗说。

阿底提一边哭,一边向因陀罗发出了请求,她说:"伟大的天帝啊!如今我的子宫破裂,恐怕今后都无法再生儿育女了。我的儿子都在战争中牺牲,求你发发慈悲,保住我腹中碎成七块的孩子吧!"

听到女神凄惨的哭声,因陀罗的心肠顿时软了下来,他从阿底提的身体中钻出,对阿底提说:"可怜的女神啊!我可以满足你的一个要求。"

女神哽咽着说:"天帝啊!我希望这七个不成人形的儿子能够具有天神的面貌,并在天界自由地巡行。大儿子守护在梵天界,二儿子陪着天帝你,三儿子巡行在诸神之间,其余四个巡行在世界的四方。我为他们取名叫摩鲁多,希望他们都能有所作为,名扬天下。"

"伟大的女神啊!"因陀罗说,"愿你有福!你的要求我一定会满足的,七个儿子将具有天神般威严的相貌,在三界中担任风神,负责巡查三界的状况。他们还将成为世间一切的呼吸,跟随雨神一起为人间造福。"

说完,因陀罗双手合十,拜别了阿底提女神,并带着她的七个儿子返回天宫。从此,三界中便有了风神。

小知识

风神做为天帝的左右手,经常跟随因陀罗出战。他们进攻时如猛兽发威,飞沙走石,凶残恐怖;退兵时却像幼儿嬉戏,十分轻柔可亲。风神就像三界的呼吸,随时在大家身边徘徊。

贪图权势的征服者——
十首魔王罗波那

罗波那是维什拉瓦斯与罗刹之女凯凯西在祭祀时生下的孽种，他长着十个脑袋，二十只手，是个心狠手辣的魔王。他将自己的兄弟俱毗罗驱赶出楞伽岛后，独自占领了楞伽，并统治了恶鬼罗刹。

从那以后，他虔诚地崇拜起湿婆大神来，就连做梦也能见到伟大的湿婆大神。一天，罗波那准备妥当后，到喜马拉雅山拜见大神。他毕恭毕敬，虔诚无比地向大神行了跪拜大礼，还用无数华丽的语言赞美歌颂着大神的丰功伟绩，大神被罗波那感动，送给他一个神圣的石雕。湿婆对罗波那嘱咐道："十首王啊！这座石雕威力无比，你把它立在哪，它就会在哪里永远矗立，人们就会到那里朝拜献祭，是个绝无仅有的圣物。我把它送给你，助你获得更多祭品。不过你要记住，回楞伽的路上一定不要让圣物触碰大地。"

"谨记大神的教诲！"罗波那拜谢了湿婆，抱着圣物石雕赶回楞伽。一路上，他不敢有一丝一毫的松懈，生怕石雕触地，无法带回楞伽。

天界的众神听到了罗波那与湿婆的交流，心中感到惶恐不安。他们十分担心这个罗刹魔王借助湿婆的力量，变得越发强大起来。如果湿婆的圣物立在了楞伽，那么前去礼拜献祭的人们就会日益增多，天神们的祭品就会越来越少，世界将走向邪恶的一面。天神们立刻将这些恐怖的预测告诉了天帝因陀罗，因陀罗听后也产生了危机感。他立即召开会议，与众神一同商讨对付罗波那的方法。

"如果想阻止十首魔王的威力蔓延，唯一的办法就是截住湿婆的石雕圣物。"水神伐楼那率先提议道。

"十首魔王神勇善战，如果与他硬碰硬的话，必定会对双方造成很大的损失。"因陀罗忧心忡忡地说。

水神伐楼那微笑着说："请天帝不要发愁，十首魔王现在正乘坐小船，行驶在我所掌管的海面上，我们不妨智取。"

众神听了水神的话纷纷点头表示赞同，因陀罗也表示愿意助水神一臂之力。伐楼那来到大海中，借助浪花拍打的力量，伐楼那轻而易举地钻进了罗波那的身体中。顿时,罗波那全身水肿,痛苦不堪。他的身体变得越来越沉重,连向前迈步都十分艰难,但他依然用十双手紧紧抱着石雕,毫无松懈之意。

这时,天帝因陀罗变成一个善良的婆罗门,出现在罗波那的船上。

因陀罗故作惊讶地看着罗波那,关切地说:"这不是十首魔王吗?您怎么看起来如此痛苦?"

罗波那被水肿的疼痛折磨得无言以对,他的十张大嘴同时号叫着,凄惨的声音让大地都跟着颤抖起来。变成婆罗门的因陀罗见他还是不肯放下石雕,便上前一步,假惺惺地搀扶着罗波那,并温和地说:"十首魔王啊!我看您的样子太痛苦了。这样吧!我帮您拿一下这块石头,您赶快用手施法,为自己治病。"

罗波那看了一眼婆罗门,十分信任地将石雕交给了他。就在这时,罗波那身上的水肿立即消失,恢复了健康。欣喜若狂的罗波那深深喘了一口粗气,伸手想要接过石雕。而抱着石雕的因陀罗立刻将圣物插在海中,石雕立刻牢牢矗立。从那以后,朝拜湿婆大神的信徒香客们纷纷来到海边献祭,这里的香火每年都很旺盛。水神伐楼那摆脱罗波那身体的地方形成了库斯鲁河,信徒们至今也不愿意饮用那里的水。

罗波那被天神们欺骗,心中升起了一团怒火。他发誓,如果不带领罗刹夺回三界统治权,将天神踩在脚下,就永不罢休。于是,他将自己的未来通通放在了与天神的战斗中,用残酷的手段与强大的武力分别征服了世界的四方,但最终由于贪恋太阳王族国王罗摩的妻子,而死于锋利的刀剑之下。

> **小知识**
>
> 罗波那的名字在梵语中带有"以暴力让人痛泣"的含意,他虽然自始至终顽固而残暴地对抗着天神,但这位魔王也有自己的长处。他治理有方,能把以食人肉为生的恶鬼罗刹管理得服服帖帖,而且熟读经典、通晓军事奥义,是个不可多得的枭雄。

无上正等正觉——
佛教创始人释迦牟尼

古印度东部接近尼泊尔的王国中,诞生了一位太子,名叫悉达多。他出生的那天晴空万里,太阳闪耀出璀璨的七色光。喜出望外的国王感觉悉达多太子就像梵天降下的恩赐一般,便决定将他当成珍宝一样疼爱。

就这样,悉达多太子在国王与王后的溺爱中慢慢长大,变成了一个风华正茂的青年。他衣来伸手,饭来张口,从不为任何事发愁,想要什么都能得到满足,整天无忧无虑地生活在王宫中。不过,悉达多太子并没有因为父母的过分疼爱而荒废自己,他把王宫中的每一个大臣都当作老师,学习他们各自的优点与长处,弥补了自己所欠缺的知识,增长了智慧。

时光飞逝,悉达多太子很快就长成了接近三十岁的男人。他有思想、有抱负,不想一辈子沉浸在幸福享乐的王宫中。他对国王说:"父王,我想出宫去看看,了解一下您的国家。"

国王有些犹豫地说:"我的孩子,你从小无忧无虑,我不想让你有烦恼。"

"父王啊!如今我已成人,您也在一天天老去。如果在未来,从不出宫的我继承了您的王位,又怎么能了解百姓的生活,为百姓们办事呢?"悉达多太子坚定地说道。

国王认为儿子的话有些道理,就派出一支精良的军队,在路上小心护卫着太子。为了不让太子心生烦恼,国王在私下吩咐一名大臣带领着士兵,到城中驱赶乞丐、老人、病人等一切苦难的百姓。

第二天一早,悉达多太子就在侍卫队的保护下出宫了。将近三十年来,他第一次在熙熙攘攘的大街上行走,第一次逛人群喧闹的市集,第一次看到民间艺人的表演。这一切都让悉达多太子惊喜万分,快乐至极。被国王派出的大臣与军队在暗中观察着,太子走到哪里,他们就提前赶到那里,驱散受苦受难的百姓,不让太子发现。就这样,太子在人为制造的幻境中玩耍了一整天,直到傍晚才回宫。

从此以后,悉达多太子只要想出宫,国王就提前派大臣清理病人与穷人,为太子制造着幸福繁荣的假象,让他没有烦恼地生活着。直到有一天,悉达多太子没有向父亲禀报,独自微服出游了。

太子来到城中,被眼前的一幕幕吓呆了。他看见骨瘦如柴的老人正在步履蹒跚地沿街乞讨,没有父母的孤儿在路边哀号,满目疮痍的病人卧在家中奄奄一息。悉达多太子与这些穷苦的百姓一一交流,不仅知道了父亲驱散他们的行为,还第一次认识到世间凡人的生、老、病、死之苦。善良仁慈的太子被人间的苦难所震惊,忧郁地流下眼泪。

回到宫中后,悉达多太子一筹莫展,终日忧心忡忡。他想:"我是多么想帮助受苦受难的百姓摆脱痛苦,这比继承王位统治国家重要得多。"

于是,太子坚定了救赎苦难的决心,他告别了父亲,离开了奢华富足的皇宫,出家前往印度北部的山间林野,开始了刻苦的修行与深刻的思考。

佛祖释迦牟尼

日月星辰交相辉映,一年四季转瞬即逝。悉达多在野外刻苦修行,从未间断过思考。五年后,他终于拨开迷雾,修成了正果。在这五年里,悉达多看到了天神、人、阿修罗、地狱、恶鬼、畜牲的六道轮回之苦,参透了宇宙与人生的真相,并找到了永远脱离痛苦、摆脱生死轮回的妙法,那就是通过修行,往生极乐世界。悉达多结束了修行,开始了对九法界众生至善圆满的教育。悉达多成佛后的改名为释迦牟尼,成为了佛教的创始人。

释迦牟尼的第一次演教说法是在鹿野苑进行的,五个年轻人听了他的讲解后顿时开悟,当即皈依,拜释迦牟尼为师。他们尊称释迦牟尼为"本师",意思就是根本的老师。仁慈的释迦牟尼佛对众生的爱护无微不至,他所教化的对象没有高低贵贱之分、种族信仰之别,无论是六道轮回中的哪一道,他都平等对待。随着释迦牟尼佛弘法时间的增长,皈依佛门的弟子也日益增多。释迦牟尼佛把弟子们分成了许多僧团,并订下戒律,教诫弟子严格遵守。弟子们总是恭敬礼拜释迦牟尼佛,于是便有了圣传至今的梵语:南无本师释迦牟尼佛。

释迦牟尼佛从未间断地弘法四十五年,八十岁左右时在拘尸那迦城现身涅槃。此后,他又曾多次来到人间,以各种身份救苦救难,帮助饱受轮回之苦的六道众生超脱生死,往生极乐。

小知识

"佛"字来自于民间的信仰,意思是觉者、彻底觉悟的人,是对宇宙大彻大悟、了解人生真相者。人们常常尊称佛为佛祖或佛陀,向他们请教人生奥义,解答困苦与迷惑,以求正法,获得真正的解脱。

惩恶扬善的伟大武士——
持斧罗摩

婆罗多族般度之子阿周那,曾经在天神的帮助下夺回了先父失去的王朝,但从这之后,阿周那一改往日善良正义的性格,变成了一个骄横跋扈、狂妄自大的君主。他压迫自己的臣民,侮辱漂亮的女人,还经常出言不逊,蔑视夜叉、乾闼婆等天上的居民,慢慢偏离了正义之道。

受到侮辱的夜叉与乾闼婆纷纷向善良的毗湿奴求助,希望得到大神的保护。毗湿奴大神微笑着说:"天人们,不要惧怕,苾力瞿族中将产生一位伟大的武士,他将惩治不可一世的阿周那。"

一天,苾力瞿族的婆罗门里奇卡来到迦亭国,向国王的女儿——美丽的萨蒂耶瓦蒂公主求婚。善良的公主见里奇卡虽然又老又丑,但是他心存仁慈、虔诚向教,便接受了求婚。国王为里奇卡与萨蒂耶瓦蒂举行了隆重的婚礼,并留他们在宫中居住。婚后不久,萨蒂耶瓦蒂就为里奇卡生下了一个漂亮的儿子,并取名叫阇摩陀耆尼。与此同时,萨蒂耶瓦蒂的母亲也生下了一个儿子,名叫众友王。众友王从小就潜心修行,对自己十分刻苦严厉,最终修出正果,变成了一位伟大的苦行者。

萨蒂耶瓦蒂的儿子阇摩陀耆尼勤奋学习吠陀经典,过着循规蹈矩的日子,他经常用深沉的思考充实自己的理智。长大后,阇摩陀耆尼告别了父母,向胜军国王求婚,想娶他的女儿列奴卡为妻。国王见阇摩陀耆尼相貌英俊,就欣然答应了这门婚事。婚后,列奴卡为丈夫生下了五个儿子,最小的一个就叫做罗摩。他出生时比四位兄长都要高大强壮,长大后也比四位兄长更为听话懂事,深得父母的宠爱与欢心。湿婆大神见罗摩勇气非凡,就将一把神斧送给了他。骁勇的罗摩就用这把神斧铲奸除恶、维护正义。

一天,阿周那国王带领侍卫队出巡打猎,刚好来到了阇摩陀耆尼的林中居所。当时,列奴卡正在家门前的小河中洗澡,刚好被阿周那撞见。阿周那见列奴卡身材性感,皮肤白皙,面容娇美,顿时春心大动。他悄悄走到河边,偷走了美人的衣服。列奴卡洗好澡后回到岸边,见自己的衣服不见了,着急地哭了起来。这时,阿周那给列奴卡送上了衣服,并色眯眯地说:"美人,你怎么独自居住在这里?难道你不觉得孤独吗？"

列奴卡赶忙把衣服穿好，严厉地说："我的丈夫是伟大的阎摩阿耆尼，我还有五个强壮无比的儿子，他们一会儿就回来，请你放尊重些！"

嚣张的阿周那被列奴卡的警告激怒，他让侍卫们砍掉列奴卡住所周围的所有树木，还赶走了阎摩阿耆尼的小牛，随后扬长而去。罗摩回到家，听母亲讲述了阿周那的种种恶行后怒火中烧，立即举起神斧朝阿周那离去的方向追去。

很快地，罗摩就追上了阿周那，双方展开了激烈地交锋。阿周那用一千只手猛攻罗摩，还将大树连根拔起，向罗摩的头上砸去。狂妄的阿周那以为自己还会受到神力的庇护，可是就在他背离正道之后，不可战胜的赏赐也就离他而去了。

中立者为天神罗摩

罗摩挥舞着神斧，一一砍断了阿周那的一千只手，阿周那失血过多，终于倒在地上断了气。毗湿奴大神的预言兑现了，罗摩亲手结束了阿周那罪恶的生命，天下又可以太平了。

阿周那的儿子们得知了父王的死讯，发誓要报杀父之仇。他们趁罗摩外出的时候闯进他的家里，杀死了伟大的阎摩阿耆尼。罗摩回到家，见父亲倒在一片血泊之中，立即狂怒起来。他冲到阿周那的王国，高举着神斧，砍杀了阿周那所有的儿子，还杀死了不计其数的刹帝利，只有个别的刹帝利侥幸逃脱出罗摩的清洗，才不至于将种族灭绝。

从此，罗摩受到了天神们的拥护，大家定期拜访他，歌颂和赞扬他惩恶扬善的丰功伟绩，还给他取了一个响亮威严的称号叫"持斧罗摩"。

初涉尘世的苦行者——
鹿角仙人

鸯迦部族的国王名叫洛马帕达,他对朝政置之不理,整天沉迷于吃喝享乐之中。身边的祭司们时常提醒他不要忘记向天神们献祭,可是他把这些话全都当作耳边风,还记恨起婆罗门,嫌他们多事。

一年后,天神们向天帝因陀罗检举说:"鸯迦部族的洛马帕达国王已经一年没有向我们献祭了,他一直在贪图享乐。"

因陀罗听后十分气愤,他命令雨神绕开这片土地,不再为他们降下一滴雨水。就这样,鸯迦部族遭遇了残酷的大旱,山川溪流逐渐干涸,土地开始龟裂,全国上下失去了生命之源,变得痛苦不堪。国王也是团体中的一员,他也毫不例外地承受着天灾。洛马帕达忧心忡忡,一筹莫展,他召请了许多婆罗门,问道:"邻国总有雨水降下,我们的国家为什么没有?邻国的土地连年高产,我们为什么颗粒无收?"

婆罗门恭敬地说:"陛下,心存恶念与身沾恶习的人才会承受各种不幸。您不理朝政,不向天神献祭,终日萎靡堕落,现在一定是在遭受天谴。"

听了婆罗门的话,洛马帕达国王意识到了自己犯下的错误,他忧伤地说:"我一个人所造的罪孽,居然要全国人一同承受,这是多么大的不幸啊!"

"陛下,如果您意识到自己的罪行,就请举行祭祀,相信您的诚心一定会感动天神的。"

洛马帕达听了婆罗门的话,即刻举办祭典,他跪在祭坛面前,深刻地忏悔着自己的罪行,并发誓从今以后刻苦修行,专心治国,不再心生邪念。

洛马帕达国王的虔诚与悔恨之心感动了毗湿奴,大神现身在国王面前,温和地说:"离这里不远的深山中住着一位从没犯过错的隐士,名叫鹿角仙人。他从小就在深山老林中修行,从未见过外面的世界,心中一片虔诚。去找他吧!只有他能帮助你。"

洛马帕达国王听了毗湿奴大神的话后,与婆罗门一起商议如何请出鹿角仙人。洛马帕达的养女尚塔是一名美艳无双的姑娘,她听到鹿角仙人的故事后,向国王恳求道:"父亲,我一直都想找一个纯净善良的男人做为自己的丈夫,鹿角仙人正合我意。我想去看看他,顺便把他请到王宫来,为我们的国家效力。"

洛马帕达同意了女儿的请求,吩咐木匠打造一艘小船,船上铺满鲜花,摆上美酒和果品。尚塔公主带上几个女仆,向鹿角仙人的住所划去。小船在河水中漂流不久,就停靠在一片竹林旁,尚塔公主随即登上岸,向竹林深处走去。她穿过竹林,在一片空地上停住了脚步。尚塔看见空地中盘腿坐着一个英俊的青年,头顶上有两只硕大的鹿角,她十分肯定地认为,这就是鹿角仙人。

毗湿奴大神

尚塔公主整理好衣裙,悄悄地坐在鹿角仙人身边,安静地看着仙人修炼。太阳渐渐西下,鹿角仙人结束了打坐,慢慢睁开双眼。他看见了如花似玉的尚塔公主,不禁跳了起来。尚塔用善良随和的目光望着鹿角仙人,并温柔地说:"虔诚的仙人啊!我是鸯迦国的公主,我叫尚塔,请你不要害怕。"

鹿角仙人从未见过这么美丽的生灵,他好奇地问尚塔:"你为什么来这里?你简直比林中的所有飞禽走兽还要漂亮百倍。"

"善良的仙人啊!我是为你而来。你的虔诚与刻苦深深打动了我,我愿意把自己的身体和心灵献给你,和你永远在一起。"尚塔红着脸,羞怯地向仙人表达了爱意。

鹿角仙人惊讶地瞪大了眼睛,他对尚塔说:"我从来没听过这么美妙的话语,它让我的心难以平静。"

尚塔摆动着纤细的腰肢,缓缓走到鹿角仙人面前,轻柔地吻了他一下。鹿角仙人的脸上顿时泛起了红晕,他温柔地爱抚着尚塔的身躯,感受着人生中第一次欢乐与幸福。

尚塔公主与鹿角仙人就这样结成了夫妻,鹿角仙人把尚塔搂在怀中,亲昵地说:"亲爱的,你让我体会到了什么是幸福,我愿意为你做任何事。"

这时,尚塔将鸯迦国大旱的遭遇告诉了鹿角仙人,并祈求他解救痛苦的无辜百姓。善良的鹿角仙人答应了尚塔,决定履行自己的承诺。他们一同乘坐小船返回鸯迦国,鹿角仙人刚登上鸯迦国土,天空中顿时降下倾盆大雨,滋润了干燥的土地,救赎了千万子民。为了表示感谢,国王洛马帕达为仙人与尚塔举行了隆重的婚礼,百姓们也都为之欢呼雀跃。

从此,鹿角仙人与尚塔幸福地生活在了一起。

小知识

印度神话中对于鹿角仙人的身世有多种说法,最多见的就是母鹿与隐士所生。隐士维宾达卡在河边沐浴时看见了美丽的尤里婆湿,将精液遗撒在河里。一只母鹿正巧来到河边饮水,随即怀孕,生下了鹿角仙人。这一说法并不科学,但在印度得到了广泛流传。

神猴横空出世——
风神之子哈奴曼

安阇那曾经是一位美丽的仙女,由于犯下过错受到天神们的诅咒,变成一只母猴,嫁给了须弥山顶上一个猴子部落的首领吉萨陵。

一天,安阇那在铺满鲜花的山坡上散步游玩,风神婆庾刚好经过此地,看见了韵味十足的母猴,顿时春心荡漾。他轻轻吹起安阇那的裙子,搂住她紧俏的臀部。安阇那被突如其来的感觉吓得惊叫道:"是谁在侮辱我?"

风神在她的耳边呢喃着说:"我的美人,别怕,我实在太爱你了,为我生一个儿子吧!他会像我一样上天入地,飞沙走石,最终扬名天下。"

安阇那实在无法摆脱风神的骚扰,只好屈从于他。不久后,安阇那生下了一个儿子,为了不让丈夫起疑心,她把儿子丢弃在草丛中,转身逃跑。由于饥饿的缘故,男婴冲着天空嗷嗷大叫起来。他的叫声非常大,穿透了几层天,就连躲在天边的仙人们也都听得见。过了一会儿,男婴停止了哭喊,把注意力投入到了天上的太阳上。他看着又圆又红的太阳,以为是熟透了的果子,看起来十分美味。于是,男婴突然飞到了天上,伸出双手去拥抱太阳。他的举动吓坏了天神们,大家都说:"这果然是风神的儿子,跑起来像他父亲一样神速,恐怕神鸟迦楼罗都追赶不及呢!"

风神担心太阳灼伤自己的儿子,赶忙向太阳吹去阵阵凉风。太阳见这个男婴超乎寻常,长大后必有所作为,因此并没有伤害男婴,反而小心地躲开了他的追逐。这时,妖魔罗睺正好看见男婴追赶太阳,抢了他的猎物,便气愤地向因陀罗告状:"天帝啊!太阳和月亮历来是赐给我的法定食物,怎么还有别人来争抢?我看到另一个罗睺也在追赶太阳。"

听到这,因陀罗感到十分惊讶,他骑上神象伊罗婆陀,命罗睺带路,一同向太阳赶去。男婴看见了飞驰而来的罗睺,以为又是一个成熟的大果子,他放弃了太阳,开始追逐罗睺。罗睺受到惊吓,赶紧转身逃跑。他一边跑一边向天帝呼救,因陀罗威严地呼喝着:"不要怕,我这就打死他!"

男婴顺着说话声传来的方向望去,一眼就看见了神象伊罗婆陀。他放弃了罗睺,向伊罗婆陀奔来。这时,因陀罗挥舞着金刚杵,猛地向男婴砸去。男婴被击中

神猴巨尾通天堑

后狠狠地摔在地上,把下巴摔碎了,他伤心地哀号起来。

风神听到儿子的哭泣声迅速赶来,见因陀罗出手这么重,顿时生起了强烈的报复欲望。风神带着儿子到一个山洞中休息,命三界停止吹拂,世界顿时一片荒凉。没有风,雨神无法降雨,生物们无法呼吸,炎热的夏季没有了清凉,人们的生活苦不堪言。

天神们知道这一切都是风神在报复天帝,便纷纷向梵天求救,希望梵天降下恩赐,调解因陀罗与风神的矛盾。梵天不慌不忙地说:"伤害他人的儿子是天帝的过错,解铃还须系铃人,请天帝主动向风神道歉。"

于是,天神们陪同因陀罗一起来到山洞中,请求风神不计前嫌,原谅天帝的过错。梵天也出现在山洞中,给风神的儿子降下了恩赐,赐予他能放大缩小以及随意变形的几种神力,还亲自为男婴取名叫哈奴曼,意思就是烂下巴。

长大后的哈奴曼聪明机智,武勇超群,担任了须羯哩婆猴王的首席大臣。据说,哈奴曼是毗湿奴大神现身而成,曾与罗摩国王交好。在十首魔王罗波那被罗摩杀死的那场战斗中,哈奴曼发挥了极大的作用,他的丰功伟绩盛传三界,誉满天下。

小知识

神猴哈奴曼的故事是印度神话中的精品,不仅在印度家喻户晓,而且在东南亚各国人民的心中亦敬他为英雄。据说中国的经典神话故事《西游记》中,美猴王孙悟空的原型就取自哈奴曼。

胡作非为的继任者——
堕落的友邻王

天帝因陀罗由于刺杀了身为祭司的巨龙苾利特洛,被流放到凡间赎罪。一时间,天界没有了领袖,变得混乱不堪。江河湖海全部断流,山川上的花草树木也都枯萎死亡,天神们感到十分担忧,他们商讨了几日几夜,最后决定推选月亮王族的友邻王代理天帝的职位。

友邻王是普鲁拉瓦斯的孙子,他相貌英俊,品德高尚,他在人间当权时非常成功,是个善良的仁君,也是不可多得的天帝人选。起初,友邻王并不愿意接受这个职位,但在天神们的赞美与称颂声中,他骄傲地登上了因陀罗的宝座。

当上天国之君的友邻王,每天都会接受到天神们的跪拜与献礼,他渐渐地丢下了谦卑的德行,变得高傲自满起来。他整日沉迷于吃、喝、玩、乐以及身体的欢愉中,将正义与伦理道德抛到九霄云外。阿卜娑罗与乾闼婆用曼妙的歌曲和舞蹈迷惑了友邻王,使他整天处于半梦半醒的迷离状态。

一天,友邻王在花园中闲逛,遇见了因陀罗的妻子舍脂。美丽的舍脂比怒放的鲜花还要娇美几分,令友邻王的情思迸发。他对舍脂说:"美人儿,现在我以天帝的身份命令你,晚上到我的寝宫中来!"

舍脂不敢违背天帝之命,只好顺从地答应了。友邻王走后,舍脂赶忙找到了天神的导师祭主,向他讲述了友邻王的无理要求,并哀求道:"神圣的导师啊!请您保护我吧!我只忠于我的丈夫一人。"祭主坚定地说:"美丽的女神,请你不要害怕,我会保护你的。"

于是,祭主召集了所有天神,将友邻王的猥琐之事公之于众,大家纷纷表示愿意帮助舍脂女神。众神在祭主的带领下来到了友邻王面前,祭主说:"天帝啊!不要让欲火焚烧了自己,舍脂是因陀罗的妻子,她只能效忠因陀罗一人,请您放过她吧!"

友邻王不屑一顾地反驳道:"因陀罗罪有应得,如今他在凡间流放,而我登上了他的宝座,从今以后,他的一切都将由我管理,包括他的妻子。谁敢违背我的意志,就要受到惩罚!"

众神不敢再说话,默默地离开了宫殿。舍脂得知这件事后万分悲痛,甚至想一死了之。这时,祭主想出了一个好主意,他将这个想法告诉了舍脂,并得到了舍脂的认可。

傍晚,舍脂梳洗打扮好后来到友邻王的宫殿。友邻王见到闭月羞花的女神后立刻精神抖擞,他央求着女神:"我的美人儿,做我的妻子吧!我会比因陀罗更疼爱你!"

友邻王罪恶的想法和污秽的语言让舍脂感到恶心,但她故作镇定地说:"伟大的天帝,如果您想娶我为妻,就请您让圣洁的婆罗门驾着马车,到祭主家里迎娶我。"

友邻王听后十分高兴,他让舍脂回到祭主家中安心等待,自己则着手准备婚事。舍脂暂时逃出了魔爪,回到祭主家中。祭主立即带着舍脂下凡到人间,找到了天帝因陀罗。舍脂扑进丈夫怀中,把友邻王的邪恶罪行告诉了他。因陀罗恨得咬牙切齿,但他心中有些惧怕身为天帝的友邻王,祭主与舍脂对他劝说了一天一夜,因陀罗还是不肯返回天界应战,就在大家沮丧之时,阿竭多仙人从天而降,他十分欣喜地对舍脂说:"女神啊!万恶的友邻王已经被推翻了,天国一片安宁!"

听了仙人的话,祭主与舍脂简直不敢相信,当他们问起原因,阿竭多仙人说:"友邻王挑选圣洁的婆罗门驾车迎娶女神,聪明的苾力瞿大仙不愿受到这种羞辱,就藏进了我的头发中。结果,我与另外六位婆罗门被他选中,驾起马车。在去祭主家的路上,友邻王与仙人们发生了争执,他一脚踢在我的头上,正好伤到了苾力瞿大仙。友邻王遭到苾力瞿大仙的诅咒,瞬间从空中坠落到地上,变成了一条大蛇。"

听了阿竭多仙人的喜讯,因陀罗与舍脂激动地拥抱在一起,祭主也兴奋不已,他们一同返回了天界。梵天吩咐因陀罗举行一场马祭为自己赎罪,因陀罗成功地照做了。梵天和毗湿奴大神一起赦免了因陀罗的罪行,让他重新登上天帝的宝座。

小知识

在佛教经典中,因陀罗被视为佛的侍者,或为法会座上的听众,或护法善神之一。至婆罗门教兴盛时代,尤其《往世书》问世时,盛行崇拜湿婆与毗纽,祭祀因陀罗的风气便不如吠陀时代浓厚。到了密教时期,因陀罗则成为密教之护世八方天之一。

雄伟的巨蛇族与天国的音乐家——
那羯和乾闼婆

　　仙人伽叶波的大妻子、二妻子与三妻子分别为他生下了天神和阿修罗，而其余的十位妻子却生下了遍布三界、各式各样的万物生灵。苏罗萨生下了奇异的巨龙，阿里塔生出了乌鸦等飞禽的始祖，毗那陀下了两颗巨型鸟蛋，其中一颗出生的婴儿就是毗湿奴大神的坐骑——神鸟迦楼罗，苏洛毗产下乳牛和马匹，蛇妖迦德鲁成为那羯的母亲，牟妮是乾闼婆的母亲。

　　迦德鲁的孩子统称那羯，是一种生活在地下的巨型蛇族。那羯之王是一条名叫瓦苏基的大蛇，他居住在地下城中的婆伽瓦提。那里堆满了世间稀有的璎珞宝藏，所有的宫殿都用金砖银瓦搭建而成。庞大的那羯族中有一部分住在江河湖海之底，进入了水神伐楼那的领地。还有一部分那羯生活在陆地上，守护着各种奇珍异宝。三头蛇、七头蛇与十头蛇属于那羯中的贵族，他们的首领头戴威严璀璨的王冠，拥有享用不尽的财宝。那羯族的首领们明智而威严，不仅收获了与天神们的友谊，还时常受到众神的帮助，逃离苦难，化险为夷。

　　牟妮所生下的儿子叫乾闼婆，他们住在半空中，曾经是看护天界甘露苏摩酒的卫士。达刹之女萨罗斯法底能言善辩，成功地从乾闼婆手中骗取了苏摩酒。乾闼婆本想用苏摩酒留住美丽的萨罗斯法底，可是事与愿违，萨罗斯法底的芳心早已献给了天神。因此，乾闼婆承受了丧失苏摩酒的罪行，成为天界中负责吹拉弹奏的乐师。从此，乾闼婆和善于表演的阿卜娑罗成为搭档，一同为天界奏乐伴舞。阿卜娑罗是诞生在海中的仙女，她们面貌柔媚，身姿曼妙，经常向天神施展高超的演技，受到了众神的青睐。因陀罗封阿卜娑罗为天国的歌舞伎，请她们为众神舞出三界中最美的舞蹈。

　　乾闼婆是长相英俊清秀的美男子，他们不会衰老，永远年轻。天国的音乐家乾闼婆，经常到天神们散步的山上放声歌唱，他们的声音婉转优美，旋律十分动人，常常令天神们心旷神怡，流连忘返。乾闼婆的歌声偶尔也会传颂到人间，在天气晴朗、万里无云的时候，人们仿佛看到了一座空中城市。那里有一栋金碧辉煌、巍峨璀璨的楼宇，便是乾闼婆的住所。不过，谁要是看到了这座城市，那就是大难临头了。

乾闼婆的首领毗娑婆苏曾经率领部下攻打地下城市那羯族,战斗不仅取得了胜利,还把那羯的金银财宝掠夺一空,惨败的那羯只好向善良的毗湿奴大神求得保护。大神来到地下城驱赶了乾闼婆,并强迫他们归还所盗的宝物。那羯中有一条最受崇拜的千头巨蛇名叫舍

睡在舍沙身上的毗湿奴神

沙,他是那羯国王瓦苏基的兄弟。经过这场与乾闼婆的对抗,舍沙和毗湿奴成了无话不说的好朋友。灭世洪水泛滥之时,毗湿奴大神正在舍沙的背上横卧休息。从此以后,强大的舍沙心甘情愿为毗湿奴大神当牛做马,成为他有力的依靠。

那羯与乾闼婆有一个共同的特长,就是任意变形,他们能在一瞬间变成自己想要的模样。那羯经常幻化成妩媚多姿的少女,勾引国王和各路英雄,所生下的孩子个个都是英俊甜美的少男少女,令人赏心悦目。而乾闼婆非常好色,经常尾随着漂亮的姑娘,当环境允许时,乾闼婆就会用靡靡之音与俊美的外貌勾引对方。乾闼婆与阿卜娑罗经常结伴而出,有时也到凡间诱惑有妇之夫出轨。在凡间的婚礼上,月神苏摩与火神阿耆尼做为一对新人的保护神,出现在现场。与此同时,乾闼婆与阿卜娑罗也会隐身在婚礼中,他们做为新郎与新娘的秘密竞争者,随时寻找机会引诱双方,考验恋人们是否忠诚地爱着对方。

小知识

在印度教中,乾闼婆是一种不吃酒肉,只用香气做为滋养的男性神灵,他们的身上时常散发着香气。而在佛教中,乾闼婆则是观音二十八部众之一。

在瓦罐里长大——
仙人阿竭多

仙人阿竭多是水神伐楼那与尤里婆湿的儿子,他与兄弟婆斯托一同出生在一个盛满水的瓦罐里。阿竭多长大后才从水罐里走出,在宾阇耶山附近的森林里生活了许多年。他身披鹿皮,终日在深山老林里修炼,渴了就饮山间泉水,饿了就吃林中野果。阿竭多从不在意日子是否贫苦、生活是否富足,而是一心苦行,毫不懈怠。终于,他修炼成功,获得了强大的法力。

有一段时间,宾阇耶山十分羡慕须弥山的荣耀与名气,日月星辰每天都围着须弥山旋转。宾阇耶山叫住太阳问道:"从早到晚,你们每天都围着须弥山转,让它永远光辉灿烂。我也希望享受这样的感觉,获得须弥山的光芒与荣誉。从今天起,请你们围着我转吧!"

太阳听后,毫不客气地回绝宾阇耶山说:"我与月亮星辰终日围绕须弥山旋转,这并不是我们单方面的意愿,而是万物的始祖梵天的意志。他的意志无法违背,我只能循规蹈矩地走下去。"

宾阇耶山遭到了太阳的拒绝,心中充满了不快。为了发泄自己所受到的屈辱和愤怒,宾阇耶山利用自己的功力无限增高,它的山峰直插云霄,把太阳与月亮运行的轨道完全堵死,终止了它们环绕须弥山的工作。太阳与月亮无法移动,被迫停留在原地,以致于昼夜无法交替,世界混乱不堪。天神们得知此事后,连忙赶到宾阇耶山,纷纷劝说它放下欲望,熄灭心中的怒火,让太阳月亮继续按原有轨迹运行。可是不管天神们怎么苦口婆心地劝说,宾阇耶山就是不同意。万般无奈之下,众神只好向梵天求得帮助,梵天对他们说:"众神啊!唯一能够说服宾阇耶山的,就是住在山附近的仙人阿竭多。"

天神们得到了梵天的指引,一同前去请求阿竭多仙人帮忙。阿竭多来到宾阇耶山面前,温和地说:"伟大的宾阇耶山,请你不要追求他们的面貌与特长,拿出自己的优点和特色吧!你的雄姿与光辉将令一切群山黯然失色!请你对我开开恩,降下自己的高度,放日月星辰去工作。另外,请你给我开辟一条通往南方的路,我会很快回来的。等我回来,你再随意长高。"

宾阁耶山见前来劝说的正是伟大的仙人阿竭多,便不好意思地将山峰缓缓降下来,并给仙人阿竭多开辟了一条通往南方的山间小道。宾阁耶山答应了仙人,等他回来再继续长高。阿竭多拜谢了宾阁耶山后转身离去。可是,阿竭多仙人留在了南方一直没有回来,宾阁耶山就再也没有增长。日月星辰见轨迹恢复,开始正常运转起来。

仙人阿竭多在去往南方的林间小路上行走着,突然看到一个又大又深的土坑。阿竭多向里面张望而去,顿时吓坏了自己。阿竭多的亲人先辈们都在坑里,而且正在忍受着残酷的惩罚。他们挣扎着说:"阿竭多,因为你没有子孙后代,才导致我们在这里受苦。只有你生下了儿子,我们才能升天。"

为了救赎祖辈,阿竭多便开始寻找配偶。可是他找了很久,都没能遇到一个合适的对象。后来,阿竭多急中生智,用林中万物生灵的各个部位组成一个小女婴,并把她送给了没有后裔的维达尔巴国王,希望他能好好照顾女婴,等女婴长大后,阿竭多就会来娶她。

时光荏苒,在维达尔巴国王的养育下,女婴罗帕穆德拉已经是一位身姿优雅、相貌美丽的公主了。阿竭多仙人如期而至,向维达尔巴国王求婚。国王见仙人履行了承诺,自己也不能违背,便同意了女儿罗帕穆德拉与阿竭多仙人的婚姻。婚后,阿竭多与妻子相敬如宾,十分甜蜜。罗帕穆德拉公主也对阿竭多忠心耿耿,关爱有加。阿竭多被美丽的妻子深深打动,激发出了强烈的爱情。不久后,罗帕穆德拉为丈夫生下了一个智勇双全的儿子,他从小就懂得吠陀经典中的奥义,是个不可多得的天才。阿竭多履行了誓言,让先辈们如愿升入天国。而他也离开了住所,潜入山林继续修行起来。

仙人阿竭多的丰功伟绩数不胜数,他曾经帮助天帝因陀罗铲除了邪恶的友邻王。还喝干了海水,协助天神们战胜嗜血的阿修罗,重新夺回三界统治权。这位伟大的仙人总在关键时刻现身,像救命稻草一样守护着三界的正义。

> **小知识**
>
> 据说,阿竭多仙人于三十九岁示现涅槃,他用短暂的一生帮助天神扶持正义,解决难题,是仙人中不可多得的大贡献者,但他在印度民间的名声有限,知名度较小。

为爱付出一半生命——
隐士鲁鲁

很久以前,乾闼婆之王毗娑婆苏与美丽的阿卜娑罗生下了一个美貌非凡的女儿。阿卜娑罗将女儿放在隐士斯图拉克沙的家门前,希望被这个善良的人所收养。果不其然,斯图拉克沙打开门,看见可爱的女婴,赶忙抱进屋中养育起来。随着时光的流逝,当年的可爱女婴已经变成一个亭亭玉立、善良温顺的姑娘,斯图拉克沙给她取名叫普拉瓦德瓦拉,意思就是赏心悦目。

一天,高尚的婆罗门隐士鲁鲁经过斯图拉克沙的家门前,巧遇到了美艳无比的普拉瓦德瓦拉。他们彼此一见倾心,钟情于对方。回到家后,鲁鲁把自己对普拉瓦德瓦拉的深深爱意告诉了父亲。于是,他的父亲带着一些聘礼,到斯图拉克沙的家中求婚。斯图拉克沙欣然接受了婆罗门的求婚,两位父亲一起为孩子们订好了结婚日期。

婚前的这段日子里,隐士鲁鲁总到斯图拉克沙的家中,邀请普拉瓦德拉出来玩耍。他们到森林中采摘新鲜的瓜果,互相喂对方吃,彼此十分亲昵。可是,普拉瓦拉德拉不小心被蛇咬了一口,毒液迅速扩散到姑娘的全身。过了不久,她就倒在地上断了气。

鲁鲁实在不能承受这突如其来的打击,他跪在地上,像个疯子一样哭号着。悲痛欲绝的他仰天哀求道:"万能的天神啊!请不要带走我的爱!我们的婚礼还没有开始,幸福还未曾得到结果,死神就把我美丽的未婚妻带走了。我从小就仁慈待人,怜悯对物,循规蹈矩地生活着,难道就得到这样的报答吗?伟大的天神啊!求你开开恩,把我的普拉瓦德瓦拉还给我!"

隐士鲁鲁身为婆罗门,天神很快就感应到了他的不幸。众神十分同情他,便派一名使者前去解救。天神使者出现在鲁鲁面前,问道:"可怜的婆罗门啊!请你不要哭泣。凡人的生命只有一次,当灵魂离开躯体,哭泣是无法减轻痛苦的。你的虔诚令天神们感动,众神给你一个机会,如果你愿意付出自己的一半生命,那么普拉瓦德瓦拉就会即刻复活。"

鲁鲁听后停止了哭泣,他急切地对使者说:"伟大的天神,我非常愿意献出自己的一半生命,请你们让我的未婚妻复活吧!"

话音刚落,普拉瓦德瓦拉就睁开了明亮的双眼,像睡美人一样苏醒过来。当得知自己复活的代价是鲁鲁的一半生命时,这位姑娘哭成了泪人。美丽的普拉瓦德瓦拉被鲁鲁对自己的真爱所打动,她当即发誓,永远地忠诚于丈夫鲁鲁。

婚礼在两位父亲选择的黄道吉日中顺利举行了,从此以后,鲁鲁与普拉瓦德瓦拉如胶似漆,终日在一起,体验着夫妻生活的快乐。可是,鲁鲁的心中一直对蛇类抱有憎恨之心,并发誓为爱妻报仇。一次,他在河边打水时看到了一条细小的水蛇,一把便将水蛇揪出水面摔在地上。水蛇委屈地质问鲁鲁:"圣洁的婆罗门,您这是怎么了?为什么要伤害我?我并没有伤害人类啊!"

鲁鲁恶狠狠地说:"不管你是否伤害了人类,但是你的同类伤害过我的妻子,我就要将你们蛇类赶尽杀绝!"

水蛇听后十分胆怯地说:"您的种族光明磊落,虔诚仁慈,从不会伤害任何一条无辜的性命。我虽然是蛇类,但并不具有伤害人的本事。"

"不要在我面前胡搅蛮缠!我们婆罗门从不滥杀无辜,你的同类曾经试图杀死人类,如今我就要你们血债血偿!"鲁鲁愤慨地说。

"请你听我说,"水蛇向鲁鲁讲述着,"曾经我也是一个虔诚的隐士,一天,我和我最要好的朋友一起到森林中玩耍,我用草绳编织了一条假蛇,在开玩笑时把我的朋友吓死了,我受到惩罚,所以才落成今天这副模样。善良的婆罗门啊!一个玩笑开不得,何况是一条性命呢?"鲁鲁被水

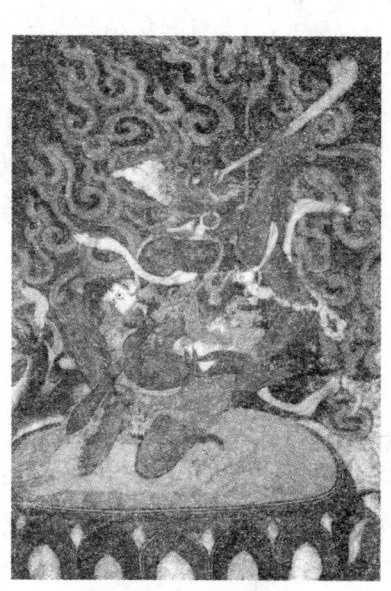

婆罗门造型之玛哈嘎拉

蛇的一番话所触动,于是托起水蛇,重新放回了河流中。从此,鲁鲁谨遵不杀生的原则,终于在中年之际修出成绩,变成一个至高无上的神圣婆罗门。

小知识

婆罗门是祭司贵族,掌管神权、占卜、文化和时令季节,在社会中地位最高。他们品行端正、意志坚定、祭祀奉献、仁慈善良,鲁鲁就是婆罗门中最有名气的隐士之一。

千金不换的乳牛——
水神之子极裕仙人

极裕仙人是水神伐楼那的儿子之一,他常年隐居在深山老林的道院中,性情仁慈善良,心中充满了恭敬与虔诚。

一天,曲女城的众友王带着侍卫们来到林中狩猎,他们骑着马呼喝穿梭,猎捕了许多野鹿和野猪。由于大量的体力被消耗掉,众友王感到十分口渴,他在林中探索着水源,不知不觉地来到了极裕仙人的道院。

极裕仙人见贵客造访,便热情地招待了众友王,他拿来一罐清水供客人饮用,还打来温暖的洗脚水,为众友王洗去身上的疲惫。之后,极裕仙人牵着一头乳牛来到众友王面前,说道:"伟大的王啊!欢迎您来到我的道院作客,我的神牛将满足您一个愿望。"

众友王听了仙人的话有些大惑不解,他问:"仙人说的神牛可是这头乳牛?它有什么神奇之处呢?"

极裕仙人微笑着说:"这头乳牛叫南蒂尼,是我精心喂养的。它的身材比例十分完美,无可挑剔。我每天都要到山上采摘最艳丽最夺目的鲜花,制成花环戴在南蒂尼的头上。至于我所说的神奇之处,还是请您先说出一个愿望,亲眼见证吧!"

众友王想了想,对神牛试探着说:"我想要一剂长生不老药。"

说完,乳牛看了看身旁的极裕仙人,仙人对乳牛说了声"给他吧",乳牛瞬间就变出了一棵仙草和一杯六味甘露。众友王和侍卫们都被眼前的奇景吓呆了,纷纷表示不可思议。这时,众友王又对乳牛说:"我想要三界中最美味的食物和饮料。"

随着极裕仙人的一声"给他吧",神牛瞬间就变出了上百种美食与美酒,有的香甜醇美,有的辛辣过瘾,还有的造型别致美观,引人食欲。众友王和侍卫们争先恐后地品尝着五花八门的美食酒水,嘴里还不停地赞叹着乳牛的神奇威力。

酒足饭饱后,众友王打起了神牛的主意,他想将南蒂尼据为己有,于是就对极裕仙人说:"伟大的仙人啊!我希望你能将这头神牛送给我,然后你再重新养育一头牛。"

极裕仙人委婉地拒绝道:"这头神牛饲养起来十分不易,与其说是我的功劳,不如说是梵天的恩赐,恐怕不会再有第二头了。"

众友王降低了要求,他对极裕仙人说:"如果是这样,我愿意用一万头牛来与你的南蒂尼交换。"

"南蒂尼就像我的孩子一般,我用它来敬神、祭祖、招待尊贵的客人,我和它是分不开的。"极裕仙人再次拒绝了众友王的请求。可是他越拒绝,众友王就越想得到南蒂尼。最后,众友王提出愿意用自己的国家来换取神牛,可是依然遭到了极裕仙人的拒绝。众友王恼羞成怒地说:"你们婆罗门意志坚定,能用刻苦的修行磨炼自己的意志,十分克己,不知道是哪来的勇气,竟然能拒绝充满诱惑力的条件。可是我不一样,我是刹帝利,如果不能达到自己的要求,我就会用武力解决。"

极裕仙人听了众友王的话后并不感到恐惧,他心平气和地说:"伟大的国王,您不仅拥有刹帝利的勇敢,还配备着精良的军队,唯命是从的将领,您想抢走我的乳牛简直就是轻而易举。"

众友王听出了极裕仙人话中的意思,他不管三七二十一,立即对侍卫们下令道:"把这头神牛给我赶回王宫!"

侍卫们拿起棍棒、绳索,一边抽打乳牛南蒂尼,一边将它的脖子捆住,用力向外拉扯着。南蒂尼看着极裕仙人,发出了痛苦的哀号。极裕仙人用神力赐福给南蒂尼,使它的皮肉免遭疼痛。南蒂尼知道自己的主人慈悲为怀,而众友王却不择手段地夺人所爱,它用尽浑身的力量让自己站在原地,无论侍卫们如何拖扯鞭挞,它都依偎在极裕仙人身旁,寸步不离。众友王见神牛如此顽抗,便命令侍卫们加大抽打的力量,侍卫们拿出了吃奶的力气,朝神牛猛抽过去。

南蒂尼对极裕仙人叫道:"主人啊!您的神力完全可以制止众友王的恶行,可是您看着我被毒打,为什么无动于衷呢?"

极裕仙人心疼地说:"南蒂尼啊!刹帝利的力量在于身体,而婆罗门的力量则在于心。不是我不救你,只是我不能用暴力伤害他人。其实我真的舍不得你走,我希望你能留下来。"

听到仙人一番肺腑之言,南蒂尼的斗志被彻底激发。它高昂起头,眼睛变成了血色,皮毛中散发出熊熊怒火,怒火掉在地上,变成了许许多多的精兵良将,大家穿着不同颜色的衣服,向着众友王的侍卫们一拥而上。众友王的侍卫们根本无法抵挡这样的攻击,纷纷仓皇逃命。

在极裕仙人的赐福下,众友王的兵马无一人伤亡,只是被驱赶出了森林道院。众友王目睹了南蒂尼的神威,也亲身感受到了极裕仙人慈悲的力量,他"扑通"一声跪倒在仙人面前,诚恳地说:"伟大的仙人啊!我终于认识到,只有婆罗门的神力才是最权威最真正的力量。我决定放下国家和刹帝利的身份,一心投入到修炼和苦行中。"

从此,众友王放下了荣华富贵,在深山老林中开始了刻苦的修行。他在极裕仙人的激励下获得了成就,变成一位拥有神光护体的伟大婆罗门。

小知识

极裕仙人是印度神话中七大著名仙人之一,也是十生主之一,他在印度的神话经典中有不同的记载。有的说他与达刹的女儿结为夫妻,生下了七个儿子;有的说他担任了甘蔗王的祭司,繁衍了六十一代子孙。

失去爱妻的另类修行——
湿婆与"大神"林迦

自从罗刹之女萨蒂因为对父亲的记恨而自杀后,伟大的湿婆大神曾一度陷入失去爱妻的悲痛情绪中。他远离众神,独自一人投入到严格的苦行当中。尽管如此,湿婆大神的心仍然无法得到宽慰,他对妻子的想念与日俱增,到了无法忍受的地步。终于有一天,湿婆大神的情感无处抒发,变成了一个癫狂的天神。他像疯子一样,在崇山峻岭之间游荡疯跑。

一天,湿婆来到喜马拉雅山的一片松林里,正巧撞见梵天的儿子们与妻子在聚会,他被这一甜蜜幸福的景象所刺激。只见赤身裸体的湿婆一脸泥土,一会儿发出狂妄的大笑,一会儿惊悚地尖叫起来,一会儿又张牙舞爪地跳起了舞蹈。湿婆一边跳,一边靠近天神的妻子们,他不时地做出一些挑逗性动作,粗野地晃动着赤裸裸的身体。由于湿婆一脸泥土,天神与妻子们根本无法认出他。天神的妻子们像中了邪一样,目不转睛地看着湿婆的舞蹈,最后竟然也脱下衣裙,围着湿婆手舞足蹈起来。妻子们的举动激怒了众神,大家使出各自修炼的全部威力,共同诅咒了湿婆:"让这个魔鬼失去他的男性标志吧!"

顷刻之间,正在跳舞的湿婆大神忽然掉下了一件东西,然后消失得无影无踪了。众神的妻子们仿佛从噩梦中惊醒,看着彼此赤裸的身体,感到十分羞愧。天神们走近一看,湿婆掉下的,正是被他们诅咒的男性器官。从此,湿婆大神失去了男性特征,整个世界也跟着黯淡下来。祭坛圣火率先熄灭了,太阳的光芒消失了,就连四季循环也变得紊乱不堪。

天神们十分害怕世界毁灭,他们纷纷向梵天求助。伟大的梵天对他们说:"天神们啊!看来你们有所不知,那天在喜马拉雅山上的疯狂跳舞者,就是威严的湿婆大神。他失去爱妻后,心中十分悲痛。由于情感无处宣泄,所以变成了那副疯狂之相。如今天地间出现了恶劣的变化,都是因为你们的诅咒,让湿婆大神失去了男性特征。"

听了梵天的开示,天神们惊讶地张大了嘴巴,他们简直无法相信自己犯下了滔天大罪。众神纷纷跪拜在梵天面前,苦苦哀求道:"伟大的始祖啊!求您帮帮我们,那天我们的妻子像着魔一样,她们脱光自己身上的衣裙,贪恋着湿婆大神的身体,还与大神有了十分亲密的肌肤接触,我们实在是怒火中烧,才会发下恶毒的诅咒,做出过激的行为。"

梵天温和地说:"天神们啊!你们现在唯一能做的,就是消散各自心中的怒火,真诚地恳求湿婆大神网开一面,宽恕你们无知的罪行。另外,你们还要重新塑造一个湿婆的男性器官,就叫它林迦吧!从现在起,你们每天都要膜拜并崇敬林迦,就像尊重湿婆大神一样尊重林迦,把它当作大神一样供养。"

湿婆神庙

天神们只好遵从梵天的旨意,他们来到松林里,用木材雕塑了一尊圆嘟嘟、硬挺挺的林迦,并供奉起来,把它当作湿婆大神一样敬仰与膜拜。就这样,天神们风雨无阻地供养林迦整整一年。当春天再次来临的时候,喜马拉雅山上枯萎的鲜花终于绽放如初。

湿婆大神重新回到松林,神仙们一拥而上,纷纷跪拜在大神面前,一边称颂赞扬大神的丰功伟绩,一边忏悔着自己的鲁莽恶行,并向大神请求宽恕。湿婆当即原谅了众神,并对他们解释道:"伟大的天神啊!当初我一丝不挂地奔跑游荡,并不是为了释放丧妻之痛,而是以这种方法摆脱情欲、洗涤罪过,进而获得更大的法力。"

众神听后纷纷竖起大拇指,赞叹与歌颂声不绝于耳。从此以后,天神们在许多地方供奉了林迦,把它当作湿婆大神的形象一样顶礼膜拜。

小知识

在当今的尼泊尔街头和庙宇中,都供奉着代表湿婆的"大神"林迦,而人形的湿婆却很少见。印度教徒们常说:"如果你不了解林迦,就很难了解印度教的特色。"

布头变成的天神——
人身象首的迦尼萨

湿婆大神与第二个妻子乌玛生下了战神斯坎达之后,乌玛又想再要一个儿子。她便对湿婆说:"亲爱的,我们的斯坎达生下来就送给别人抚养,我很想再要一个儿子,由自己亲手带大,请你满足我吧!"湿婆有些不高兴地答道:"雪山之女啊!斯坎达的出生已经让我受够了。为了他,我曾经中止了严格的苦行,现在我与你欢爱并不是为了生育,而仅仅是为了满足和享受。"乌玛听后有些沮丧地说:"孩子生下以后不会耽误你的修行,我可以独自把他养大。你知道吗?我是多么想亲吻孩子的脸蛋啊!"

面对固执己见的妻子,湿婆忍无可忍,终于发起了脾气。他从身上扯下一块布头,扔到乌玛手里,对她冷淡地说:"给你!这就是你的儿子,你可以亲吻他了,想亲多久就亲多久!"

"你这是什么意思?你怎么能用一块破布代替我的儿子呢?请你不要这样侮辱我!"乌玛委屈地哽咽起来。

湿婆站起身拂袖而去,留下乌玛一个人伤心哭泣。泪水滑过女神的脸颊,滴在手中的布头上。突然,那块布头蹦到乌玛胸前,变成了一个活泼可爱的小男孩。乌玛惊讶地大叫着:"儿子!我的儿子活了!"

她激动地抱起儿子,放到自己的胸脯前,幸福地给孩子喂奶。孩子吃饱后,乌玛赶忙吩咐祭司举办生子祭典,并盛情邀请所有天神到场。众神收到邀请后,纷纷赶来向湿婆与乌玛道喜,他们对可爱的婴儿发出了许多赞叹,唯独土星之主沙尼低头不语。乌玛好奇地问:"伟大的土星之主,你为什么不看看我的儿子?"

沙尼低着头说:"我曾受过妻子恶毒的诅咒,我的目光到哪里,死亡就出现在哪里。"

"不会的,相信我吧!请你看看我漂亮的儿子。"乌玛把孩子举到沙尼面前,她根本不相信这句诅咒的威力。然而不幸还是发生了,土星之主刚抬起眼皮,

湿婆大神和他的儿子迦尼萨

男婴的脑袋与身体就分了家,掉在了地上。乌玛被突如其来的打击吓昏过去,湿婆抱起孩子,赶忙向梵天求助。梵天说:"你把孩子的脸朝向北,然后去找一个脸朝北的活物,砍下他的头安在你儿子的身上,只有这样才能复活他。"

湿婆拜谢了梵天,开始了找寻的征途。他在无意间注意到天帝因陀罗的坐骑——伊罗婆陀。这头神象的脸刚好朝北,湿婆十分惊喜,立即挥舞起宝剑,朝神象砍去。因陀罗的个人力量根本无法抵御救子心切的湿婆,他很快败下阵来,亲眼看着湿婆砍下神象的头,转身而去。

迦尼萨

湿婆把象头放在儿子的颈上,小孩果然奇迹般地复活了。乌玛听说儿子是在湿婆的救助下复活,心中充满了喜悦与感动。他们的儿子矮小的身体上顶着一个象头,就这样摇摇晃晃地长大了。梵天为他取名叫迦尼萨,意思是群王。智慧女神送给迦尼萨笔和墨水,助他成为学识之神;祭主送给迦尼萨一根神圣的绶带,亲手为他佩戴在左肩上;大地女神送给迦尼萨一只老鼠为坐骑,终生为他服务。天神们接二连三地为迦尼萨送来礼物,赞美声与歌颂声连绵不断。

对此,天帝因陀罗感到非常不满,他愤愤不平地对湿婆说:"大神啊!你为了儿子与我大动干戈,还亲手取走我的神象首级,这一切都让我感到不满。"湿婆对因陀罗说:"伟大的天帝啊!请你把神象伊罗婆陀的身子扔进大海,水神伐楼那会助你一臂之力,让神象再长出一个脑袋,重新复活。"因陀罗照着湿婆的话做了,果然,他的坐骑再一次得到了生命。因陀罗与湿婆大神冰释前嫌,他骑着神象,带着礼品,来到了湿婆的住所,为重生的人身象首天神献上自己的一份祝福。

小知识

象神迦尼萨至今还被印度教徒称颂,他们在举行仪式、结婚、朝圣、出远门、拜师开学、开店前,都会顶礼膜拜迦尼萨,他成了印度人的家庭守护神。

正义勇猛的君主——
甘蔗王的后代普兰贾耶

人类的始祖摩奴生下了甘蔗王,甘蔗王又继续繁衍了一百零一个儿子。这些儿子们继续壮大着神圣的种族,让子孙后代生生不息。

一天,甘蔗王对大儿子俱毗托说:"我的孩子啊!我正在准备办一场隆重的祭典,请你去森林中狩猎,带回一些美味的动物当作祭品献祭。"

俱毗托领命后,背起弓箭,骑上骏马,向宫外飞驰而去。森林中几乎看不到一丝光线,但这对擅长狩猎的俱毗托毫无影响。他悄悄潜入森林,看见一只正在湖边喝水的野鹿,便拉满弓弦,率先射出了第一箭。锋利的箭矢射中野鹿的胸部,野鹿当场倒地死亡。俱毗托兴奋地拍了一下巴掌,将野鹿收拾好,驮在了马背上。他牵着马,继续向森林深处走去。仅仅过了半天,勇猛的俱毗托就成功捕获了十只野兽。他把这些猎物捆绑好,驮在马背上,准备返回王宫。俱毗托牵着马走了一路,实在又累又饿。他停下脚步,掏出弓箭,射死了一只野兔。他剥下了野兔的皮,狼吞虎咽地生吃了起来。半只野兔下肚后,俱毗托已经很饱了。他把剩下的半只野兔捆在猎物上,一同驮回到宫中。甘蔗王见儿子满载而归,心中十分欣慰。可是甘蔗王的首席祭司婆斯托大仙看见了祭品后大为不满,对甘蔗王说:"陛下,这十件祭品都沾染了野兔的鲜血,被玷污的祭品不能用于献祭。"

甘蔗王听后大发雷霆,将俱毗托赶出宫外。从此,甘蔗王的大王子俱毗托有了另一个名字叫沙沙达,其含意就是吃兔肉的人。直到甘蔗王死后,俱毗托才重新回到王宫,继承了父亲的王位。他生下了一个勇敢的儿子,名叫普兰贾耶。

此时,天神与阿修罗的战争屡屡爆发,而天神的士气日渐衰落,多次被狂暴的阿修罗击溃。狼狈的天神们只好向万能的毗湿奴大神求助,大神对他们说:"伟大的天神啊!不用说,我就知道你们为何事而来。如果想要战胜我们的敌人阿修罗,那必须找到太阳王族的后裔普兰贾耶不可。我会将我的部分精气与神力注入普兰贾耶体内,并在暗中协助他战胜阿修罗,获得三界统治权。不过,你们一定要听从普兰贾耶的领导,不可妄自行事,一定要忠诚地执行他的命令。"

天神们拜谢了毗湿奴大神后,赶忙下凡来到人间,找到普兰贾耶。他们对这个勇敢的人赞扬道："伟大的甘蔗王后裔,威名远扬的武士,请你激发出体内的热血与愤怒,与我们联盟,共同维护正义,消灭嗜血的阿修罗吧!毗湿奴大神会赐予你力量,并在暗中保护你。"

普兰贾耶被天神的一番话所激励,不过他冷静地沉思了一下,向天神们提出了自己的要求:"伟大的天神们,我愿意与你们结盟,共同铲除罪恶的阿修罗。不过我有一个条件,就是请天帝因陀罗做我的助手,与我并肩作战。"

"为了战胜邪恶的势力,天帝一定会亲力亲为的。"天神们坚定地说。

就这样,普兰贾耶跟随众神来到天界,天帝因陀罗得知了普兰贾耶的要求,当即表示同意。他变成一头硕大矫健的公牛,让普兰贾耶骑上去。毗湿奴大神在因陀罗与普兰贾耶的体内分别注入了自己的神力,然后隐身在他们之间,时刻保护着首领们的安全。天神们整理好阵容,士气高昂地冲向阿修罗生活的海底。

在战场上,普兰贾耶调兵遣将,勇猛地向阿修罗首领发起攻击,变成公牛的因陀罗愤怒地践踏着阿修罗的城市与土地,毗湿奴大神则隐藏在公牛背上,抵御着普兰贾耶后面的冷箭与袭击。三剑合璧,威力无比。阿修罗被打得落花流水,天神们在普兰贾耶的领导下,夺回了三界统治权,获得了胜利。

结束战斗后,普兰贾耶又回到甘蔗王族当起了国王。他的后代是许多国家的君主,他重孙的重孙名叫拉瓦斯塔,在恒河畔建立了一座荣耀之城——斯拉瓦斯提。拉瓦斯塔在这里公正贤明地统治了许多年,赢得了不计其数的赞美与荣誉。

小知识

"甘蔗"一词在梵语中的意思是供养品、物之多者。甘蔗王族是释迦族的祖先,也是释尊五姓之一。历代甘蔗王都以仁慈、善良、正义著称于世,其中就包括佛祖释迦牟尼的父亲阅头檀。

鱼肚中生出美少女——
贞洁的芳香女

婆薮王在自己的国家中设立了因陀罗节,这令天帝十分欢心。因陀罗赐予婆薮王五个儿子,他们个个英勇善战、前途无量。婆薮王将国家分成六大区域,让五个儿子分别担任了国王,并为他们举行了登基典礼。珠贝河流向婆薮王的都城,有灵性的噪鸣山出于爱慕之情,把珠贝河在半路拦住了。就这样噪鸣山和珠贝河生下了一对儿女,并把他们献给了婆薮王。等到这对儿女长大成人后,婆薮王让勇敢的男孩担任军队统领一职,调兵遣将,保卫国家,把漂亮的女儿留给自己做妻子,为她取名叫山娘。

一天,婆薮王召集了侍卫与五个儿子,准备到森林中狩猎。临走前,他的妻子山娘含情脉脉地说:"陛下,今天是我的好日子,你快点回来,我们生个儿子吧!"

婆薮王看着娇媚的妻子,心中荡起了爱的波澜,他率领众人快马加鞭驰向森林,期待着早日归来与妻子欢爱。狩猎中,婆薮王始终不能保持专注,他的心中充满了对妻子的渴望。细嫩的皮肤,温柔的眼神,修长的玉腿,还有那丰满的胸部,宛如一位吉祥天女,绝色无双。想着想着,婆薮王的情绪失控了,他的精液不禁流了出来,流进了身旁的小河里。这时,正巧有一条大鱼从此经过,误将婆薮王的精液喝下,然后游走了。

这条鱼原是一位美貌无双的天女,名叫石姑。她曾经犯下过错,受到了梵天的诅咒,变成一条鱼,终日游弋在江河湖海里。石姑喝下婆薮王的精液后便游向了大海,十个月后,石姑不幸被出海捕鱼的渔夫们抓了个正着。正当渔夫们把它扔上岸时,石姑的肚子突然破裂,从中生出了一男一女两个婴儿。随着孩子的降生,石姑的诅咒也被解除,变成了美丽的天女,升上了天界。渔夫们被眼前的神奇景象吓呆了,纷纷把情况报告给国王。重男轻女的国王给儿子取名叫摩叉,意思就是鱼,并留在身边细心抚养起来,却把女孩随便嫁给了一位前来禀报的渔夫,让他们回家过日子去。石姑的女儿像母亲一样美丽无瑕,而且心地善良,仁慈高尚,是个内外兼修的美人。唯独美中不足的是,女孩的身上总有一股恶臭的鱼腥味。做为丈夫的渔民给她取名叫贞信,并一心一意地爱着她。

一天,渔夫生了重病,还传染给了他的父母,一家四口有三口人倒在床上,只剩下贞信一人料理家事。她撑起渔船,决定到海里捕获一些新鲜的鱼虾,为父母与丈夫补补身子。她把船划到大海中央,寻找着适合撒网的方向。这时,前去圣地朝拜的破灭仙人看见了漂亮的贞信,由于无法控制对美女的欲望,仙人大胆地向贞信表达了爱意。

贞信巧妙地拒绝道:"尊敬仙人,如今我们站在大海上,周围会有许多的神仙经过,海下还有无数的虾兵蟹将,在这众目睽睽之下,我怎么能与您在一起呢?这简直有伤大雅。"

贞信的话音刚落,仙人就变出了一团浓浓的烟雾,将他们两人包围在一片黑暗之中。仙人温柔地说:"美丽的人间仙子,我所制造出的大雾非常浓厚,密不透光,请你放心地跟我在一起吧!我知道你是有夫之妇,可是我还是无法忍住对你的爱恋,让我带给你身体的快乐,然后随着我,远走高飞。"

仙人的诱惑之语让贞信感到害怕,她努力让自己镇定下来,心平气和地对仙人说:"伟大的仙人,虽然我已经嫁给渔夫为妻,但他从未碰过我的身体,对我十分恭敬。所以,如果我和您交欢,就会毁掉我的处女贞操,我将无法面对自己的家人,没有脸活在这个世界上了。"

听了贞信的话,仙人立刻驱散了大雾,十分高兴地说:"美丽的姑娘,你的美貌在世上绝无仅有,你的心灵也是纯净善良。你对丈夫和家人的忠诚打动了我,我愿意满足你的一个愿望。"贞信立即跪在仙人面前,毫不犹豫地说:"求你把我身上的鱼腥味去除,它是我有生以来最大的烦恼,也是我和丈夫不可逾越的障碍。"

仙人果然满足了贞信的心愿,不仅去除了她身上的臭气,还赐予她芬芳的体味。欣喜若狂的贞信跑回家中,抱起了心爱的丈夫,渔夫闻到她身上的香气后立即康复起来,他拥吻着妻子,并与她有了第一次肌肤之亲。从此,渔夫为妻子改了名字,叫她"芳香女"。

小知识

在印度,"芳香女"还有另一个名字叫"由旬香"。"由旬"是古印度的长度单位,一由旬相当于帝王一日行军的路程。"由旬香"的意思就是远离一由旬都能闻到芳香女身上散发的芬芳气息。

割开耳朵的人——
善良神子迦尔纳

雅度族的王者苏罗有一个美丽大方的女儿,名叫普利塔。她的容貌如星月一般夺目闪耀,是大地上的佼佼者。苏罗曾经答应过自己的表兄,如果他没有孩子,就将自己的第一胎送给表兄。因此,表兄一直期待着苏罗的头胎是个儿子,结果却盼来了美丽的普利塔。由于曾经的诺言,苏罗只好将心爱的女儿送给表兄抚养。

表兄盼了半天却只得到了一个女儿,心中充满了不满。他把普利塔当成仆人一样使唤,让她一人承担了家中大部分家事。而普利塔从来没有抱怨过,她竭尽全力地料理家务,无论是接待客人还是洗衣做饭,普利塔从不怠慢。

一天,表兄家中来了一位婆罗门,普利塔像接待贵宾一样精心服侍着客人,令这位婆罗门心满意足。拥有神通之力的婆罗门从普利塔的双眼中看到了她所遭遇的种种不幸,便偷偷传授给她一套法术,仁慈的婆罗门对她说:"这个咒语可以帮你召唤到任何一位天神,你将得到他的恩典,生下一个善良无比的儿子。"普利塔拜谢了婆罗门,并送他离开了家。过了几天,苏罗的表兄外出办事,剩下普利塔一人在家中。她在打扫庭院的时候想起了婆罗门传授的法术,决定试一试,看看法术是否灵验。于是,普利塔按照婆罗门传授的咒语,喃喃念了起来。咒语刚念完,天上的阳光忽然变得刺眼起来,一个英俊的天神坐着金车向她奔来。

普利塔不禁失声惊叫:"太阳神!是太阳神!"苏利耶浑身散发着和煦的暖阳,站在普利塔的面前,对她说:"美丽的女人,我将赐予你希望之种,他会像我一样灿烂光明。"

普利塔赶忙向太阳神行礼道谢,并目送天神返回天界。没过多久,普利塔生下了一个儿子,男婴的身上没有皮肤,只有一副金灿灿的神甲,耳朵上还挂着一对璀璨的耳环,面容就像天神一样威严。普利塔十分害怕主人知道这件事,骂她不守贞节,只好忍痛割爱,将男孩扔到了村外的河水中。

男孩在河水中玩耍,丝毫不感到恐惧,他顺流而下,游弋到了另一个村庄。当时,村妇罗陀与丈夫正在河边洗衣服,刚巧发现了金光闪耀的男孩。他们将男孩从水中救起,看着他顽皮的样子,心中十分喜悦,夫妻两人决定将他收养,并给男孩起名叫富生。

在罗陀夫妻的精心照料下,富生变得越来越强壮,越来越勇敢。他学会了各种本领,成了村中出类拔萃的英雄。如同父子连心一样,富生总是喜欢对着太阳打坐膜拜,炽热的阳光烧烤着他的金色神甲,使他备受折磨。但富生从未中断过苦行,用坚韧的毅力考验着自己。

一天,罗陀与丈夫一同到山中砍柴,富生独自在家中修行。这时,天帝因陀罗变成了一名婆罗门造访他家,提出了作客的请求。富生热情地款待了这位婆罗门,并拿出家中最好的酒水与美食,供婆罗门无限享用。富生对客人说:"伟大的婆罗门,你们刻苦修行,磨炼意志,这些都令我佩服得五体投地,我愿意为婆罗门毫不吝惜地贡献出自己的一切。"

"哦?是真的吗?"因陀罗扮成的婆罗门怀疑道。富生双手合十,恭敬地说:"我每天都在太阳的照射下苦行,用烈日折磨着自己的身体,考验着自己的意志,就是想像你们那样参透人生的真谛,获得来自心灵的力量。"因陀罗上下打量了富生一番,决定试探一下他的心是否虔诚。于是对他说:"如果是这样,我想得到你身上的黄金铠甲,还有你耳朵上的金耳环,你愿意送给我吗?"

神甲就像富生的皮肤一样,与血管和肌肉紧紧相连。听到婆罗门的要求后,富生毫不犹豫地撕扯下了神甲,顿时浑身鲜血淋漓。富生咬紧牙关,用强大的意志克服了身体带来的巨痛。接着,他又拿起刀,亲手将自己的两个耳朵割开,取下沾着血肉的耳环。富生忍着疼痛走到婆罗门面前,恭恭敬敬地将两件宝物交给了他。因陀罗对富生的表现惊讶不已,他急忙赐予富生一身健康的皮肤,使他又完好如初。与此同时,因陀罗还送给富生一件法宝,并对他说:"虔诚的人啊!从今以后你就叫迦尔纳吧!为了奖励你的真诚之心,我送你这件宝贝,它可以在危难的时候保护你,消灭一切阿修罗、乾闼婆、罗刹等恶势力。"

迦尔纳拜谢了因陀罗,并目送他返回天宫。从此,迦尔纳割耳朵的故事在民间盛传开来。

小知识

"迦尔纳"在梵语中一语双关,它的一个意思是"太阳神之子",这是因为迦尔纳在太阳照射下练就成一身本领;另一个意思就是"割开耳朵的人"。

绝不比丈夫享受更多——
生百子的甘陀莉

俱卢族的王子持国天生双目失明,尽管他有勇有谋,但是到了娶妻生子的年龄,仍然没有姑娘愿意嫁给他。万般无奈之下,持国只好向黑仙求助,黑仙答应持国,在三个月内为他送来一位貌美如花的女子为妻。

黑仙用神通之力感应到,在远方的犍陀罗国有一位青春性感、美貌无双的公主,名叫甘陀莉。于是便来到犍陀罗国,向国王妙力哀求道:"陛下,我在深山中修炼了许多年,如今开始了云游的生活,今天特意拜访您的国家,希望与您交好。可是我现在又累又饿,再不吃点东西,可能就要伤及元气了。"

妙力国王听大仙一说,赶忙吩咐侍从们端来美食,盛情款待大仙。黑仙吃饱后,向国王双手合十,表达了谢意。随后,他对国王说:"感谢您赐予我的恩典,为了表示谢意,我将告诉您一个天机。"

听到这里,妙力国王好奇地睁大了眼睛,他颇有些急切地说:"请大仙指点!"

"如果我没说错的话,陛下应该有个女儿,名叫甘陀莉。"听了大仙的话后,妙力国王连连点头。黑仙继续说:"你女儿的美貌感动了天神,他们暗自为她赐予了祝福。如果甘陀莉公主愿意与天神们指定的国王结婚,那么她将生下一百个儿子。这一百个儿子个个聪明勇敢,在不久的将来必定会成为天下皆知的人物。"

听黑仙这么一说,妙力国王赶忙请出了自己的女儿,并将大仙的话转告给她。美丽的甘陀莉跪拜在大仙面前,真诚地说:"伟大的仙人,天神真会眷顾我吗?"

黑仙微微一笑,对甘陀莉说:"圣洁无瑕的公主,结婚与生育是每个女人的头等大事,如果你相信天机,就请遵从它的指引,你一定会收获至高无上的幸福。"

"我真不知该如何感谢您,如果您愿意为我指引方向,我一定会为了一百个儿子,不辞辛劳、毫无怨言地走下去!"跪在黑仙面前的甘陀莉信誓旦旦地说。

黑仙沉思了片刻,对甘陀莉说:"公主,刚才我已经看到了你的幸福,它就在不远处的俱卢族。那里的持国王子聪明无比、品行高尚,他将是你所有幸福的归宿。"

甘陀莉听后,拜谢了黑仙,毫不犹豫地穿上嫁妆,告别了父亲,与黑仙一同向俱卢族走去。一踏入俱卢族的土地,甘陀莉就从人们口中听到了关于持国王子的威严与赞誉,她脑海里充满了对未来丈夫的想象,以及对婚后生活的憧憬,心中升起一股莫名的幸福感。可是,当她进入王宫,看见已经继承父业担任国王的持国后,不由得吓了一跳,原来自己的丈夫是个瞎子。甘陀莉一时间无法接受现实的打击,倒在地上哭了起来。持国听见未婚妻的哭声,摸索着走到她面前,温和地说:"姑娘,你的声音如此悦耳,想必外貌一定十分美丽,如果你觉得和我在一起会受到委屈,那么我愿意派侍卫和马车,送你返回家园。"

甘陀莉听持国这么一说,顿时停止了哭泣,她看着持国平静的脸,心想:"这一切也许就是天意,我曾经向黑仙发过誓,绝不反悔诺言。"

于是,甘陀莉站起身,温柔地搀扶在持国身边,她对持国说:"虽然你双目失明,但你的心可以看见一切。我愿意嫁给你,并和你同甘共苦,相伴一生。为此,我也绝不比你多享受一分。"

佛教护法神——持国天王

说着,甘陀莉从身上扯下一块布条,蒙住自己的双眼。从这之后,甘陀莉像丈夫持国一样,过起了盲人般的生活。持国如愿娶到了妻子后,就重重地奖赏了黑仙。但是黑仙什么也没要,他真诚地祝福了持国夫妇后,回到山林中修炼去了。持国虽然看不见,但他可以用手触摸,他知道自己的妻子是一位身材性感、面容清秀的绝代佳人,于是整日与她缠绵在一起,如胶似漆的两个人婚姻生活十分甜蜜幸福,婚后不久,甘陀莉就有了身孕。

持国与妻子都盼着孩子顺利降生,可是过了两年多,甘陀莉的肚子仍然没有一点要生的迹象。她非常痛苦,整日郁郁寡欢。一天,甘陀莉瞒着丈夫,独自跑到树林里,想透过剧烈的运动催促孩子出世。她一会儿爬树,一会儿跳远,把自己折腾得满头大汗。突然,甘陀莉的肚子犹如翻江倒海一般疼痛起来,并且被剧痛折磨得昏了过去。等她再次清醒过来,发现地上有一个硕大的肉球,这就是在她的腹中生活了两年的"孩子"。

甘陀莉看着肉球,失声痛哭起来。这时,正在树林深处打坐的黑仙感应到她的哭声,迅速赶了过来。甘陀莉把自己怀孕到生产的不幸遭遇告诉了黑仙,并哭诉道:"仙人,你曾经向我许诺,我与持国将生下一百个儿子,如今为什么只有一个肉球?"

黑仙安慰道:"甘陀莉,你抱着肉球回宫去,准备一百个罐子,在里面盛满奶油,再给这个肉球撒些纯净的水。"

甘陀莉只好抱着肉球回到王宫,她照着黑仙的吩咐做了。她端来一碗纯净的清水浇在肉球上,肉球碰到清水后,瞬间裂成了一百块,每块都变成了拇指大的婴儿。甘陀莉赶忙把这些婴儿装在一百个装满奶油的罐子里。半年后,一百个罐子里长出了一百个王子,他们降生时,世界上所有的动物都发出了哀号的警告,天神们也都纷纷议论这些孩子带有不祥的预感。果然,若干年后持国家族遭到灭亡,正是拜这一百个儿子所赐。不过他们也应了黑仙的话,成为了天下"闻名"的人。

小知识

持国在印度的神话中有着不同的形象:一部分人认为他是双目失明的国王;一部分人认为他是身着天衣,左手持刀、右手托宝珠的天王;还有一部分认为他是手持琵琶、身披战甲的武将。

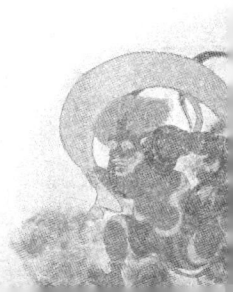

给人类传递神的旨意——
天神信使那罗陀

达刹把自己的五十个女儿分别嫁给了伽叶波仙人、月神苏摩、祖师达摩和其他天神为妻之后,陷入了忧郁的思考。他认为世界上有阿修罗、乾闼婆、那羯、阿卜娑罗、人类和畜牲这些种类在三界中繁衍是远远不够的,无边无际的宇宙还是显得有一些荒凉和冷清。于是,达刹又通过刻苦的修行,生下了一千个儿子,他们统称为哈里耶什瓦。这一千个儿子并没有什么特别的长处,唯一的强大力量来自于他们的繁殖器官。达刹对这一千个儿子寄予了莫大的希望,他想通过儿子们的生殖能力广泛地繁衍后代,使宇宙不再寂寞,到处都是一片繁荣景象。

仙人那罗陀来自梵天的大腿,他用仙人的神通之力看透了达刹的心思,认为这是一个极为愚蠢的想法。他立即找到达刹,恭敬地对他说:"我们都是始祖创造出的天神,无论是言行还是思想,都应该是高尚的。而我读懂了你心中无限繁衍后代的意图,这简直太可笑了。"

达刹听了那罗陀的一番话,并没有做出任何回答。他用美酒和新鲜的瓜果盛情招待了那罗陀后,便打发他走了。那罗陀仙人并没有就此甘休,他偷偷来到了达刹的一千个儿子哈里耶什瓦的住所,劝慰着他们说:"光荣的达刹之子啊!你们准备遵从父命、大量繁衍后代的精神虽然可嘉,但是你们了解世界吗?知道它有多高深、多宽广、范围有多大吗?如果在一无所知的情况下盲目繁殖,那么后果可以想象,不是生得太多,就是生得太少。不如这样,你们先去探索一下这个世界如何?"

哈里耶什瓦认为那罗陀仙人的话十分有道理,他们恭敬地回答道:"伟大的仙人啊!您说的简直太对了!我们根本就不了解宇宙的范围与边界,盲目地生儿育女是不负责任的。"

就这样,达刹的一千个儿子纷纷离开了家,向世界的四面八方奔去。他们在广袤无垠的宇宙中认真探索着,过了很多年,也没有一个人回来。达刹并不知道这一切是仙人那罗陀所为,他的繁衍梦想破灭,还为此失去了一千个儿子,心中十分沮丧,但他并不就此放弃。一年后,达刹又生下了一千个儿子,为他们取名叫沙巴拉什瓦。达刹将无限生育、繁衍后代的梦想告诉了这些儿子,并警告他们不要像哥哥们一样离家出走,希望他们能够成功地完成父亲的心愿。沙巴拉什瓦纷纷表示决心,一定会努力完成达刹的梦想。达刹将沙巴拉什瓦安置在一片幽静的竹林中,自己回到了处所。为了防止儿子们像他的前一千个儿子一样莫名出走,达刹每过一段时间就去竹林中探望他们一次,以确保儿子们的安全。

一天,那罗陀仙人顺着恒河流域向下游走去,他怀着一颗清净的心,犹如一个修行中的神行太保,踏着轻快的步伐,身心愉悦地游走。一路上,仙人要是感到腹中饥饿,就在附近的丛林中采摘些瓜果来吃,要是渴了累了,就在恒河畔小憩一下。就这样,那罗陀仙人走了两天一夜,到了第二个夜晚,他感觉有些累了,就走进河畔的一片竹林中寻找休息的地方。仙人刚一走进竹林,就遇到了达刹的儿子沙巴拉什瓦,他们热情地请仙人留下。在交谈中,那罗陀得知了达刹的执着与妄想,他用说服前一千个儿子的方式,苦口婆心地劝说沙巴拉什瓦。但是,沙巴拉什瓦比他们的一千个兄弟更加顽固不化,仿佛被达刹洗脑一般,坚持要实现父亲的愿望。那罗陀用了整整一个夜晚的时间,才让沙巴拉什瓦大彻大悟,他们终于接受了那罗陀仙人的指引,像哈里耶什瓦一样奔向四方,杳无音信。

飞天是歌神乾闼婆和乐神紧那罗的化身,原是古印度神话中的歌舞神和娱乐神,他们是一对夫妻,后被佛教吸收为天龙八部众神之内

达刹来到竹林探望沙巴拉什瓦,却发现儿子们再次离家出走。气愤的达刹运用自己的神通之力看到了那罗陀仙人对两千个儿子的劝说,心中顿时燃烧起了熊熊怒火。他恶狠狠地诅咒了那罗陀仙人:"可恶的那罗陀,既然你喜欢驱散别人的儿子,那么我就让你成为一个永远的游荡者。无论是在天界还是人间,你都没有栖息之地,永远无家可归!"

没过多久,达刹的诅咒果然应验了,仙人那罗陀变成了天神们的信使。他每天奔走于天地之间,流浪在世界各地,负责传达天神们的旨意,并预测未来,给人们带来福音。

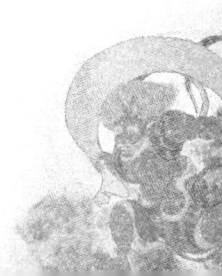

只爱虔诚的苦行者——
太阳神之女炎娃

太阳神有一个美貌无与伦比的女儿，名叫炎娃。她是梵天的妻子莎维德丽女神的妹妹，在三界中享有很大的名声和赞誉。炎娃不仅相貌柔美大方，而且身材凹凸有致，匀称完美，走起路来姿态优雅，说起话来温柔体贴，她的心像太阳神一样，充满着热情与希望。

炎娃在姐姐莎维德丽与天神们的宠爱下渐渐长大，眼看就到了婚嫁的年龄，父亲太阳神苏利耶为此事忧心不已，他认为自己的女儿完美无瑕，三界中根本没人能够配得上炎娃，可是他又不忍心让女儿孤单一辈子。想到嫁女儿，苏利耶便一筹莫展。忧心忡忡的太阳神到极裕仙人的森林道院作客，便向仙人道出了自己的心事。极裕仙人思考了一阵后对苏利耶说："做为见证炎娃成长的长辈，我十分理解你的忧虑，也愿意为你分担。在我看来，有一个人也许能够配得上太阳神之女。"

听到这，苏利耶仿佛抓住了救命稻草一般，他急忙问："什么人才能配上我优秀的女儿呢？"

极裕仙人向苏利耶讲述道："俱卢族有一位国王名叫广覆，他心地善良，待人宽厚，容貌俊美，每天都要朝拜太阳，并用香花净水和各种饮食供养太阳神。不仅如此，他还会定时举行斋戒和祭典，呼吁全国百姓一同礼拜太阳神。做为太阳神的你，是广覆国王心中最大的信仰，也是他最恭敬的人，如果把炎娃嫁给他，那真是完美的一对。"

太阳神苏利耶听后，十分赞同极裕仙人的意见。他返回天宫，特意关注了一下俱卢族的广覆国王，这位国王真的就像极裕仙人所说，毫无半点浮夸。苏利耶对广覆非常满意，暗自决定将女儿炎娃嫁给这个公正贤明的仁君为妻。

一天，广覆国王带着侍卫们到森林中狩猎，为了追赶一头野鹿，广覆与大队人马走散，独自跑到森林深处，迷失了方向。他骑着马儿在林中游荡了整整一天，都没有找到回家的路。突然，他的骏马由于劳累过度，猛地倒在地上断气而亡。伤心之余，广覆只好步行在深山老林里寻找出路，他在心中默默乞求着，希望他所敬仰的太阳神能帮助自己脱离困境。

走着走着,广覆看到眼前的竹林中有一小片灿烂的光芒,他惊喜万分,以为是找到了森林的出口,于是加快步伐,飞奔而去。当广覆靠近了光芒,却被眼前的瑰丽景象吓呆了。只见一位披着红色长发的少女站在他的眼前,她的眼睛乌黑明亮,皮肤粉红稚嫩,身材凹凸有致,就像一件精心雕琢的工艺品。少女的身体四周散发着璀璨的光芒,犹如被日月星辰包围那样闪耀。少女向广覆眨了眨眼睛,广覆的心就像被爱神之箭射中的小鹿一般,扑通扑通跳个不停。他红着脸,向女孩表露了自己的心意:"这位大眼睛的姑娘,能在这里遇见你,是我们三生三世修来的缘分。我是俱卢族的国王名叫广覆。昨天我到森林中打猎,不慎掉队迷了路,我最爱的坐骑也被饿死了,只剩下我一个人在山林里游荡。请问你是谁?你的家人在哪里?"

面对广覆的问题,炎娃只是微微一笑,并没有做出任何回答。眼前这个面容俊美、举止优雅的男性,让炎娃的心中莫名升起一股好感。虽然没有得到答复,但广覆看到了炎娃甜美的笑容,心中再次激荡起爱的浪花。他恭敬地对炎娃说:"美丽的姑娘,你不说我也猜得到,我认为你并不是女神,因为你比女神和蔼可亲;你也不是魔女,因为你比魔女善良纯真;你更不是罗刹女,因为你并不想伤害我;当然,你也不会是凡间女子,因为你的身上散发着一种灵秀之气。总之,在三界范围内,没有一种女子可以和你相提并论,你与她们截然不同。我的人和心都被你深深吸引,我想用剩下的全部生命和时间守护你、疼爱你。"

"尊敬的国王陛下,"炎娃终于开口说话了,她的声音就像蜜酒一样沁人心脾,"我是一个有父亲的人,不能私自做主订下自己的婚姻大事。我叫炎娃,我的父亲就是太阳神苏利耶。如果你真的爱我,就请全心地刻苦修行,以此来向我的父亲求婚。"

炎娃说完以后便奇迹般地消失了,真诚的广覆决定按照炎娃说的话做。他双手合十,就地打坐起来。白天,广覆坚定地望着天上的太阳,真心向烈日祈求着自己的愿望;到了晚上,广覆就在月光下默念经典,一心一意地刻苦修行。就这样过了十天,不吃不喝的广覆很快就瘦了三圈。俱卢族的大臣与侍卫们在森林中发现了他,规劝他放下对炎娃的爱恋,跟随他们回宫修养身体。可是广覆却下令让大臣们代理国事,自己执意要留在林中继续苦行,无奈的大臣们只好领命而回。

炎娃暗中观察着广覆,对这个男子的表现十分满意。这时,极裕仙人来到了苏利耶身边,他也见证了广覆国王对信仰的虔诚,以及对炎娃的真爱。极裕仙人决定为广覆做媒,向苏利耶提出婚嫁之请,太阳神欣然同意了这门完美的亲事。

在一个良辰吉日,广覆的王国喧闹无比,人们穿上华丽的衣服,为国王的婚事欢呼庆祝。许多天神也在空中现身,与大地子民一同庆祝这对夫妻的完美结合。

红地毯上,广覆握着炎娃的手,向太阳神苏利耶与极裕仙人恭敬地礼拜。随后,他们在一片欢呼声中,拥吻在一起。就这样,炎娃与广覆喜结良缘,成为三界中最完美的夫妻。

小知识

印度神话中对太阳之女炎娃的结局还有另一种说法,那就是炎娃与国王用乾闼婆的方式结合了。所谓乾闼婆的结婚方式,就是无媒妁之言、父母之命,也没有仪式的自由野合。

狂妄自大受惩罚——
转世人间的五兄弟

一天,天神们聚集在一起,举行隆重的苏摩大祭。由于地府的掌管者阎摩负责宰杀祭品,没有顾得上世间凡人的生老病死,大地女神就跑到天帝因陀罗面前诉苦说:"伟大的天帝啊!地上的生灵们无限繁衍,而且没有人死去,我就快要坚持不住了!"因陀罗心生忧愁,他带领众神找到梵天,希望求得开示。他对梵天说:"始祖啊!地上的生灵越来越多,人们越活越长寿。这样下去的话,我们天神与凡人又有什么区别?如果不能像以前一样安排生、老、病、死,做为天神的我们会感觉到无限的恐惧与不安。"

梵天安慰道:"掌管人类死亡的阎摩目前正在准备苏摩大祭,所以没有时间顾及人间。请大地女神再坚持一下吧!等祭典结束后,阎摩就会返回地府,重新维持大地的生态平衡。"

听了梵天的话,众神只好返回到祭祀的地点。途中,众神看见恒河中有一朵莲花漂流而过,大家都觉得十分稀奇,不知道这朵灿烂的莲花来自哪里。胆大的天帝因陀罗于是顺着恒河,向上游走去。因陀罗一直走到了恒河的源头,终于发现了莲花的出处。只见一位美艳夺目的女子坐在恒河源头的岸边,正在轻声哭泣。她的眼泪滴在恒河中的一刹那,就变成了一朵朵金灿灿的莲花。

因陀罗慢慢走上前,关切地问:"我是天神之王因陀罗,请问姑娘为何哭泣?"女子回答说:"伟大的天帝啊!如果你想知道我的伤心理由,就请跟随着我走一趟吧!"说完,她站起身向前方走去,因陀罗拿着神器金刚杵,无所畏惧地紧随其后。他们来到喜马拉雅山的山顶上,因陀罗看见一个俊秀的男子正坐在宝座上,和对面的姑娘下棋作乐,便冲着他们吼道:"喂!我是天神之王因陀罗,是你们的管理者,见到我来为什么不打招呼,也不起身相迎呢?难道你们想被贬到人间吗?"听了因陀罗轻狂的话语,正在下棋的男子抬起了头,他微笑地看了天帝一眼,因陀罗像被冷箭射中一样,呆若木鸡地站在原地,不敢再有任何话语。当时的他并不知道,这个英俊的男子,正是湿婆大神变化而成的。

大神下完棋后,对刚才哭泣的女子说:"把这个狂妄自大的家伙给我带过来!"女子走到因陀罗身边,轻轻一碰他的身子,因陀罗立刻瘫软在地上。大神对他说:

"因陀罗,你目中无人、傲慢骄横的态度令我感到不舒服,希望你今天受到教训后能改过自新。"湿婆大神说完,就把因陀罗扔进一个山洞里。在山洞中,因陀罗看见有四个和自己长得一模一样的天神,这让他大为不解。这时,湿婆大神发话了:"放肆的因陀罗,刚才你用言语侮辱了我,并且怠慢了我,我要让你受到惩罚!"因陀罗听后心中一阵悸动,吓得浑身颤抖起来。他赶忙双手合十,向眼前的湿婆哀求道:"您的法力高强,无人能敌,今天是我不小心冒犯了您,请您原谅!"

湿婆大神冷笑了一下,对因陀罗说:"你这个傲慢的家伙,如果不让你受到惩罚,你是不会记住教训的。你将和其他四个因陀罗一同投生到人间,接受各种困苦的考验,完成许多艰难的任务,还会结束许多凡人的性命。经过这些之后,你才能回到天帝的宝座上。请你相信,我的预言将会一一实现。"

吉祥天女

因陀罗并不死心,他继续哀求着湿婆:"大神啊!请您对我网开一面,让我继续留在天界吧!因为天神们离不开天帝,很多事情需要我处理,如果阿修罗趁机攻打天界,没有我的领导布阵,天界会乱成一团的。若非要投生不可,我愿意用我的男性液体制造一个男孩。"

湿婆大神听了因陀罗的话后,觉得有些道理,于是同意了因陀罗的请求。大神带着四个因陀罗和一个男孩找到毗湿奴大神,对他说:"大神,如今大地上生灵繁衍过度,大地即将崩溃。我派这五人转世到人间,铲除一些罪恶之人的性命,希望得到你的支持。"

毗湿奴大神当即同意了湿婆的意见。这五个人转生到人世后,变成了般度的五个儿子。其中,因陀罗用男性液体创造的男孩便是著名的阿周那。在他的领导下,五兄弟杀死了邪恶的持国和他的一百个儿子,有效减轻了大地女神的压力。

小知识

据神话记载,般度五子都娶了吉祥天女的化身为妻,这在当时的印度是绝对允许的。吉祥天女是幸福与财富女神,原本是毗湿奴之妻,她多次伴随毗湿奴下凡,其中就包括化身般度五子之妻的伟大之举。

苦行者的一对儿女——
弓箭术大师慈悯

著名的乔达摩大仙曾在出家前留下一个儿子,名叫有年。在他降生之时,手中就握着几支箭矢。长大后,聪明的有年无师自通,练就了一身高强的武艺,他所使用的弓箭术举世无双,所向披靡。但在学习《吠陀经》时却十分吃力,无论有年怎么拼命朗诵记忆,都无法了解其中的涵意。无奈之下,有年只好刻苦修行,经由静心打坐进入境界,进而参透经典中的深刻奥义。看着日益强大的儿子,乔达摩心中非常喜悦。与此同时,在暗中观察的天帝因陀罗却非常担心,他怕聪明刻苦的有年取代他的天帝之位。于是,他找来一名漂亮的天女,对她说:"天帝将有重任交给你,你立刻下到凡间,迷住那个叫有年的苦行者。"

天女领命后,立刻来到人间,顺利地找到了正在深林中练习箭法的有年。于是她半裸着身体,缓缓走到有年的面前。搭起弓箭准备发射的有年,被天女美艳的姿色吓呆了,他的弓箭顿时掉落在地上,双眼中只有美女的影像。天女披着一件薄纱,玲珑有致的玉体若隐若现,俊俏粉嫩的脸庞举世无双,挺拔的胸脯随着呼吸轻轻起伏。这时,天女用轻柔甜美的嗓音对有年说:"英俊的勇者,你看我的脸,是不是没有半点瑕疵?你看我的腰,是不是柔软得像棉花一样?你看我的腿,是不是很修长匀称?"

天女一边说,一边摇首弄姿地靠近有年,依偎在他的怀里。有年第一次接触女性,身体有一种莫名的愉快感。他情不自禁地亲吻着天女的脸颊,两只手也不老实地抚摸起来。天女趁机踩坏了有年掉在地上的弓箭,然后娇媚地说:"强壮的男人,你知道吗?你非常可怜。你整日投入在习武与苦行中,丢掉了很多很多的快乐,现在,就让我用身体带给你前所未有的体验吧!"

天女不仅用充满诱惑的话语勾引着有年,还用性感的肢体进行诱惑。有年的心中顿时升起一股欲望之火,他忘情地吟叫了一声,浑身一阵抽搐,男性独有的液体随之流出。在情欲的影响下,有年的全部功力与智慧顷刻消失一空。天女见自己成功地完成了天帝的任务,立即化成一股轻烟,飘到半空中消失了。

失去武功与法力的有年,发现自己被妖女所骗,他一边抱怨,一边拖着疲惫的身躯，向山林深处走去，决定投入到更加刻苦的修行中，以此忏悔自己的过失。在路上，有年不经意之间遗流出一滴男性液体掉落在地上，瞬间变成了一男一女两个婴儿。有年的全部思绪沉浸在悔恨中，并没有发现自己的一对儿女。

时光飞逝，兄妹俩像林中的野兽一般，自由自在地成长起来。一天，福身王来到这片山林中打猎，偶遇了这对流浪的兄妹。细心的福身王还发现了地上的残弓破箭和几张羊皮，他以经验大胆断定，这两个孩子是某位精通弓箭的婆罗门留下的子嗣。于是，福身王将这对兄妹带回王宫，精心地抚育起来。无论是祭典还是比武，福身王总把两个孩子带在身边，兄妹俩跟随养父增长见识与学识，很快就能将吠陀经典倒背如流，比他们的亲生父亲更有才智。福身王见两个孩子聪明好学，心中十分欣慰，他想起自己当初收养这对孤儿时的慈悯之心，便当即为兄妹俩取名叫"慈悯"。

又过了几年，有年终于通过虐待身体的苦行而获得了坚忍的意志与成就，成为了一位仙人。他用神通之力看到自己遗失的一对儿女后，立即腾云驾雾赶到福身王的宫殿中。他向福身王讲述了自己禁不住诱惑所造的罪业，并恭敬地拜谢了福身王对孩子们的养育之恩。宽宏大量的福身王允许慈悯的亲生父亲将他们带走，然而被有年仙人拒绝了。他把自己毕生研究的弓箭之术细心传授给慈悯，并教他们熟练使用各种兵器。直到兄妹俩把他的高深武艺全部继承后，有年仙人才独自离开。此后不久，慈悯就获得了武界的最高成就，变成一对名扬三界的弓箭术大师。

小知识

在印度神话中，慈悯被描述成称霸三界的弓箭术大师。而在享誉全球的印度史诗《摩诃婆罗多》中，慈悯则被记载为一位伟大的英雄，他成为了俱卢与般度族王子们的教师，也是天神与阿修罗最后大决战中的幸存者之一。

第三章
维护正义的不朽战歌

圆满时代的诸神之战——
天帝的金刚杵

在宇宙的圆满时代，天界诸神与女神檀奴的儿子们之间，爆发了一场旷日持久的战争。檀奴的儿子们出奇地邪恶，不仅在天界作奸犯科，就连人类也要遭受牵连。看着无辜的生命死去，这些恶魔竟然没有一点同情之心，残忍无比。檀奴给儿子们取名叫檀那婆，弗利多是他们的头领，带领着邪魔将天神们包围得水泄不通。

弗利多与檀那婆们都装备了精良的武器与防具，尽管天神们奋力反抗，最终还是以失败收场。因陀罗向梵天请求援助，他带领众神恭敬地跪拜在梵天面前。没等因陀罗开口，梵天就先说话了："伟大的天神们啊！不用说，我就已经知道了你们的心思。我会告诉你们一个制伏弗利多的办法，请你们认真听我讲个故事。"

天神们纷纷竖起了耳朵，聚精会神地听梵天讲述着："提吉仙人虔诚信法，足智多谋，你们真诚地向他恳求，他一定会伸出援助之手。你们对他说：'三界的利益至关重要，请你赐予我们神圣的骨头吧！'如果你们的心足够真诚，仙人一定会舍弃肉身，将骨头留给你们。他的尸骨具有神力，能破各种障碍，坚不可摧。你们用它做成一件六条棱的金刚杵，以它为利器，定能结束弗利多的性命。"

众神将梵天的话谨记在心，他们辞谢了梵天后，赶忙向提吉仙人的森林道院奔去。天神们第一次见到提吉仙人，都被他威严而又仁慈的相貌所折服，纷纷上前表示了崇敬之情。他们将梵天的话告诉了提吉仙人，请求赐予尸骨做为恩典。仙人微笑着答道："伟大的众神，为了三界的和平，我愿意献出自己的身体，助你们一臂之力。"

话音刚落，提吉仙人立刻死去，献出了自己的尸骨。天神们跪拜在尸体面前，对仙人表示无比的敬意。

"消灭檀那婆事不宜迟，我们快去找巧工大神！"天帝发话后，众神抱起仙人的尸骨，找到了巧工大神。大神听完了众神的来意，痛快地说："现在我就停下手中所有的工作，专心打造这件神器，助你们铲奸除恶。"

在巧工大神的奋力锻造下，威武严正的金刚杵很快就做成了，巧工大神将它交到因陀罗手中，坚定地说："伟大的天帝，弗利多为了夺取三界的统治权，烧杀抢夺肆无忌惮,简直成了魔鬼。现在,就请你拿着正义之剑,向邪恶的檀那婆们发起进攻!"

大神的一番话,不仅激发出因陀罗的正义感,更激发了众天神的斗志,大家在金刚杵的鼓舞下重振旗鼓,发誓将黑暗与罪恶势力斩草除根。

檀那婆们来到人间祸害百姓,他们糟蹋了所有的庄稼,抢走了百姓的财产,还侮辱了许多良家妇女,让百姓们生不如死,叫苦连连。这时,以因陀罗为首的天神们出现在弗利多面前,要与他决一死战。身材魁梧的檀那婆们主动出击,与天神展开了激烈的打斗,彼此都想把对方歼灭,出手十分狠毒。檀那婆们个个穿着金甲圣衣,天神们手中的武器根本刺不透,而强壮的檀那婆们则挥舞着长矛利剑,向天神们猛砍过去。众神无法抵挡恶魔们的攻势,纷纷向后溃败,一时间,天神的队伍慌乱不堪。

天帝因陀罗见天神们落荒而逃,心中也打起了退堂鼓,当他正想要调头逃跑时,被毗湿奴大神一把拉住。大神将自己的全部法力注入他体内,因陀罗瞬间变得精神饱满,威力无穷。虚弱的毗湿奴大喊道:"因陀罗,请你来为三界主持正义!"因陀罗受到了前所未有的鼓舞,他腾空而起,高举着神器金刚杵,向弗利多攻去。金刚杵在因陀罗的手中挥舞,发出了巨大的响声。这种声音威严无比,将邪恶的檀那婆们吓得抱头鼠窜。厮杀中的弗利多也被金刚杵的声音扰乱了心智,抱着头痛苦呻吟着。因陀罗用金刚杵猛砍过去,弗利多当场毙命。

金刚杵

天神们取得了伟大的胜利,大家喜出望外,笑逐颜开。从此,神圣的金刚杵成为天帝因陀罗的武器,用来维护正义,保卫和平。

小知识

金刚杵,梵名"瓦支拉",原本是因陀罗的一种电光的称呼。不过,平常都用于称他所用的武器。同时,对于诸神力士所持用的一种器杖,也称为金刚杵。在后来的密教中,采取它寓有"摧毁敌者"的意义,遂把诸尊圣神所执持的某些器杖,都称呼为金刚杵了,进而把它转变为修法用的道具。

人类罪行的惩罚——
灭世洪水泛滥

人间曾经发生过一阵混乱，当时的人们不信因果、不守规矩，抛弃了所有的伦理道德，践踏了良心。种种邪念与恶行令天神们备感愤怒，为了维护正义，众神决定灭绝人类，重新轮回。太阳神苏利耶之子摩奴住在南部一片幽静的山林里，他不理世事，一心向教，坚持祭祀与供养，遵守着道德规范与行为准则。混乱的年代，经常有歹人出没在山林中，但他们从不伤害善良的摩奴，也不与他进行过多的交流。每天，摩奴都循规蹈矩地过着清静的生活。

一天清晨，摩奴端着木盆，来到河边打水，不小心将一条小鱼盛进木盆。摩奴赶忙双手合十，忏悔道："罪过，罪过。"

这时，小鱼的头浮出水面，讲起了人话。它对摩奴说："善良的人啊！如果你愿意救我一命，我也会搭救你的。"

听了小鱼的话，摩奴感到有些奇怪，他问道："我怎么救你？你又怎么救我？"

"你知道吗？我从河的上游一路漂流，看到人类作恶多端，触犯了正法，天神们即将泄下滔天洪水，将这个世界淹没。做为鱼类，不仅要躲避人类的捕杀，还要经历同类的自相残杀，长大非常不容易。而你将我打捞上来后并不伤害我，反而不停地忏悔，说明你是世间不可多得的好人，我愿意助你逃过灾难。"

"谢谢你愿意搭救我的好意，可是我更关心如何救你。"

摩奴的善良再一次感动了小鱼，小鱼对他说："你先把我养在水罐里，等我的身体长大一些后，再将我放入池塘，直到我成熟后，再把我放进大海，我便能摆脱死亡的厄运。"

摩奴按照小鱼说的话做了，小鱼在他的精心饲养下渐渐长大，最终成为一条头上长着角的大鱼。摩奴抱起大鱼，将它放入海中。临走前，大鱼对摩奴说："回去以后，你赶紧制造一艘大船，等到洪水来临，你就跳上船。我说话算话，一定会来救你的。"

回去以后，摩奴按照大鱼的吩咐，打造了一艘大木船，然后继续按部就班地生活。可是，人类的罪恶一天比一天加重，终于惹怒了天神。顷刻间，洪水翻滚而降，猛烈的山洪与海啸接连爆发，冲毁了房子，淹没了村庄。瞬间，大地上尸横遍野，一片混沌。

就在洪水泛滥的时候，摩奴跳上了木船，他养过的大鱼果然出现了。大鱼让摩奴把绳子拴在它的角上，拖着摩奴行驶在惊涛骇浪之中。木船乘风破浪，化险为夷，终于逃过了灭世洪水，摩奴和大鱼成为人间唯一存活下来的两条生命。大鱼拖着木船，游荡在一望无际的洪水里。站在船头眺望的摩奴突然望见远处有一座小山，他惊喜地叫着："快看！那里有座小山，看来我们有救了！"

大鱼朝着小山的方向游了过去，到达山脚时，大鱼感慨地说："哎呀！这可不是什么小山，这是世界的屋脊——喜马拉雅山。"

大鱼把摩奴的船停靠在喜马拉雅山边，说道："我就是生主大梵天。宇宙中没有哪个神比我更高。我化作鱼的外形，把你从死亡的阴影中解救出来，今后一切动物和植物乃至整个世界全都要靠你去创造。如今我已经救了你，兑现了自己的承诺，剩下的事情就交给你自己了。善良的人啊！你一定要当心，别被洪水淹没。等到灾难散去时，你一定要跟随着洪水退去的节奏，一步一步向山下走，千万不可大意。"

说完，大鱼潜入海底，再也没有露面。摩奴把大鱼的话牢牢记在心里，等到天神们息怒后，洪水果然慢慢下沉，摩奴非常谨慎，一步一步地走下了喜马拉雅山。从此，这片被他走过的山地就被称为摩奴斜坡。

回到地上的摩奴发现人间一片狼藉，所有生灵都已灭绝，善良的他决定付出所有精力，重建家园，繁衍人类。于是，摩奴成为灭世洪水后的人类始祖，故事广泛流传至今。

小知识

《摩奴法典》：古代印度婆罗门教的经典，是以《摩奴法经》为基础所修补之法典。相传为人类的始祖摩奴所编，故名。实际上，它是婆罗门教的祭司根据《吠陀经》与传统习惯而编成的。这部法典涉及面广，内容丰富，为研究古代印度历史提供了大量有价值的资料，其影响远及缅甸、泰国、爪哇和巴厘等地。

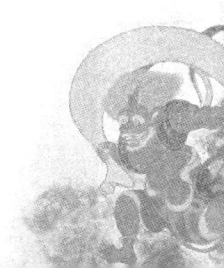

真假阿修罗——
乌沙纳斯斗天帝

在一场天神与阿修罗的战斗中,阿修罗成功地夺取了三界的统制权,这令天神们十分懊恼。众神聚在一起出谋划策,准备再次发兵,夺回三界的统治权。一天,阿修罗的导师乌沙纳斯来到湿婆面前,哀求道:"伟大的湿婆大神,为了壮大阿修罗的势力,巩固三界的统治权,请您赐予我一些天神所不能的神力吧!"湿婆答道:"要得到这样的神力,必须付出代价。你要将头朝下悬挂一千年,并不停地呼吸炉灶的浓烟,展开不可思议的苦行。"

"如果只有这样才能获得神力,我愿意接受考验。"说完,乌沙纳斯拜谢了湿婆大神,投入到严格的苦行当中。没过多久,天神们推举导师祭主为首,率领大军杀向了阿修罗。阿修罗被突如其来的攻势搞乱了阵脚,此时他们的导师乌沙纳斯正在修行,不能轻易打扰。于是,惊慌之下,阿修罗们逃窜到乌沙纳斯的母亲身边,请求帮助与保护。乌沙纳斯的母亲为阿修罗安排了住处,并坚定地说:"不要怕,有我的保护,没人能伤害你们。"

愤怒的天神们一路追赶着阿修罗,来到了乌沙纳斯的母亲家中,乌沙纳斯的母亲挡在阿修罗的身前,怒喝道:"可恶的天神,我将用魔力制伏你们!"

说着,乌沙纳斯的母亲口中念着咒语,向天帝因陀罗一指,因陀罗瞬间法力尽失,浑身瘫软地倒在地上。天神们见状,吓得不寒而栗,纷纷逃之夭夭,只有毗湿奴纹丝不动。他对乌沙纳斯之母怒斥道:"你竟敢用如此卑劣地手段伤害天帝,小心我对你不客气!"

"哈哈……"乌沙纳斯之母狂笑着说,"杀害妇女可是天大的罪孽,你能把我怎么样?"

毗湿奴大神被她的话彻底激怒,他召唤出自己的神器——铁饼,用力地抛了出去,当场就砍下了乌沙纳斯母亲的脑袋。

乌沙纳斯之父苾力瞿知道了爱妻死亡的消息,恶狠狠地诅咒了毗湿奴:"残害妇女将要受到惩罚,你将在人间出生七次!"

后来,梵天减轻了苾力瞿的诅咒,毗湿奴以不同的面貌出现在人间七次,每次都是为了维护正义而来,获得了人间的赞誉。伟大的仙人苾力瞿将妻子的头颅安放回身体上,并用强大的魔法将妻子复活,令天神们大为惊讶。因陀罗意识到,单凭斗法与武力,天神的胜算很小,看来只有靠斗智赢得胜利了。于是,因陀罗夜不能寐,处心积虑地思考着取胜的方法,几天后,他终于有了主意。因陀罗派漂亮的女儿阇衍蒂用美色勾引乌沙纳斯,尽量迷住他。阇衍蒂听从了父亲的安排,来到乌沙纳斯修炼的地方,精心侍奉着他,并尽情表达着自己的爱意。

一千年过去了,乌沙纳斯修成正果,兑现了与湿婆的承诺,他如愿以偿地获得了神力。为了感谢服侍了自己一千年的阇衍蒂,乌沙纳斯娶了阇衍蒂为妻。他用神力将两人隐身在家中,与妻子欢愉度日,深深地坠入了爱河。与此同时,因陀罗对导师祭主说:"我的女儿已经成功拖住了乌沙纳斯,请您装成他的模样,来迷惑住强大的阿修罗。"

祭主领命后,变成了乌沙纳斯,来到了阿修罗的队伍中。阿修罗见导师结束苦行,都感到万分高兴,他们整日陪伴在祭主扮成的乌沙纳斯身边,听从着导师的教诲。

过了一百年,真的乌沙纳斯回来了,当他骄傲地出现在阿修罗的集会上时,并没有赢得赞誉与嘉奖,反而是一片愤怒声。祭主扮成的乌沙纳斯说:"大家快看!这一定是天神的把戏,快消灭他吧!"

"孩子们,我刻苦修行了一千年,刚刚获得神力而归,我是真正的导师,坐在台上的才是天神的化身。"乌沙纳斯拼命地解释着,但阿修罗已经被祭主统治了一百年,他们早已默认了自己的导师,对真乌沙纳斯的话完全不予理会。他们一股脑儿地冲向真乌沙纳斯,要将他杀死。乌沙纳斯见形势不妙,赶忙转身逃跑,躲进了森林。这时,因陀罗带领众神发起反击,一举歼灭了集会上的所有阿修罗,重新夺回三界统治权。

小知识

佛经中的阿修罗很多,最著名的有四大阿修罗王:一个叫婆雅稚,意为勇健,是阿修罗与因陀罗作战的前军统帅;一个叫罗骞驮,意为吼声如雷,亦名宽肩,因其两肩宽阔,能使海水汹涌,啸吼如雷鸣;一个叫毗摩质多罗,意为花环,其形有九头,每头有千眼,九百九十手,八足,口中吐火;一个叫罗睺,意为覆障,因其能以巨手覆障日月之光。

威武罗刹攻占北方——
恩将仇报的十首王

十首魔王罗波那在楞伽远方的森林中狩猎时,遇到了阿修罗的建筑大师摩耶和他的女儿。罗波那见摩耶的女儿身材婀娜,脸庞清秀,便色眯眯地说:"尊敬的建筑师,这个大眼睛的姑娘是谁?"

摩耶答道:"这是我和仙女生下的女儿,名叫曼度陀哩,我正带着她旅行,想为她找一位好丈夫。你是谁?"

罗波那笑着说:"我是十首王罗波那,我的父亲是伟大的苦行者维什拉瓦斯,我的祖父是梵天的第四个儿子。"

摩耶听后十分高兴,他提议将自己的女儿嫁给十首王,罗波那欣然接受了这个美丽的妻子,并将她带回楞伽。在那里,曼度陀哩为罗波那生下了一名男婴,男婴刚一出生,就发出了震耳欲聋的哭喊声,连大地都跟着颤抖,罗波那为儿子取名叫弥迦那陀。

罗波那的弟弟因被天神所骗,变成了长眠不醒的活死人,令他十分懊恼,同时也加深了对天神的痛恨。罗波那决定大开杀戒,为弟弟报仇雪恨。他率领军队攻打了北方山区的难陀林苑,残害了许多乾闼婆、夜叉和天神,将那里的金银财宝洗劫一空后返回楞伽。

财神俱毗罗是罗波那同父异母的兄弟,他得知了罗波那的恶行后,赶忙派使者前去劝慰,希望十首王放下恶念,否则会遭到天谴。而罗波那根本不领情,他残酷地将使者杀害,并剁成了肉块,分给罗刹们享用。而且还嚣张地再次发兵,向财神俱毗罗的家发起攻击。

俱毗罗见自己野蛮的兄弟攻打而来,连忙组织夜叉军队进行反抗。勇敢的夜叉成群结队,向罗刹们猛冲过去,杀死了无数敌军。罗波那大发雷霆,他冲出重围,独自迎战,将夜叉军队连连击退,溃败不堪。俱毗罗的军队被迫退到了城门内,守门的卫士举起了沉重的大门,向邪恶的罗刹魔王砸去。罗波那被大门击中,浑身晃动了一下,吐出了一口鲜血。没想到这一举动非但没有将他降服,反而更加激发了他的怒火。罗波那扛起大门,向守门的卫士回敬了过去,卫士当场毙命。还在战斗中的夜叉们看见此景后,吓得逃之夭夭。俱毗罗跑回自己的家中,被贴身侍卫们保护起来。罗波那奋勇上前,很快就将财神的侍卫们赶尽杀绝了。俱毗罗只好手持棒槌,亲自出战,他愤怒地对罗波那说:"你这个罗刹魔王!我好言相劝你不听,反而恩将仇报!孽种,你会自食其果的!"

罗波那完全不听财神的话,直接攻了过去,兄弟俩扭打在一起。罗波那一会儿变成野猪,一会儿变成大象,一会儿又幻化成为山丘和云彩,搞得财神俱毗罗手忙脚乱。无论他使出什么样的法术,都无法战胜强大的罗刹魔王。最后,罗波那给了俱毗罗当头一击,俱毗罗顿时淌出鲜血,昏倒在地。罗波那率领罗刹们闯进财神的家,抢走了所有的金银珠宝,还有财神的云车。罗波那坐进云车,飞上天空,感受着胜利的喜悦。在他走后,财神的谋士们将俱毗罗救走,藏匿在难陀林苑休养疗伤。

乘坐云车的罗刹魔王在天空中行驶了一段后,云车突然停住了,罗波那向下望去,只见一个侏儒对他喊着:"上面的人,请你改道而行,湿婆大神正在山顶修炼,谁都不准惊扰。"

狂妄的罗波那哈哈大笑着说:"你可知道我是谁?竟敢阻拦我的去路,看我把这座山连根拔起,扔到旁边去!"

说着,十首王跳下云车,走到山边,他紧紧地环抱住大山,猛地一用力,瞬间山崩地裂,地动山摇。正在山顶上修炼的湿婆大神被惊醒,大发雷霆,一脚将大山踢倒在地上,大山重重地砸在罗波那身上,令他发出了恐怖的叫声。

侏儒见罗波那奄奄一息,赶忙劝他向湿婆大神道歉,并发愿忏悔,今后不再胡作非为。罗波那为了活命,只好连声求饶。仁慈的湿婆大神才原谅了罗波那,并送给他一把神奇的宝剑。可是罗波那表面上拜谢了湿婆大神,但在他心中,这团怒火从未消散。

小知识

罗刹:恶鬼之名,又称罗刹娑、罗叉娑、罗乞察娑、阿落刹娑,意译为可畏、速疾鬼、护者。它乃是印度神话中的恶魔,最早见于《梨俱吠陀》。相传原为印度土著民族,雅利安人征服印度后,遂成为恶人之代名词,演变为恶鬼之总名。男罗刹为黑身、朱发、绿眼,女罗刹则如绝美妇人,富有魅力,专食人之血肉。

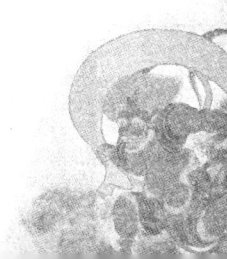

魔王与死神的搏斗——
十首王大闹地府

一天,十首魔王正在空中巡视人间的情况时,碰巧遇到乘坐云车的那罗陀仙人。仙人对他说:"伟大的罗刹之王,你的勇敢与武功盖世无双,你对乾闼婆、夜叉的每一场胜利,都令我十分赞赏。可是,你为什么要残害人类呢?其实你不杀,他们的生命终结也是死亡,何必要再雪上加霜呢?如果你想统治宇宙中的一切,那么必须将掌管死亡的阎摩征服。"

罗波那轻蔑地哼了一声,说道:"对我来说,没有什么是办不到的,最终我将征服四方世界。如果你爱观战的话,就跟我走吧!"

那罗陀仙人跟随罗波那,向南方的阎摩地府飞去。仙人心想:"罗波那本属于时令之神,而时令之神又被阎摩掌管,我倒要看看他是如何战胜自己顶头上司的。"

罗波那率领大军,到达了阎摩地府,他们看见阎摩威严端正地坐在炉火旁,把人类的善行与恶果扔进火堆里。地府中没有绿色的树叶,干枯的植物上长满了针刺和利剑,不时地伸缩延长,扎在罪人的身上。鲜血流成的冥河中浸泡着许多罪人,他们在滚烫的河水里拼命挣扎,惨叫声不绝于

《因果报应图》

耳。顽强爬到岸边的罪人还要面临恶狗的撕咬,痛苦不堪。地牢中,被饥饿与干渴折磨的罪人脸色惨白,瘦骨嶙峋,活像一具具骷髅死尸,横卧在地上,凄惨地呻吟着。在地府的另外一边,搭建了许多华丽的厅堂,那里灯火通明,不断地传来和谐优美的音乐。那些前世行善的好人们躺卧在床上,衣来伸手,饭来张口,身边还有美女陪伴,十分惬意。

　　这时,罗波那一声令下,罗刹大军蜂拥而至,冲进了地府中。他们打伤了侍卫,释放了受尽折磨的罪人。地府中所有的侍卫、仆从一拥而上,与罗刹大军展开了一场血战。双方互不相让,死伤无数。罗波那见自己的队伍与阎摩的部下势均力敌,便拔出了湿婆赠与的宝剑,向敌军狠狠砍去,片刻之间,他就将阎摩的部下全部杀死。阎摩知道自己的军队近乎灭亡,气得青筋暴跳,他带了死神与时令之神,骑上金马,杀向罗波那。

　　当阎摩一行人准备开战时,十首魔王早已搭好弓箭,向他们射了过去。死神当场中了四箭,而阎摩的头上居然中了上百箭。愤怒的阎摩口吐火焰,烧断了头上所有的箭矢,他举起炽热的权杖,向罗波那袭去。罗刹们看到权杖,纷纷吓得仓皇逃跑。阎摩的怒火是三界中最恐怖的火焰,就连天神与阿修罗都会感到惧怕。躲在一旁观战的那罗陀仙人急忙喊道:"罗刹魔王,你快逃跑吧!任何人都无法在阎摩的怒火中求生!"罗波那虽然心中充满了恐惧,但他咬紧牙关,站在原地,准备与阎摩顽抗到底。

　　怒火中烧的阎摩眼看就要击中罗波那了,那罗陀仙人吓得捂住了眼睛。这时,创造之神梵天突然出现,安慰着愤怒的阎摩:"伟大的太阳神之子,我曾经答应过罗波那,不伤害他的性命。作为我的臣子,你不能违背我的意志,请你熄灭怒火,放下权杖。"

17世纪中叶至18世纪的西藏阎王画像,现收藏于美国纽约大都会艺术博物馆

　　阎摩固执地说:"伟大的始祖,罗波那凶狠残暴,不仅扰乱了地府的果报秩序,还放走了罪人,杀死了我的侍从们,我不能宽恕他。"

"阎摩,"梵天继续劝慰着,"如果你杀了十首王,就如同撕毁了我的诺言,那么我所说的话就成了谎话,这个世界将变成充满谎言的世界。"

阎摩听后,放下了权杖,渐渐熄灭了怒火,他双手合十,恭敬地对梵天说:"万物的始祖,您是我的主人,我听从您的吩咐,放过这个恶魔。但是,请您帮我恢复地府的正常秩序。"

梵天答应了阎摩的请求,他将地府中逃跑的罪人重新关进地牢,复活了所有的侍卫,恢复了地府的正常秩序。阎摩拜谢了梵天后,对罗波那说:"恶魔,请你记住,今天是梵天救了你,希望你懂得感恩,好自为之。"

说完,阎摩带着死神与时令之神回到地府,重新开始了工作。可是,罗刹魔王罗波那把阎摩的话当作耳边风,他并不感恩于梵天的庇护,反而更加骄傲自满起来。

小知识

阎摩住在地下,都城叫做阎摩城。他的宫殿前的道路上有两条狗看守着,这两条狗各有四只眼睛,大张着鼻孔,贪得无厌。它们是阎摩的使者,出没人间为主人传令。在大史诗里,他的形象变得非常可怕:绿脸、红衣、骑水牛,一手握沉重的钉槌,一手持捕捉死者灵魂的套索。

海空之战——
十首王征服西方世界

十首魔王罗波那受到梵天的保护,战胜了地府的主宰阎摩后,回到楞伽。罗刹们见大王征服了南方最为凶险的阎摩地府,都竖起大拇指,夸赞罗波那武功盖世,并发誓永远效忠于他。罗波那受到部下的鼓舞,继续带兵出征。他们来到地下王国那羯,用强大的武力攻克了蛇王的都城,并侵入阿底提耶与檀那婆的地下领地,与他们开始了一场恶战。战争持续了一年之久,双方势均力敌,谁也不肯认输,直到梵天出面调解,为双方签订了停火协议。可是,罗波那对梵天的和解并不满意,他的心中充满了战斗与征服的欲望。

罗波那继续率兵前进,他们来到海底,进入了水神伐楼那的住处。水神的侍卫们奋力抵御着生猛的罗刹大军,罗波那对他们说:"我是十首王罗波那,你们快去禀告伐楼那,是愿意顽固地抵抗,还是愿意投降?"

水神伐楼那不忍侮辱,带领许多子孙与部下奔出宫外,与罗刹大军厮杀起来。罗波那用湿婆送给他的利剑,杀死了无数虾兵蟹将,就连水神的子孙们也被他砍杀一空。罗波那心想:"在水底战斗,我的部队属于弱势,而伐楼那的队伍占据强势,不如换个地方作战。"

于是,罗波那浮出水面,乘上云车,开始了空中打击。水神的子孙们也跟着跳到空中,用长矛短枪猛刺罗波那的云车。顿时,海面上乱成一团,双方的士兵纷纷从海面上窜出,在空中搏斗几个回合后,又潜入海底,场面十分混乱。罗波那刚刚杀死一头海马,就又从水底袭来一头海狮,刚把海狮解决掉,水中又冲出一头海象,水神的后代们潜伏在水中,分批与罗波那一人交战。无论罗波那的体力如何充沛,照这样厮杀下去,也总会有筋疲力尽的时候。面对着无穷无尽的水中敌人,罗波那越发地焦躁起来,他一边打一边喊:"伐楼那,你给我出来!如果你愿意投降,我就停止战斗,放你一马。"

这时,水神伐楼那在子孙们的保护下,升出海面,他咬牙切齿地说:"你这个恶魔,曾经大闹阎摩地府,多亏梵天相救,否则你早就死在了阎摩的怒火中。谁知你死性不改,居然又来扰乱我水界的安宁,今天我就替三界除了你这孽障。上次梵天施恩于你，可是你竟然不知感恩，今天遇到了困难，我看谁还会来救你？"

水神说了一番狠话，又重新回到海底指挥战斗。罗波那被水神的话激怒，他叫道："不识好歹的伐楼那，竟敢向我挑衅，看我怎么收拾你！"

说完，罗波那改变了作战方式，他让十个罗刹抵挡住窜到空中的水兵，自己一头栽进海底，挥舞着利剑，进行砍杀。罗波那将水神集合的兵将一举歼灭，又冲过了海草中的层层埋伏，躲过了各种暗箭机关，径直冲到了水神伐楼那的王宫门口。

罗波那怒气冲冲地叫嚣着："伐楼那，你这个胆小鬼，快滚出来受死吧！"

罗波那一连喊了好几遍，都没见伐楼那的身影。正在他火冒三丈的时候，一只万年大海龟步履蹒跚地从宫中走了出来，他恭敬地膜拜了罗波那，并对他说："勇猛无敌的十首王，我是水神身边的宰相，我们的水神刚刚被梵天召见，现在不在宫中。"

"哼！"罗波那对海龟的话嗤之以鼻，他问道，"老海龟，如果你说的是真话，那就请你告诉我，梵天因为什么事情召见伐楼那？"

"我将如实禀告十首王，乾闼婆与阿卜娑罗正在给梵天表演美妙的歌舞，始祖梵天邀请我的主人前去一同欣赏。"

听了这话，罗波那心中很不服气，他想："我和伐楼那同样是非凡的神仙，我的武功比他更胜一筹，梵天怎么能如此偏心呢？"

在嫉妒之火的牵引下，罗波那来到梵天的住所，他看见梵天正与伐楼那坐在一起，欣赏着乾闼婆天籁般的声音，这令罗波那大为不快，他推开门，愤愤不平地说："伐楼那，你的西方世界被我征服了！"说完，罗波那立即带着罗刹大军返回了楞伽。这个利欲熏心的十首魔王并没有满足，他继续筹备着下一场争斗。

小知识

早在吠陀时期，伐楼那是天空、雨水及天海之神，他也是掌管法规与阴间的神，是《梨俱吠陀》中记载最突出的阿修罗神，阿底提耶众神之首。

虎父无犬子——
弥迦那陀刺杀天帝

一天,十首魔王在楞伽周边巡视,遇见了一位漂亮的女子,他被女子美丽的脸蛋与窈窕的身材所迷惑,于是不管三七二十一就将她抓上了云车,返回楞伽。一路上,罗波那只要遇见漂亮的女子,就会毫不犹豫地将她抱上云车。他从来不管女子是否出嫁、她的家人是否愿意,只是一味地劫持抢夺,满足自己的欲望。受到迫害者的父母痛哭不已,遭到遗弃的丈夫与孩子也泪如泉涌,他们纷纷祈求天神,希望十首王将自己所爱的人归还给他们。天神们受到人类的感召,得知此事后赶忙向天帝因陀罗禀告,正义的因陀罗气愤不已,他决定替天行道,发兵攻打罗波那,夺回无辜的女人们。

罗波那刚一回到楞伽,就扔下了路上抢夺的女子们,在他的心中只有一个值得惦念的人,那就是儿子弥迦那陀。罗波那向臣子们询问儿子的近况,臣子们纷纷禀告道:"大王,您的孩子已经拜阿修罗的导师乌沙纳斯为师,在圣林中开始了刻苦的训练与修行。"

罗波那来到圣林,看见上百个祭坛规律地排列在地上,坛中燃烧着熊熊的祭火。只见弥迦那陀身穿鹿皮长袍,在导师乌沙纳斯的教导下,试图完成一场祭典仪式。罗波那上前抱住儿子,亲吻了他的额头,问道:"我的孩子,你这是在干什么?"

"尊敬的陛下,"乌沙纳斯向罗波那行了礼,恭敬地说,"我是弥迦那陀的导师乌沙纳斯,我正在教他进行一场秘密祭典,如果他能按照我的要求完成献祭,那么他将会获得一种前所未有的魔力。"

"什么魔力?"罗波那问道。

"这种魔力不仅可以让弥迦那陀飞上天空,随意变形和隐身,还能迷惑敌人的心智,使敌人丧失理智。"

罗波那拍着手对乌沙纳斯说:"你真是位高明的导师!这种神力会让我的儿子变得更强大,也会为我提供最有力的帮助。不过,你让我的儿子向我的敌人天神献祭,恐怕只是白费力气。"罗波那站在一旁,观看弥迦那陀的献祭仪式。在乌沙纳斯的指导下,罗波那的儿子非常顺利地完成了祭典,获得了如导师所说的种种魔力。

罗波那嘉奖了导师，对弥迦那陀说："来吧！儿子，看我带回来了什么。"

弥迦那陀跟随着父亲来到后宫，看见一屋子的人间美女，她们被罗波那囚禁着，表情十分慌张。弥迦那陀对罗波那说："父亲，我认为您这样做是不对的，这些姑娘都有自己的家室和亲人，被您这样无故地抢夺后，他们的亲人还怎么活下去？如果是我被别人劫持，您会作何感想？"听了儿子的话，罗波那有些触动，他决定吩咐属下，将女子们送回到被夺走的地方去。就在这时，一名罗刹慌慌张张地跑进后宫，跪在罗波那面前说："陛下，天帝因陀罗带着许多天兵天将，攻到城门口了！"罗波那顿时火冒三丈，抄起利剑冲出后宫，他的儿子弥迦那陀也跟着父亲冲到了城门外。天帝因陀罗见罗波那出现，便义正词严地说："恶魔，你私抢人间无辜的女子，是何居心？天神们今天要夺回那些女子，为民除害！"

"天帝且慢！"弥迦那陀从罗波那的身后踱步而出，并说道："我是罗波那的儿子弥迦那陀，就在刚才，我的父亲已经答应送回那些人间女子。"天神们议论纷纷，都认为被一个小孩子哄回去有失颜面，于是因陀罗对弥迦那陀说："傻孩子，你的父亲经常违背承诺，他说的话简直无法让人相信。"

"不，我的父亲从未骗过我，我相信他的话。"弥迦那陀坚定地反驳着因陀罗，惹得天神一阵嘲笑。这一举动彻底激怒了罗波那与弥迦那陀，他们父子大开杀戒，冲散了天神的战斗阵容。罗波那用利剑与天神们展开了激烈的搏斗，而弥迦那陀用献祭所得的魔力，变幻出各种形态，将天帝因陀罗牢牢迷惑住。他拔出匕首，朝着天帝的胸膛猛刺过去，因陀罗发出了震天的哀号，倒了下去。天神们见首领被杀，赶忙抱起因陀罗逃回天界。经过双马童阿湿毗尼的妙手回春，才保住了因陀罗的性命。在儿子弥迦那陀的帮助下，十首王获得了胜利。同时，罗波那也履行了对儿子的诺言，将抓来的凡间女子全部送回。

小知识

因陀罗耆特：印度神话中的妖魔，楞迦魔王罗波那之子，别名"弥迦那陀"。因陀罗耆特一词乃"战胜因陀罗者"之意，而"弥迦那陀"的意思是"雷鸣"。

轻敌的后果——
猴王降服十首王

经过长期征战,十首魔王罗波那率领着强大的罗刹军队,征服了许多尚未屈从的国王与土地。他们跋山涉水,到处寻找英雄豪杰作战,以便增添荣誉感,壮大声势。罗波那来到南部山区的猴国吉斯紧陀,想与早有耳闻的猴王波林比试一番,决出胜负。罗波那站在波林的宫殿外叫起阵来,猴王的弟弟须羯哩婆从王宫里走了出来,他对罗波那彬彬有礼地说:"十首王,您来的真不凑巧,我们的猴王不在宫中。"

须羯哩婆一边说,一边伸出手,指着王宫外的一片废墟说:"如果你愿意与猴王交战,那么就在那里等他好了,那个地方堆满了前来与猴王比试者的尸骨。"

罗波那不屑一顾地狂笑道:"我才不会成为尸骨堆的一员,快告诉我,波林现在在哪里?"

"他在南部海洋的岸边履行着誓言。"

听到这,罗波那立即乘上云车,调头而去。他来到南部海岸,见到了猴王波林,只见它盘坐在沙滩上,双眼微闭,陷入了静静地冥想中。罗波那驾着云车,偷偷靠近

浮雕《猴王波林之死》,描绘了猴王波林和须羯哩婆兄弟相戈,争夺猴国统治权。罗摩(毗湿奴的化身)用箭射死了波林。波林躺在他妻子的怀里,旁边的猴兵为波林而哭泣

了波林,准备将猴王活捉。猴王波林早就发现了罗波那,它不动声色地保持着坐姿,默默地观察着罗刹王,心想:"该死的罗波那,你快靠近些吧!绝对要让你尝尝我的厉害。"

罗波那走下云车,蹑手蹑脚地跑到波林的身后,观察着它的举动。猴王面朝大海,端庄地打坐,像一座山峰一样平静泰然。罗波那感觉时机到了,于是伸出双手,向波林慢慢靠近。

突然,猴王波林腾空而起,紧紧地抱住了十首王,罗波那被猴王意外的举动吓呆了。猴王趁机抱起罗波那,穿过了层层白云,停在几千公尺外的高空中。罗波那害怕猴王撒手扔下自己,只好乖乖地束手就擒,再也不敢挣扎。波林一边喃喃念着咒语,一边抱着罗波那在空中转圈,直到咒语全部念完,才带着俘虏罗波那返回吉斯紧陀。

猴王波林把罗波那放在花园中,微笑着说:"罗刹,我从哪里把你抓来的?"

罗摩美丽的妻子悉多,在印度是贤妻良母的化身

罗波那还在为刚才的高空体验冒着虚汗,他努力使自己平静下来,并深深吸了一口气,对波林说:"猴王,我本想到南部的海岸找你比试武艺,但你对付我,就像老鹰抓小鸡那样易如反掌,如今我已经成为了你的俘虏,我愿意接受你的一切惩罚。不过,我身为罗刹界的十首王,在三界中有一定的地位,把我杀掉会有损你的威望。不如这样,我愿意与你结盟,从今以后,你我情同手足,成为一生一世的朋友。我愿意向你起誓,永远不违背诺言!"

猴王波林被罗波那的一番话深深感动,他们相拥在一起,并点燃了祭火,向火神阿耆尼宣誓。就这样,不打不相识,波林得到了这样一位真诚的好友,感到十分荣幸。他牵着罗波那的手,一同走进了王宫。他们的结盟就像世上最锋利的矛加上最结实的盾,完美无缺。罗波那在猴国住了一个月,猴王波林每天都盛情招待着他。临走前,波林还送给罗波那许多珍宝。而罗波那并不是发自内心地与猴王交好,这一切只不过是他的缓兵之计,在猴国生活的一个月中,罗波那摸清了猴国的底细,回到楞伽后,他立刻率领千军万马,带上利剑,再次攻入猴国。

猴王见罗波那如此不守信用,欺骗了自己的感情,怒火中烧,派出无数精兵良将,奋勇杀敌。尽管罗波那人多势众,但猴王波林武功高强,再加上潜心修行所得到的神力,很快就将罗波那亲手活擒。罗波那再次苦苦哀求道:"我知道错了,请你再放过我一次吧!"

善良的猴王再一次相信了罗波那的鬼话,亲手将他放走了。从此以后,罗波那再也不敢到猴国撒野了。

小知识

在印度史诗《罗摩衍那》中,罗波那因为好女色而拐走悉多。悉多的丈夫罗摩因此前往楞伽岛(今斯里兰卡)将罗波那杀死并救回妻子。尽管如此,对罗波那的描写并非单纯为一个魔王,他是有能力的统治者、湿婆的忠心追随者,在父亲指导下熟读《吠陀经》和《奥义书》,既通晓军事,又能弹奏维纳琴。

争夺甘露——
乳海之战

四方大地的正中耸立着一座美丽威严的须弥山,它的山峰高耸入云,能够遮天蔽日,凡人根本无法攀登。山坡上长满了五光十色的奇花异草,山涧里流淌着瀑布清泉,悬崖峭壁内,不计其数的宝石闪耀着璀璨的光芒。天神们的皇宫大殿就坐落在此,他们经常到丛林中嬉戏歌唱,生活得十分愉快幸福。

搅拌乳海

一天,天神们在须弥山顶上聊天谈心,一位天神说:"我们虽然是天神,但是也和凡人一样,难逃生、老、病、死之苦,有没有什么办法能让我们永葆青春,长生不老呢?"

问题一出,其他天神都感到十分郁闷,大家你看看我,我看看你,纷纷摇起头,表示着无奈。这时,毗湿奴大神开口说道:"乳海中藏有神秘的宝藏,我们可以请阿修罗相助,一同去搅拌乳海,从中提取出长生不老的甘露。"

听了大神的话,天神们纷纷拍手称快。接着,天帝因陀罗与阿修罗达成协定,如果搅拌出永生甘露,将与阿修罗平均分配。

阿修罗请出蛇王瓦苏基担当绳子,用曼多罗山做搅拌棒。天神与阿修罗来到乳海边,他们齐心协力将曼多罗山连根拔起,让蛇王瓦苏基缠住山腰,把曼多罗山慢慢放入海中。他们请求水神出手相助,水神欣然同意,但要求将永生甘露分给自己一份。接着,天神与阿修罗找到把世界驮在背上的龟王帮忙,龟王将自己的背做为支点,将曼多罗山架起。阿修罗抓住蛇王的头,天神们抓住蛇王的尾巴,共同搅拌起乳海。

就这样过了几百年,阿修罗与天神风雨无阻、不眠不休地搅拌着乳海。经过反复的搅拌,海水由湛蓝渐渐变成了乳白,密度也越来越高,最终成了一片油脂。这时,一位名叫拉克什米的幸福女神浮出海面,她慢慢走向天神,倒在了毗湿奴大神的怀里;随后,海中又冒出了美艳无双的阿卜婆罗,被乾闼婆抢到了自己的怀中;紧接着,海中又出现了一匹神奇的白马,它被因陀罗感召;然后海中又出现了一块魔石,它成了毗湿奴大神的装饰物;随后又出现了身披七彩祥云的大象,成为了天帝的坐骑;最后,海中走出了神医檀般陀里,他的手中托着一碗长生不老的甘露酒。

阿修罗见永生甘露被提炼出来,拼命地跑向神医,他们你争我抢,互不相让,场面十分混乱。天神们担心玉液琼浆被阿修罗私吞,感到十分气愤与懊恼,他们对毗湿奴说:"大神啊!求你想想办法,不管怎么样,也不能让阿修罗私吞了甘露。"

毗湿奴大神灵机一动,他变化成一位婀娜多姿的妩媚少女,来到阿修罗中间,大家不再抢夺永生甘露,纷纷对眼前的美丽女人荡起春心。毗湿奴在阿修罗中搔首弄姿,慢慢向神医靠近。突然,美女和永生甘露同时消失在阿修罗眼前。毗湿奴将永生甘露带到天神这边,令诸神非常高兴。这时,一位名叫罗睺的阿修罗扮成天神潜入队伍当中,偷喝了一口永生甘露。太阳神与月神向毗湿奴揭发了罗睺的伪装,愤怒的毗湿奴当即砍下了罗睺的脑袋。由于罗睺喝下了永生甘露,他的头得到了永生,被挂在天上。罗睺十分痛恨太阳神与月神,经常拖着长长的头发,追逐他们,以求泄愤,最后变成了一颗彗星。

受到欺骗的阿修罗从此与天神势不两立,他们冲上须弥山,向天神发起了猛烈的攻击。然而毗湿奴的铁饼像圣火一样燃烧起来,烫死了无数的阿修罗,他们的血液

罗睺像

顺着山坡流向大海,最终溃败而归,从此隐居到地下和海底。天神们将曼多罗山和蛇王放回原处,并将盛长生不老甘露的器皿交给了达摩之子那罗,从此由他保管。

小知识

搅拌乳海是印度著名神话之一,说明了阿修罗与天神的纠葛,也展示了天神贪婪的一面。

致命一箭——
湿婆击毁三连城

阿修罗中有一个伟大的强者,名叫摩耶。他心灵手巧,力气强大,也是魔幻之术的创造者。在一次与敌人的战斗中,摩耶遭受了失败的打击,从此放弃世俗生活,用折磨肉体的方式苦行修炼,一年四季从不间断,最终获得了不可战胜的力量。

梵天问摩耶:"你的虔诚令我感动,请问你想要什么?"

摩耶恭敬地说:"身为阿修罗,我很痛恨天神对我们的欺骗,他们屡次向我们发起进攻,把我们赶到地下和海底。所以,我想拥有一座坚不可摧的城堡,无论是天神的武器还是咒语,都无法将它攻破。"梵天微微一笑,拒绝了摩耶的请求,他说:"无论多么坚固的城墙,都无法阻挡湿婆大神,我没办法答应你的要求。"无奈之下,摩耶只好降低要求,他对梵天说:"始祖,虽然只有湿婆大神一人可以将城堡击毁,但是他只能一箭解决问题。"

梵天答应了摩耶的请求,派已故的阿修罗王的三个儿子完成这个任务。三个兄弟分别在地上搭建起了三座城堡,老大造了一座璀璨的金城堡,老二建了一座华丽的银城堡,老三则搭了一座坚固的铁城堡。随后,巧夺天工的摩耶将三座城堡巧妙地连在一起,并起名为特里普拉,意思就是三连城。建筑师摩耶将牢固的铁城埋入地下,把金城堡放在最上面,中间夹着银城。搭建好的三连城高耸入云,十分威严气派。

三连城戒备森严,从早到晚都有侍卫巡逻把守,十分安全。摩耶在城中修建了亭台楼阁,种植了花草树木,各地的阿修罗纷纷携家带眷,搬迁到三连城中,开始了崭新的幸福生活。人们在欣赏美景享受安宁时,都不忘赞美伟大的建筑师摩耶,感恩于他艰苦修行所换来的一切。

过了几年,摩耶突然做了一个噩梦,他梦见战争、贫苦、嫉妒与疾病蜂拥而至,将三连城毁于一旦。这个梦令摩耶惴惴不安,他立即召开了阿修罗大会。会议上,摩耶对大家说:"弟兄们,我有一种预感,灾难可能就要降临到三连城了!昨晚我做了一个梦,梦到三连城中来了许多丑陋的女人,她们走街串巷,在我们之间散布着可怕的谣言,在这群女人后面还跟着一个四条腿、三只眼的怪男人。天神对我们的憎恨有增无减,只要有机会,他们就会将我们赶尽杀绝。我这个梦很可能预示着天神的种种行为,希望大家提高警觉。"

第二天,三连城中的阿修罗仿佛中了魔障,全都变成了摩耶梦中的模样。他们放下了虔诚的信仰与高尚的品德,贪婪、嫉妒与仇恨占据了他们的心。尽管摩耶尽力地挽救与劝说,但毫无效果,在谣言散播下,三连城中的阿修罗个个面露怒火。他们轻视礼仪,将祭司与婆罗门赶出城外,抛弃了尊老爱幼的美德,经常欺负无辜的老者与幼儿,他们还拒绝洗澡,贪图美色,身体污秽不堪。这一切被天神们看在眼里,大家呼吁天帝率兵攻打三连城,铲除这些邪恶的阿修罗。

因陀罗率领天兵天将,对三连城发起了攻击。但由于梵天的恩赐,天神们谁也攻不进去。于是,众神向梵天求得开示:"伟大的始祖,阿修罗的三连城邪恶无比,他们烧杀抢夺,侮辱虔诚的婆罗门。很多暴徒聚集于此,形成了庞大的组织。尽管我们使出浑身解数,仍然无法攻进城中。为了正义与和平,请您助我们一臂之力。"

梵天温和地说:"摩耶曾经进行过前所未有的严格苦行,为此我才奖赏他这座坚不可摧的三连城。但是他激发了阿修罗嗜血的本性,并无法控制。无限蔓延的灾难伤害了无辜的性命,破坏了三界的安宁,是该受到惩罚了。请众神去找湿婆大神,只有他才能击毁三连城。"

天神们不敢耽搁,立刻向湿婆大神的住处奔去。他们将三连城的灾难与梵天的旨意告诉了湿婆,湿婆表示愿意出力,维护原本的安定团结。他与浩浩荡荡的天神战队来到三连城外,只见城中硝烟弥漫,混乱不堪,湿婆毫不犹豫地拉满弓弦,射出一支金色的箭。中箭的三连城开始了剧烈的晃动,城墙慢慢变成一股白烟,消散而去,城中的阿修罗顿时置身一片旷野,呆若木鸡地看着天兵天将。天神们将邪恶的暴徒一一砍杀,只有摩耶逃跑了,他躲在宇宙的边际,再也不敢胡乱说话,专心一意修行起来。

小知识

湿婆毁灭之箭射出的一刻,天地崩摧,雷霆动摇,漫天灰尘散去,繁荣富饶的黄金之城和白银之城已彻底消失,只有黑铁之城,深埋地底。

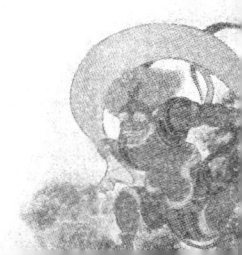

祸水红颜的离间——
阿修罗王兄弟相残

阿修罗王尼孔毗有一对孪生儿子,名叫做孙达和乌帕孙达,他们力大无比,堪称三界之首。他们的感情非常深厚,每天都同吃同住在一起,就连兴趣爱好也十分相投。他们无论做什么事,都像身体的左右手,步调一致,特别协调。长大成人的两兄弟,有一个共同的梦想——征服三界。他们结伴而行,到宾耶山开始了苦行。冬天,兄弟俩将身体泡在冰冷的河水中;夏天,他们顶着烈日,忍受着蚊虫的叮咬,渴了就饮自然甘露,饿了就吃一些果子。他们尽情地折磨着自己的肉体,修炼得无比艰苦。

皇天不负苦心人,孙达与乌帕孙达终于修成正果,获得了梵天的恩赐。梵天慈祥地说:"阿修罗,你们的刻苦虔诚使我感动,请你们挑选自己想要的东西。"兄弟俩恭敬地对梵天说:"万能的始祖,请您赐予我们变化的神通,让我们随意变形吧!我们还想掌管三界的武器,谁也不能抵御我们的威力。另外,我们还想长生不老,永葆青春。"梵天说:"谁也不能长生不老,永远年轻,所以这点我不能答应,但其他都可以满足你们。"

兄弟俩拥有了神力,他们拜谢梵天后,兴高采烈地返回祖国。大臣仆从们见他们归来,纷纷献上鲜花礼服,表示祝贺。兄弟俩在家中休息了几天后,便征集了一支庞大的阿修罗军队,选择好良辰吉日后出征。他们首先来到天界,与天神们展开战斗,孙达与乌帕孙达借助梵天的恩赐,一会儿变成因陀罗,一会儿变成阿耆尼,弄得天神们不知所措,凭借着他们管理武器的法术,一一击破了天神们的兵器与魔法,顺利地征服了天界。由于天神的溃败,太阳、月亮、星星都变得黯淡无光,这些天兆直接影响了人间与地下的生活。孙达与乌帕孙达的行为破坏了祭祀的规矩,切断了天神们的香火。没有了祭祀和供养,天空不再降下雨雪,大地变得荒芜起来,百姓们叫苦连连。孙达与乌帕孙达完全不理会这些事,他们只一心沉浸在获得权势的喜悦中。

失去供养的天神们看到了百姓的疾苦,纷纷向梵天诉苦,请求始祖惩治这两个威力强大而又无法无天的孪生兄弟。梵天看到他们的罪行,认为惩罚的时候到了。

于是,他命雕塑大神用珍珠创造一位三界中最美丽的姑娘,并取名为提洛塔玛,意思是完美无缺。雕塑大神很快就将仙女制作完成,送到梵天面前,梵天对她说:"提洛塔玛,你用美貌吸引住孙达与乌帕孙达兄弟,并唤起他们的嫉妒,让他们自相残杀。"提洛塔玛接受了梵天的命令,她拜别了各位天神后,下凡到人间。她看见孙达与乌帕孙达两兄弟躺在洒满金银珠宝的床上,一边喝酒,一边唱歌,还搂着几个美女,十分快活。忽然,王宫的大门慢慢打开,两兄弟向门口望去,只见一位性感、绝美的女子缓缓走了进来。提洛塔玛腰缠一块红丝绒,半裸着身体走到孙达与乌帕孙达面前,白皙的长腿刻意露了出来,娇羞地看着两兄弟。一时间,孙达面红耳赤,他扔下了酒杯,一把握住了提洛塔玛的右手;乌帕孙达也放下了酒杯,推开怀中的美女,握住提洛塔玛的左手。

这时,孙达生气地说:"弟弟,你这是干什么?她是你的嫂子!"

乌帕孙达毫不甘心地对哥哥说:"别闹了,这是我的妻子,你的弟媳!"

于是,兄弟两展开了激烈地争执,为了得到美丽的提洛塔玛,双方谁也不愿做出让步。这时,提洛塔玛红着脸,用充满魅力的嗓音说:"你们兄弟两人英俊无比,我都很喜爱,但是,我只愿嫁给获胜的一方。"孙达与乌帕孙达被提洛塔玛一挑拨,开始大打出手。他们纷纷使出了自己的看家本领,想置对方于死地。最后,兄弟两人都倒在了血泊里,再也没有站起来。阿修罗见两位伟大的首领全都死了,慌忙地逃回了地下与海底。就这样,天神们用离间之计消灭了强悍的两兄弟,重新获得了天界的统治权,他们举办了隆重的仪式,将提洛塔玛仙女迎回天上。

小知识

有一种说法,认为四方天神与阿修罗之所以恶战,乃是因为天神有美女而无美食,阿修罗有美食而无美女,为了自身能获得全方位的满足,两者经常因此大打出手。这种说法带着强烈的本能气息,有可能是早期佛教对婆罗门教神话吸收改良后所诞生的新版本,借此说明六道轮回里一切有情众生不可避免的苦恼。

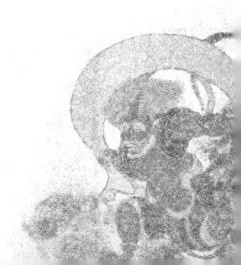

国王的预言——
梵天佑护下的邪恶厮杀

邪恶又强大的十首魔王罗波那经常到其他国家游走,凡是拒绝屈服于他的刹帝利,都将受到罗波那的攻击。

一天,太阳王族的国王马鲁塔邀请天神的导师祭主之弟萨姆瓦尔塔做为首席祭司,在一座山上举行盛大的祭典仪式,天神们接受了邀请,纷纷赶来参加。这时,罗波那乘坐云车刚好路过此地,天神们一眼就看见了邪恶的十首魔王,他们深知罗波那得到了梵天的恩赐与庇护,不能正面激战,只好变幻成山中的飞禽走兽。

天帝因陀罗变成一只孔雀,地府的守护者阎摩变成一只乌鸦,财神俱毗罗变成了一只蜥蜴,水神伐楼那变成了一只天鹅,大家悄悄躲藏起来。

罗波那魔王看到了祭祀仪式,他跳下云车,向马鲁塔国王怪叫道:"喂!你是愿意听我命令,还是愿意跟我决斗?"

"你是谁?"马鲁塔国王好奇地问。

罗波那狂傲地说:"难道你没有听说过十首王的威名吗?我的云车就是打败财神之后抢来的,俱毗罗做为我的哥哥,竟然没有打过我。"

"你竟然能干出这种勾当,在这片神圣的土地上,我绝不允许你胡作非为!"马鲁塔国王愤怒地举起弓箭,拉满弓弦。这时,祭司萨姆瓦尔塔小声劝慰道:"陛下,我们正在祭祀,这个罗刹骁勇善战,您千万不可激怒他,中断了祭祀。"

为了顺利完成祭典,马鲁塔国王只好忍住怒火,放下了弓箭。罗波那见到国王的举动后拍着手叫道:"哈哈,你被我降服了,太阳王族也没什么了不起。"

"告诉你,罗刹恶魔,不要小看勇敢的太阳王族。"马鲁塔国王怒斥道。

"好啊!我这就去杀死一个太阳王族的国王让你看看。"罗波那一边说,一边吞噬着参加祭典仪式的仙人,把肚子撑得鼓鼓的,然后爬上云车,飞驰而去。马鲁塔国王愤怒地对罗波那喊道:"你会遭到报应的!"

十首王一走,天神们立刻恢复了原形,为了感谢孔雀的救命之恩,天帝因陀罗赐予它一百只眼睛,装饰在漂亮的羽毛上。阎摩赐予乌鸦长寿,伐楼那赐予天鹅圣洁的白色羽毛,俱毗罗赐予了蜥蜴金色的皮肤。

离开马鲁塔国王的祭典,罗波那带兵到阿逾陀国征战,阿纳兰耶国王对强大的罗刹无所畏惧,他派出宫中所有的军队,向罗波那奋勇砍杀,双方的士兵死伤无数。

很快地,战争就演变成了阿纳兰耶国王与罗波那一对一的较量。国王不眠不休地向罗刹王发射箭雨,但这只能擦破罗波那的一些皮毛。罗波那抓住机会,用棒槌猛击国王的头部,使阿纳兰耶国王当场毙命。临终前,国王对罗波那发出诅咒:"太阳王族的后裔一定会让你尝到报应的!"

许多年后,阿纳兰耶国王的后代、太阳王族新的首领、阿逾陀国的罗摩国王实现了诅咒。由于十首王罗波那劫持了他的爱妻,罗摩率领大军攻打楞伽,最终击败了罗刹,砍下了罗波那的首级。

小知识

阿逾陀国:中印度古国,其地为印度古文明中心之一。又称阿毗陀国、阿毗阇国、阿逾阇国、阿喻驮国、阿迎阇国,意译难胜国、无斗国、靡胜国、不可战国。依据《大唐西域记》卷五所载,此国周长五千余里,国都周长二十余里,庄稼丰盛,花果繁茂,伽蓝百余,僧徒三千,兼习二乘之学,有天祠十所,异道寡少。

出生七天建功勋——
战神斯坎达

阿修罗中曾经诞生了一位勇敢无畏的首领,名叫塔拉卡。他是金刚之躯瓦吉蓝加的儿子,阿底提耶与迦叶波仙人的孙子。他从小就比一般的孩子高大,成年后更是身躯伟岸,骁勇无敌。为了替家族出一份力,年轻的塔拉卡将自己的全部青春投入到刻苦的修行中,一连十几年从未间断。他的虔诚之心感动了梵天,终于拥有了获得恩赐的机会。

梵天问塔拉卡:"你有什么愿望吗?"

塔拉卡恭敬地对梵天说:"伟大的始祖,我想要一副长生不老、永远不会战死疆场的身躯。"

"虔诚的塔拉卡,任何人都无法获得永生,请你换一个愿望吧!"梵天说。

塔拉卡只好做出让步,他说:"如果是这样,那么就让我只能死在出生七天的婴儿手上吧!"

梵天果真实现了塔拉卡的愿望,塔拉卡像父亲一样拥有了金刚不坏之躯,他结束了苦行,重新回到自己的王国,并集结了一支强大的阿修罗军队,向天界发起了攻击。天神们纷纷出来应战,塔拉卡对天帝因陀罗怒喝道:"自私的天神,我们阿修罗本与你们无冤无仇,但在搅拌乳海时,你们却用障眼法蒙骗我们,将海中的宝物据为己有,还把我们驱赶到地下和海底。如今我的苦行获得了梵天的恩赐,特来为祖辈们报仇!"

天神们听了塔拉卡的话,都感到心虚起来。面对塔拉卡猛烈的攻势,众神很快就败下阵来。塔拉卡凭借着梵天的恩赐,将毗湿奴、伐楼那和俱毗罗一一捉住,还将因陀罗打得落荒而逃。他从天神们手中夺回了搅拌乳海所获得的宝物,并统领了三界。

塔拉卡将天神们五花大绑,带回祖国。阿修罗得知塔拉卡凯旋而归,准备了鲜花与美酒,为庆祝胜利畅饮了三天三夜。获得三界统治权的塔拉卡毫无仁慈之心,他将天神们禁锢起来,每天都用鞭子抽打,用污言秽语侮辱,使天神们受尽折磨。塔拉卡对于凡间百姓更是不闻不问,他整日沉迷于烈酒与美色,对人们的疾苦置之不理。为了解救被抓去做俘虏的天神和人间百姓,天帝因陀罗找到了梵天,对他说:"伟大的始祖,阿修罗塔拉卡得到了您的恩赐,统领了三界,但他并不是一位合格的统治者。人间的苦难与日俱增,受辱的天神们怨声载道,请您解救他们吧!"梵天叹了口气说:"唉!当初阿修罗塔拉卡严于苦行,我曾赐予他金刚不坏之身,只有湿婆与乌玛所生下的儿子,在出生第七天时去找塔拉卡,才能令他放下三界统治权。"

乌玛是喜马拉雅山的女儿,美丽无比、气质非凡的她从小就暗恋着威严而忧郁的湿婆大神,但一直没有机会向大神表露芳心。天帝因陀罗将塔拉卡的罪行与梵天的开示告诉了乌玛,乌玛表示非常愿意帮忙。她脱下了华丽的长裙,披上鹿皮,离开了喜马拉雅山,向湿婆静修的林苑赶去。一路上,乌玛带着一颗真诚的心翻山越岭,对于任何艰难险阻都无所畏惧。当她路过一条林间小路时,巧遇到了一位男子,这个男子面容俊秀,身材伟岸,他深情地对乌玛说:"美丽的仙子,当你出现在我的眼前,我的世界就一片光明,你愿意成为我的妻子吗?"

乌玛恭敬地说:"抱歉,我的心中只能装下湿婆大神一人,无法容纳别人。"

"你这么年轻貌美,为什么会喜欢湿婆呢?知道吗?他脖子上带着的不是项圈,而是毒蛇。他的腰上还缠绕着被他虐杀的妖魔之皮,他的坐骑是一头吃人的公牛。而且,湿婆没有财富,是个穷光蛋。"年轻男子用恶毒的言语诋毁着湿婆大神。

"不要再说了!"乌玛愤怒地辩驳道,"你别想把我心中的湿婆大神赶走,他永远是伟大、英俊而威严的。在我小的时候,就已经把整颗心都给了他。对于他是否拥有财富我根本不感兴趣,我只希望与湿婆大神珍爱一生,至死不渝!"

乌玛的话音刚落,眼前的男子就恢复了湿婆的形象,他温柔地对乌玛说:"美丽的喜马拉雅山之女,你对爱情的忠贞令我感动不已,你愿意成为我的妻子吗?"

乌玛得到了湿婆的爱,喜极而泣,她将喜讯传到世界的四面八方,天帝因陀罗也为她送去了祝福。新婚不久,乌玛就生下了一名男婴,湿婆为他取名叫斯坎达。斯坎达出生时,大地剧烈地晃动,四方世界闪耀出奇异的光芒。之后,斯坎达在六位善良仙人的抚养下茁壮成长起来,在出生第五天,斯坎达就爬上了山顶,大声叫喊起来。他的喊声十分富有威力,令大地害怕地颤抖起来,天神们也被吓得胆战心惊。第六天,所有

韦驮菩萨

的天神、乾闼婆、夜叉和紧那罗都来到湿婆与乌玛的家，向威严的斯坎达献上了祝福。梵天为斯坎达挑选了一位美丽的妻子，还送来了武器与夜叉军队，并对他说："神奇的孩子，你是伟大的统帅，士兵的主宰，快去解救疾苦的百姓与受辱的天神们吧！"

斯坎达欣然接受了梵天与诸多神仙的期望，他在出生的第七天，带领军队攻到了阿修罗的地盘。嗜血的阿修罗奋勇抵挡着天兵天将，斯坎达与塔拉卡也展开了搏斗。塔拉卡使出了各种看家本领，却都被斯坎达击破，渐渐败下阵来。最终，斯坎达用梵天赐予的武器穿透了塔拉卡的胸膛，结束了这个暴君的性命。天神们得到了释放，百姓们也恢复了安宁，三界一片欢呼喝彩声，大家都在赞叹这个出生七天就建立伟大功勋的孩子。

战争结束后，梵天赐予了斯坎达"战神"的称号，养育斯坎达的六位仙人也在死后升入天国，成为星空中闪耀的昴星团。

小知识

斯坎达：湿婆神的二儿子，也就是佛教中的韦驮菩萨，又称韦将军、韦天将军。他原是婆罗门教的战神，有六头十二臂，手拿弓箭，坐骑孔雀。崇拜韦驮的信仰最初流行在南印度，5世纪后传到北印度，被大乘佛教吸引为伽蓝的守护神，是南方增长天八大将军之一，位居四天王下三十二将军之首。

为正义而战——
喝干海水的仙人

逃窜到海底的阿修罗从未放弃过报仇的希望,他们集结起来,蓄势待发,打算从根本上动摇三界。白天,阿修罗在海底兴风作浪,传播谣言;到了夜晚,他们就从海中走出来,伺机消灭信奉宗教、品行端正的人,并杀死了许多善良的婆罗门。人们被阿修罗所骚扰,无法进行正常的生活。为了防止被杀,人们只好扔下宗教与祭祀,唯唯诺诺地生活。慢慢地,他们都被阿修罗迷惑了心智,不再务农经商,终日好吃懒做,欢愉度日,人间一片混乱淫糜的景象。一些富有正义感的青年背起弓箭走到山林中,想抓住这些破坏者,可是总是一无所获。

天神们见人间即将崩溃,纷纷向天帝告急,可是因陀罗也不知所措。于是,因陀罗带着众神,向毗湿奴求救。他说:"你是善良又英勇的大神,我们只能把苦难向你倾诉,请你把无辜的人们从恐惧中解救出来。"

"伟大的天帝,到底发生了什么事?"毗湿奴问。

因陀罗叹了一口气后,说:"地上的居民生活平静祥和,他们按时向天神献祭,供养我们。可是,最近他们遇到了灾难,不知是什么人昼伏夜出,杀死了许多虔诚的仙人与婆罗门,还捣毁了祭坛,恐吓人们不许祭祀。圣火熄灭了,安宁的生活也被中止,人们每天都在痛苦中生存。天神们得不到祭品,也终日惴惴不安,这样下去,我们的天国也会大难临头的。"

毗湿奴大神用神通之力悟出了道理,他对因陀罗说:"不用担心,我已经知道是谁在制造恐怖了。住在海底的阿修罗每天深夜潜入人间,他们烧杀掳掠,做尽坏事,等到拂晓来临,就又悄悄逃回海底。目前只有一个办法可以制止他们的恶行,那就是让大海干涸,使他们失去藏身之地。你带领众神去找水神伐楼那,他的儿子阿竭多仙人可以为三界主持这场正义。"

因陀罗拜谢了善良的毗湿奴后,来到了仙人阿竭多的住处。因陀罗恭敬地向阿竭多行了礼,并对他赞扬一番:"你和你的父亲伐楼那一样具有神力,威严的面孔就像冷峻的月神,但心肠却像太阳神一样富有正义。如今三界即将走向毁灭,只有您这样的圣人才能解救。"

阿竭多说:"为了正义,我愿意效劳。"

因陀罗将阿修罗作乱人间的事情告诉了阿竭多,并向他求得帮助,以便惩罚罪恶的阿修罗。阿竭多仙人勇敢地接受了这个使命,并在天神们的陪同下来到大海边。乾闼婆、夜叉与那些富有正义感的人类,听说仙人要为三界铲奸除恶,纷纷赶到大海边观战。这时,海风突然呼啸而起,翻滚的巨浪排山倒海般涌来,海鸟在空中盘旋,发出了阵阵哀号。

阿竭多仙人打量着海水,转身对因陀罗说:"天帝,将海水排出可能会淹没百姓的村庄,不如我将海水喝干,让它们消化在我的肚子里吧!"

众神听完仙人的话,都惊讶地张大了嘴巴。阿竭多仙人接着说:"我喝干大海中的水,就像你们喝完杯子里的水一样简单。请你们看好,我立刻就让大海变成大地,你们准备战斗吧!"

说完,仙人走进海里,张开了嘴。他运足一口气,召唤出自己的神力。海水立即被他吸进肚子中。在场观战的所有人都被仙人的举动吓呆了,大家打心里佩服阿竭多。

很快,海水被阿竭多仙人喝干了,深藏在海底的阿修罗见自己站在了地面上,全都傻了眼。随着天帝因陀罗的一声号令,所有天神冲向了不知所措的阿修罗,展开猛烈的攻势。战斗并没有持续太久,天神们就将海底的阿修罗全部歼灭,获得了胜利。恶贯满盈的阿修罗尸横遍野,堆积如山。天神、夜叉、乾闼婆与人类恭敬地向仙人阿竭多行了跪拜之礼,大大赞颂了仙人的丰功伟绩。

小知识

阿修罗王众多,其形不一,有的九头千眼,口中出火,九百九十手,八足,身形高出须弥山四倍;有的千头两千手,足踩大海,身超须弥山;有的三头六臂,三面青黑色,口中吐火,愤怒裸体相。在绘画中的常见形象为,一面三眼或三面六臂,或四目四臂,手托日月,双足立海上,身越须弥山。

神牛被盗——
波尼妖魔诱骗神犬

在天神与阿修罗界之外,有一个名叫波尼的部落,这个部落中生存了成千上万的妖魔,他们经常惹是生非。

一天夜晚,波尼妖魔悄悄潜入天国,将天神的乳牛偷走,赶到了天涯海角,藏在山洞里。天神的导师祭主亲眼目睹波尼妖魔盗走了乳牛,便赶忙向天帝汇报,因陀罗听后大发雷霆,他对祭主说:"这样无耻的妖魔种族不值得我亲自出马,就让我的神犬萨罗前去夺回乳牛吧!"

神犬萨罗接受了主人的使命,跟随着波尼妖魔留下的气味与脚印,向他们的部落追去。萨罗刚到波尼部落,就听见了山洞中的哞哞叫声,确信了乳牛的藏身处。

它站在部落门口吠道:"里面的妖魔快点给我滚出来!"

波尼妖魔听到辱骂声,飞奔到了部落门口。他们对威严的萨罗说:"你是谁?为什么到这里来?"

萨罗严厉地说:"我是天帝因陀罗的神犬萨罗,奉命前来向你们讨回乳牛。"

波尼妖魔嘲笑道:"你凭什么说是我们偷走了乳牛?我们根本就不知道这件事。"

"哼!天帝是众神之王,他无所不知、无所不晓,你们的恶行都被他看在眼里。"萨罗恐吓道。

波尼妖魔对神犬的话半信半疑,他们试探着问道:"如果我们不交出乳牛,你的主人又能把我们怎么样呢?"

萨罗咬牙切齿地说:"你们应该知道,我的主人神通广大,而且善良威严的毗湿奴大神、正义的太阳神苏利耶、冷峻的月神苏摩,都站在我们这一边。如果你们不交出乳牛,我的主人就会率领天兵天将,踏平你们的部落,把你们的尸体堆成山。"

听了神犬的话,波尼妖魔心中一阵战栗,但他们仍然不想轻易交出乳牛,于是想出了一个好主意。

他们停止了对萨罗的嘲笑,温和地说:"你从天国来到我们的部落,一定很辛苦吧?请到部落中休息一下,我们给乳牛洗好澡,戴上花环后,便交还给你。"

萨罗接受了波尼妖魔的邀请,来到了部落里。波尼妖魔端来了鲜美的瓜果,还请来几位漂亮的女妖,为神犬萨罗唱歌跳舞。萨罗一边享用着美味佳肴,一边欣赏着香艳的舞蹈。

美丽的女妖半裸着身体,在萨罗面前妖娆地扭动着身躯,她们缓缓走向萨罗,用充满魅惑的眼神挑逗着它。萨罗知道自己身负使命,并没有被女色所诱惑,它一把推开了女妖,露出了威严而愤怒的表情。

波尼妖魔见美色诱惑不管用,便端来一碗白色的液体,恭敬地对萨罗说:"刚才我们在为乳牛洗澡,它为了感谢我们的精心服侍,产下了一些奶水,我们取来了第一碗,献给你品尝。"

萨罗在天国从来没有机会饮用乳牛的乳汁,对此十分渴望,它端起碗,将奶水一饮而尽。其实萨罗喝下的并不是神牛的乳汁,而是波尼妖魔族的特制魔奶,它可以混乱人的心智,使人发狂或发情。

神犬萨罗喝下魔奶不久,脸颊就泛起了红晕,看着搔首弄姿的女妖,心中升起了无限的爱欲。萨罗一把抱起女妖,享受着情欲带来的快乐。

第二天,萨罗恢复了清醒,猛然发现自己躺在女妖的身边,赤裸着身体。当它努力地回忆昨天所发生的事,却什么也想不起来了。这时,女妖坐起身,依偎在萨罗怀中说:"昨天你拥有了我,今后你就是我的丈夫了,请你留在部落,我会让你永远快乐。"

萨罗悔恨地想:"一定是我禁不住诱惑,被女色迷惑,就算我返回天国向主人赎罪,也一定不会被饶恕,索性留在这里吧!"从此,萨罗留在了波尼部落中,它每天都与妻子欢愉度日,抛了了正义与威严。

因陀罗见神犬多日未归,便用神通之力观察情况,他发现萨罗辜负了使命,陷入了堕落,便组织天兵天将,向波尼妖魔发起了进攻。

正如神犬萨罗所说,天帝因陀罗所向披靡,他高举着金刚杵,杀死了无数波尼妖魔,并将部落踏成平地。当因陀罗的金刚杵砍向女妖时,神犬萨罗赶忙跪地求饶,而天帝严厉地说:"你已经迷失了心智,不配向我求饶!"

说罢,因陀罗挥舞着金刚杵,将萨罗夫妻砍死。战斗结束后,天帝请安吉罗仙人用咒语劈开了大山,将神牛救出。

众神合力除恶——
水牛马希沙之死

阿修罗阿底提的女儿在天神与阿修罗的残酷厮杀中,亲眼看着自己的哥哥们被天神消灭,她心中升起了仇恨之火,决定替亲人们报仇。于是,她放弃了女儿身,变成一头水牛来到森林中,开始了严厉的苦行。每天只饮少量的水,不吃一口食物,残忍地虐待着自己的身体。这举动让天神与万物生灵都感到惊讶和惧怕。阿底提之女的苦行获得了梵天的恩赐,她拥有了一个力敌千钧的儿子,名叫马希沙,意思就是水牛。

时光飞逝,随着年龄的增长,马希沙的体型与力气也越来越大,成为了不可多得的猛汉。一天,他的母亲对他说:"我的孩子,我们阿修罗曾经与天神友好相处,但在搅拌乳海的时候受到天神的欺骗,被他们害得十分凄惨。残忍的天神杀死了你的舅舅,为了报仇,我才来到深林苦行,希望你能完成我复仇的愿望,将三界的统治权夺回到阿修罗手中。"

听了母亲一番话,马希沙心中的仇恨开始蔓延,他组织了一支武器精良、骁勇善战的阿修罗军队向天国猛攻。天神们奋力抵御,勇猛应战,双方势均力敌,僵持不下。残酷的战争一打就是一百年,最终,强悍的马希沙驱散了天国的军队,抢夺了因陀罗的天帝宝座,夺回了三界统治权。但是,他的怒火并没有就此得到释放,每次一想起母亲的话,马希沙都会变得十分邪恶。他把天神们当成奴隶,用绳索套住众神的脖子当牛骑;马希沙还抢走了天神们的妻子,带回自己的后宫中施暴,发泄着自己的怒火与欲望。

天神们被残忍的马希沙折腾得遍体鳞伤,大家纷纷向梵天祷告,祈求始祖救命。梵天感应到了天神们的祈祷,不禁大发雷霆。他的怒火从嘴中喷射而出,形成了一朵燃烧的火云,这朵火云汇集了所有天神愤怒的力量,她的面容像湿婆一样威严,头发像阎摩一样橙红,双手充满了毗湿奴的威力,胸脯像月神一样冰冷,腰部蓄满了天帝的能量。大地女神化身为她的双腿,水神变成了她的双脚,太阳神给了她有力的脚跟。她的手中握着所有天神的法宝武器,喜马拉雅山神送给她一头狮子当坐骑。就这样,一位力超三界、充满威力的女神诞生了。

梵天对她说:"从今天起,你就叫卡利,是伟大的愤怒女神。你集合了所有天神的威力,是不可战胜的。请用你的威力,除掉马希沙。"

愤怒女神举起千百双手,向马希沙的领地咆哮而去。阿修罗见到前所未有的大神后纷纷发兵抵抗,他们有的骑马,有的乘坐云车,有的潜入海底,对愤怒女神发起了三面攻击。而伟大的女神无所畏惧,她像弹落身上的小虫一样,将攻上来的阿修罗一一打翻在地。女神的坐骑发出一声狮吼,竖起了浑身的金毛,这些毛发变成了锋利的箭矢,向四面八方的阿修罗射去,然后又长出新的箭矢,再次射向敌人。

愤怒女神战胜水牛马希沙

成千上万的阿修罗身首分离,死在了战场上。愤怒女神所到之处,都变成了红色的海洋。女神歼灭了阿修罗的军队,向马希沙发起了攻击。愤怒的马希沙变成一头水牛,首先袭向了女神的坐骑。他的铁蹄踏在了狮子的身上,尾巴卷起汹涌的大海,准备将雄狮吞没在海中。这时,愤怒女神向水牛马希沙抛出了绳索,紧紧地勒住了马希沙的脖子。马希沙感觉自己遭到了暗算,心中的仇恨之火再次爆发,他挣脱了绳索,向女神撞了过去。卡利女神瞬间腾空而起,升上了云端。正当马希沙四下寻找之时,女神突然俯冲而下,用天神们的武器割下马希沙的头,结束了这条充满仇恨的生命。

天神们得到了解放,纷纷救出受辱的妻子,并恭敬地跪拜了女神。卡利女神对众神说:"如果你们遇到危难,就请梵天召唤我。"说完,女神幻化成灿烂的火云,钻进梵天的嘴里。

小知识

仙人:原意是吠陀颂诗的作者,后来把意义推广为一般的圣人。他是又像人又像神的人物,具有极大的法力神通。仙人一般分为三类:出身于神的叫做天仙,出身于婆罗门的叫做梵仙,出身于刹帝利的叫做王仙。此外还有大仙、至高仙、多闻仙等。

夺回先父王朝——
阿周那的天国之旅

很久以前,婆罗多族有两个兄弟,他们各统治一个国家。一天,弟弟般度意外身亡,留下了他的五个儿子,兄长持国接管了般度的国家,并让老弟的五个孩子与自己的一百个孩子一同生活。持国的儿子们十分歧视这五个堂兄弟,经常出语伤人。他们在父亲面前煽风点火,终于起了作用。持国将般度的五个儿子赶出国家,流放在森林中。

十三年后,般度的五个儿子长大成人,他们身披鹿皮,每天以捡拾林中野果为生。他们十分痛恨伯父持国的行为,希望等到流放期满,回到祖国夺回原本应该属于他们的一切。在他们之中,老三阿周那最为勇敢,他对其他四位兄弟说:"我将去往神圣的喜马拉雅山,开始刻苦的修行,等我获得了梵天的恩赐,再返回国家,替兄弟们夺回父亲留下的一切。"

兄弟们纷纷表示支持,就这样,阿周那告别了他的兄弟,到喜马拉雅山修行。两年后,强壮的阿周那变得消瘦不堪,他一心修炼,废寝忘食,终于获得了天神们的关注。因陀罗十分担心善良的阿周那被苦行折磨坏身体,便请湿婆前去了解情况。

湿婆大神现身在阿周那面前说:"虔诚的人啊!你苦行的目的是什么?"

阿周那见大神现身,赶忙跪拜在湿婆面前,恭敬地说:"伟大的湿婆大神,我和兄弟们不仅失去了父亲,还被伯父抢走了父亲留给我们的一切。为了夺回本该属于我们的东西,我才到此刻苦修行。"

"你的虔诚之心令天神们感动,我愿意赏赐你。从现在开始,你的身体再也不会承受折磨与痛苦,就算是到了战场上,也没人能够伤害你。"湿婆大神对阿周那说,"如果你还有什么需求,我都可以满足你。"

阿周那得到了湿婆的恩赐,激动地拜谢大神说:"伯父持国的一百个儿子占领了我父亲的国家,他们个个凶狠残暴,欺压国民,我需要用武力夺回国家,救赎百姓。请大神赐予我一件天神的武器。"

湿婆大神说:"我把我自己的武器给你,请你跟我到天国去取。"

阿周那对湿婆行了礼后,跟随大神返回天界。湿婆的确要将武器送给阿周那,但在这之前,天神们需要试试阿周那的心是否坚定。到了天界,因陀罗首先笑脸相迎,他端着无数的奇珍异宝,对阿周那说:"虔诚的阿周那,这些宝贝都是人间所没有的,如果你愿意留在我身边做一名助手,我就将珍宝全都送给你。"

阿周那恭敬地说:"无所不能的天帝,请原谅我不能答应您的要求。我的四位兄弟还在受苦,解救他们是我的当务之急。"

因陀罗见阿周那不为钱财所动摇,十分欣慰,他送给阿周那一件武器后便转身而去。阿周那继续跟着湿婆走,忽然听见了一声呼喊:"想要复仇的阿周那,站住!"

毗湿奴的化身黑天向阿周那展现他与宇宙为一体的神身

阿周那向喊声的方向望去,只见阎摩驾着坐骑呼啸而来,他停在阿周那面前,说道:"复仇者,我是地府的管理者,你们人类的生死存亡都将受到我的支配,死后的果报也都由我来安排。如果你愿意跟我走,我就封你为大管家,替我打理凡间之事。"

阿周那双手合十,恭敬地说:"伟大的阎摩,如果我再不赶去救四个亲兄弟,他们就快到你的地府去了。在我结束伯父的一百个儿子性命后,希望您将他们带到地府,尝尝暴虐百姓的果报。"

阎摩答应了阿周那的请求,并对他的正义感大加赞赏。阿周那拜别了阎摩,继续向前走,他突然发现湿婆大神不见了,慌忙呼喊寻找起来。这时,只见一位婀娜多姿的漂亮女神向阿周那缓缓而来,她彬彬有礼地说:"英俊的年轻人,我是美貌与性感的女神,你觉得我美吗?"

阿周那并没有回答女神的问题,而是恭敬地说:"女神,请问您看见湿婆大神了吗?"

女神美丽的脸庞慢慢靠近了阿周那,水灵灵的大眼睛深情地望着他说:"知道吗?我一直想嫁给一位凡人,终于把你等来了,请你接受我的爱吧!我愿意献上自己的身体,给你快乐。"

听了女神的话,阿周那浑身一抖,他赶忙向后退了几步,跪在地上说:"女神啊!求您放过我,没有夺回国家之前,我是不会考虑结婚的。"

话音刚落,女神立即恢复了湿婆的模样,他温和地说:"阿周那,你已经通过了我们的考验,我将武器送给你,并助你一臂之力。"

阿周那在天神的帮助下,成功地击败了持国的一百个儿子,解救了百姓,并亲自到森林中将兄弟们接回,和他们一起治理国家。

小知识

阿周那:印度史诗《摩诃婆罗多》中的核心人物之一。《摩诃婆罗多》中普遍被认为最重要的一部分《薄伽梵歌》便是阿周那与化身为他的车夫的黑天(毗湿奴的一个化身)进行的对话。

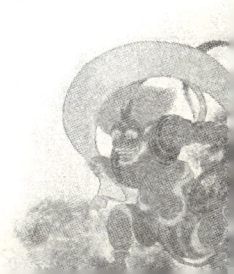

虔诚的祭主之子——
天神大战阿修罗

为了争夺三界的控制权，天神与阿修罗之间的战争日趋白热化。阿修罗的导师乌沙纳斯由于在林中的千年修炼，获得了起死回生的魔力。战斗中，他屡次施法，将已死的阿修罗一次次复活，而天神们并不知道这个秘密，所以总是伤亡惨重，以失败告终。

一天，天神的导师祭主对自己的儿子卡查说："孩子，你又英俊又聪明，我想派你到阿修罗的导师乌沙纳斯身边学习打探，帮助天神们战胜狡猾的阿修罗。"

"父亲，为了正义，我愿意效劳。"卡查答应了父亲的请求，独自前往乌沙纳斯的家。他跪拜在乌沙纳斯面前，诚恳地说："尊敬的导师，我叫卡查，已经仰慕您很久了，请您收我为徒吧！我一定会遵守规矩，服侍您一千年。"

乌沙纳斯见卡查相貌端正，一表人才，就欣然接受了这个学生。每天，卡查都十分细心地照顾着师父，他发现乌沙纳斯对自己的女儿德瓦妮格外疼爱，百般呵护。于是，卡查开始向德瓦妮示好，想以此博得乌沙纳斯更多的信任。他经常到山中采摘新鲜可口的瓜果，带回来送给德瓦妮吃，每到傍晚，卡查还会弹琴唱歌给她听。渐渐地，德瓦妮对卡查萌生了好感，不知不觉地爱上了他。

乌沙纳斯的身边有一些阿修罗对卡查十分嫉妒，他们无论怎么做，都无法换来德瓦妮的一个笑容，而卡查却可以轻而易举地获得芳心。于是，他们趁卡查在林中放牧之时将他杀死，并把尸体剁成了好多块。到了晚上，德瓦妮焦急地对乌沙纳斯说："父亲，我在家等了一天，都没有看见卡查的踪影，他是不是在放牧的时候出事了？"

乌沙纳斯用神通之力了解到卡查已经惨死在林中，他将事实告诉了女儿，德瓦妮失声痛哭地哀求道："父亲，请您发发慈悲，用魔力把卡查复活吧！"

乌沙纳斯答应了女儿的请求，将卡查重新复活，卡查回到导师家，将被害的过程告诉了乌沙纳斯，并向德瓦妮拜谢了救命之恩。暗杀卡查的阿修罗见事情败露，便更加怨恨他，决定再次要他的命。一段时间后，卡查受德瓦妮之命，到森林中采摘鲜花，阿修罗趁机再次将他杀死。为了防止导师将卡查复活，阿修罗把卡查的身体烧成灰烬,搅拌在酒里,然后献给导师喝。乌沙纳斯毫不知情,将酒饮尽。

夜晚,德瓦妮再次找到父亲,求他帮助自己寻找失踪的卡查。乌沙纳斯用神通之力找到了肚子中的卡查,感到十分惊讶。这时,德瓦妮跪在父亲面前,恳求父亲用魔力再次复活卡查。可是乌沙纳斯拒绝道:"我的女儿,我已经复活他一次了,这次居然死在了我的肚子里,可见这是命中注定。"

"不!"德瓦妮倔强地说道,"从小到大,您从没拒绝过我,这次如果您不帮我复活卡查,我就绝食自尽。"

见女儿决绝的样子,乌沙纳斯十分发愁,如果将卡查复活在自己的肚子中,自己很可能就没命了。他踌躇满面地思考着,终于有了办法。乌沙纳斯将卡查复活后,对他说:"卡查,我把起死回生的魔力传授给你,你将我的大腿撕开,从这里出来,然后把我复活。"

卡查听从了导师的话,从乌沙纳斯的大腿中钻了出来。失血过多的乌沙纳斯倒了下去,卡查用刚学的咒语又将他复活。

就这样,一千年过去了,卡查即将离开老师回到天国去。临行前,德瓦妮害羞地向卡查吐露了爱意,而身为祭主之子的卡查却拒绝道:"抱歉,我不能接受你的情谊。你曾两次救过我的性命,是我的恩人,你的恩情我永远也报答不完。但是,我曾从你的父亲肚子中出生过,所以我们只能以兄妹相称。我的好妹妹,请你祝我一路平安吧!"

德瓦妮感到十分无奈,只好哭着送走了卡查。卡查回到天国,将自己的发现与心得告诉了父亲,父亲对儿子的坚定与虔诚连连赞叹。天神们在祭主的带领下,再次与阿修罗展开了战争。搏斗中,祭主用起死回生的魔法复活了许多天兵天将,将阿修罗再次驱赶回了海底。

祭主仙人像

小知识

祭主仙人:婆罗门教和印度教的一个神祇,主管祭祀,同时代表木星。在印度神话中,祭主仙人是天神集团的祭司和导师。

为人类和平而战——
普里图降服大地女神

死神的女儿尼尼塔生下了一个儿子，名叫韦纳。他从母亲那里继承了一些不良的品德与行为，十分骄傲自大。父亲去世后，韦纳当上了鸯迦的国王。他将合理的朝政乱改一通，还对邻国发起了战争，并征服了无数邻国国土，变成了王中之王。他那自负与傲慢的态度与日俱增，废除了祭祀与供养，不许臣子们恭敬、礼拜、歌颂天神，还拒绝供养善良虔诚的婆罗门。韦纳最常说的一句话就是："只有我才值得享受三界的颂扬与赞美。"

祭坛上的圣火熄灭了，庙宇也被拆成了废墟，鸯迦国中的婆罗门一度陷入贫困中。他们见百姓们都像韦纳国王一样猖狂，感觉世界末日就要来临了。为了避免灾难与报应的发生，婆罗门曾尝试说服韦纳国王，请他怀着一颗恭敬谦卑的心信奉宗教。可是韦纳不仅把婆罗门的话当作耳边风，还傲慢地说："我不知道你们所说的天神到底是妖是鬼，你们要清楚，在这世上，你们最应该供养和尊敬的就是国王。对于我的命令，你们应该心甘情愿地履行。"

婆罗门被韦纳的恶劣态度彻底激怒，他们一拥而上，将韦纳围在中间一顿暴打，最后用绳子勒住了他的脖子。韦纳拼命地挣扎，可是绳子越勒越紧，最终夺走了他的性命。婆罗门见国王被勒死，感到有些后悔，因为韦纳一直没有孩子，他如今一死，国家没有了合法的继承人，可能会更加混乱。就在大家焦急之时，韦纳的右手手心中放出了金光，灿烂的光芒中走出了一个男孩，他双眼明亮，身体结实，就像火神阿耆尼一样威严。婆罗门为孩子取名叫普里图，做为韦纳的接班人，被推举上了王位。

梵天得知普里图降生，亲自带着众神送来了祝福，湿婆送给他一把弓，水神为了欢迎这个新国王，也送来了许多金银珠宝。在婆罗门的保护下，普里图变成了一个贤明睿智、虔诚善良的君主。可是当他到百姓中体察民情时，听到的不是歌颂与赞扬，而是怨声载道。百姓们纷纷向普里图反映道："自从祭坛圣火熄灭后，大地开始荒芜干裂，农民们种什么作物都不能生长，饥荒与怪病折磨着我们，许多老人和小孩都被饿死了。善良的国王啊！请您救救我们吧！"

第三章　维护正义的不朽战歌

听了百姓的话，普里图十分心疼，他向婆罗门请教，婆罗门告诉他："陛下，您的父亲韦纳曾经霸道地践踏了许多土地，发起了无数战争，使大地女神承受了很多不幸。他还捣毁了祭坛，禁止人们向天神献祭，这无疑是增加了女神的愤怒。如今，大地女神生气了，她在发泄着自己的不快。"

普里图听后，立刻背起湿婆和天神们赠与的弓箭，骑上快马，赶去见大地女神。普里图对大地女神说："为了发泄你一个人的愤怒，就置天下苍生于不顾，如此狭窄的心胸，根本就不配做一位女神！"

说着，普里图弯弓搭箭，向大地女神宣战。大地女神被普里图的威严惊吓，变成了一头乳牛仓皇逃窜，到处躲藏。普里图骑着骏马，在大地女神的身后紧追不舍。大地女神跑到了天界，普里图就毫不犹豫地追去，女神又躲到了梵天的领地，普里图依然无所畏惧地猛追。最终，大地女神变回原形，颤抖着求饶道："伟大的国王，难道你不知道杀害女性要遭到什么样的恶报吗？"

普里图答道："为了人们的幸福，我杀死一个可恶的女妖，这有什么不对吗？就算梵天知道了这件事，相信他也会原谅我的。"

"可是，你把我杀死了，谁来养育你的子民呢？"

"我可以将自己的一生献身于苦行中，为我的臣民们祈福祷告，祝他们幸福。"

听了普里图的话，大地女神决定向他求饶，女神说："我知错了，请你宽恕我，我将放下仇恨，复苏万物。"

普里图听后，饶恕了大地女神。从此，大地恢复了往日的生机。

小知识

大地女神为了感激普里图的宽恕，认他做了父亲。从此，大地又被称为普里提维，意思就是普里图之女。

怒火幻化的天神——
贾蓝达拉征服三界

天帝因陀罗盛情邀请湿婆大神来家中作客，他吩咐侍从端来美味可口的圣果和奶酒，并请来美丽的仙女表演歌舞。

湿婆受到因陀罗的热情招待，感到十分开心，便对因陀罗说："你让我非常快乐，请问你有什么愿望吗？"

因陀罗有点得意忘形，他笑着答道："大神，我希望能拥有你的神力，在战斗中像你一样无敌。"

天帝的狂傲让湿婆很不高兴，他赶走了因陀罗，独自生着闷气。他的怒火幻化成一片乌云，飘在他的眼前。湿婆对乌云说："愤怒之神，你快到恒河去，当恒河与大海交汇的时候，你就变成他们的儿子，惩罚轻狂的因陀罗。"

乌云听从了湿婆的旨意，飘向了恒河边。当恒河与大海交汇的一刹那，一个男孩诞生了。他的身形强壮，哭声惊天动地，就连梵天也从冥想中惊醒过来。他把男婴放在自己的膝盖上，认真地端详着。

这时，淘气的男婴伸出小手，一把揪住了梵天的胡须。梵天被可爱的孩子逗得笑了起来，他对恒河与大海说："就让你们的儿子叫贾蓝达拉吧！就是持水的意思，他是天神无法战胜的。"

时光流逝，转眼间贾蓝达拉已经长成了强壮的青年。他经常在海中乘风破浪，残害水中和天上的生灵。天神们对贾蓝达拉产生了反感，纷纷劝说海神对儿子加以管教，然而海神向来娇惯孩子，不仅拒绝了天神们的请求，还变本加厉地溺爱贾蓝达拉。他给贾蓝达拉一座岛屿，取名为贾蓝达拉国，由自己的儿子当国王，享受荣华富贵。起初，贾蓝达拉对国王的生活充满了新鲜感，但是他很快就感到了厌倦。当他得知天神们对自己的不满后，决定像个国王一样，发兵攻打天界。

天帝因陀罗与他展开了搏斗，由于有梵天的恩赐庇护，天帝挥舞着金刚杵，根本没办法击中贾蓝达拉。而贾蓝达拉抓住了一个机会，偷袭了天帝，将因陀罗踢出几百公尺之外。眼看天神的军队就要溃败，毗湿奴大神突然杀了出来。这时，贾蓝达拉宣布停火，因为毗湿奴的妻子是海洋之女拉克什米，也是贾蓝达拉的姐姐，因此他放过了天神,收兵回城。

天神们被贾蓝达拉的突袭搞得狼狈不堪,大家一边表示着愤怒之情,一边谋划着一次对贾蓝达拉的偷袭行动,最后决定向湿婆请求援助。这刚巧被仙人那罗陀听到,好事的他赶忙将天神的想法告诉了贾蓝达拉,并煽风点火道:"湿婆威力无比,如果天神联合了他,那将是一个非常强大的阵容。"

贾蓝达拉不屑一顾地说:"我有梵天的恩赐,根本不在乎敌人的威力,如果能获得大量的财宝,我倒是愿意主动出击。"

那罗陀仙人说:"陛下,你可能不知道,湿婆一生清心寡欲,根本没钱,他唯一的财富就是那美艳无双的妻子乌玛。她是山神的女儿,无论是身材还是长相,都是三界的顶尖尤物。"

仙人的话正中贾蓝达拉的心,他立即召集了精良的军队,向湿婆的处所发起攻击。期间,海神与恒河苦口婆心地劝儿子停止行动,但都遭到了贾蓝达拉的拒绝,他心中充满了对湿婆妻子的占有欲,发誓要将乌玛据为己有。

正在与妻子修行的湿婆见贾蓝达拉率领大军浩浩荡荡而来,便叫妻子登上山顶避难,自己带领军队发起反攻。贾蓝达拉的大军把湿婆围在中间,从四面八方发起攻击,湿婆挥动武器顽强地抵御着。贾蓝达拉并没有参加战斗,他漫山遍野地寻找着乌玛的踪迹,终于在山顶发现了她。

乌玛果然如那罗陀仙人所说,是三界不可多得的美女,色欲熏心的贾蓝达拉,跪在乌玛面前,抱住了美女的脚踝。这一幕刚好被盘旋而过的鸟王迦楼罗看见,他赶忙驮来天帝与毗湿奴大神抵御敌兵,又将湿婆带到了山顶。

他们刚好听见贾蓝达拉对乌玛说:"女神啊!我一看见你就浑身酸软,无法站立了。你的身体太令我向往了,没有你的爱抚,我恐怕永远都要瘫在你的脚下了。湿婆又老又丑,我能给你的幸福和欢乐,是他无法给的,让我疼爱你吧!"

乌玛被贾蓝达拉的话吓得哭了出来,湿婆举着铁饼,立即出现在贾蓝达拉面前。贾蓝达拉感觉自己受到了前所未有的羞辱,他说:"湿婆,请你别动手,如今是我自取其辱,就不麻烦你了。"

说完,贾蓝达拉将匕首刺进了自己的胸膛。

湿婆向毗湿奴与神鸟迦楼罗拜谢了救命之恩,并与天帝因陀罗冰释前嫌。

背叛的代价——
天帝斩杀毗婆鲁帕

建筑天神陀士多是天界中独一无二的能工巧匠,他用一双妙手雕刻出了许许多多活灵活现的人物与动物,受到了众神的称赞。但他的妻子是阿修罗中的一名女妖。婚后,女妖为陀士多生下了一个怪物儿子,名叫毗婆鲁帕。他长着三个巨大的龙头,面目也非常可怕。毗婆鲁帕的一张脸像太阳一样赤橙,一张脸像月亮一样惨白,还有一张脸像火焰一样红。他的三张嘴也有所不同,一张嘴吟唱着吠陀经典,一张嘴喝酒,还有一张嘴负责吞噬一切。他的智力非凡,在祭主之前,巨龙毗婆鲁帕就在天界担任天神导师一职。

随着天神与阿修罗的战争爆发,毗婆鲁帕也被母亲的意志所影响,打算背叛天神,到阿修罗中担任导师。毗婆鲁帕的举止行为引起了天帝因陀罗的怀疑,他十分担心这个三头巨龙因为刻苦修行而获得威力。因此,他召集了一些年轻貌美的阿卜娑罗,吩咐道:"请用你们的歌声与美貌,尽情地吸引毗婆鲁帕,让他被你们迷惑,沉浸在欢爱中。"

阿卜娑罗听从了天帝的派遣,精心打扮一番后,来到了毗婆鲁帕的家中。她们尽情地展示着各自的美色,用魅惑的眼神与香艳的动作勾引着三头巨龙。可是,威严正义的毗婆鲁帕气定神闲,丝毫不对仙女有所触动,只是冷淡地瞥了一眼,然后将她们打发了出去。

阿卜娑罗回到天宫,将失败的消息告诉了天帝。因陀罗陷入了沉思,他想:"毗婆鲁帕曾经是天神的祭司导师,他背叛了我们,而我们又不能杀他,因为杀害祭司是三界中最大的恶孽,这可如何是好?"

想着想着,因陀罗有了主意,他准备找天神特里塔帮忙。这位天神居住在天边,具有着神奇的力量,他能将别人的罪过接收到自己的身上,把惩罚与灾难留给自己。因陀罗向特里塔天神说明了用意,并征得了天神的同意。天帝高举着金刚杵,将毗婆鲁帕的三颗头砍落在地,结束了这个巨龙的性命。而特里塔将天帝犯下的罪孽吸收到自己的身上,独自承受起来。

建筑天神陀士多得知了儿子的死讯后暴跳如雷,他咬牙切齿地发誓要向因陀罗讨回公道。陀士多用苏摩酒和火锻造了一条可怕的巨龙,为他取名为苾利特洛。这条无手无脚的巨龙盘踞在山上,绕了九十九圈,吸干了海水,堵塞了河道,吞噬了不计其数的生物,对世界造成了恐怖的威胁。

　　天神们感到焦虑,呼吁天帝因陀罗出兵攻打巨龙。湿婆为因陀罗送来了坚不可摧的遁甲,梵天也亲自召见了因陀罗,给了他勇气与激励。因陀罗集结了天兵天将,向巨龙苾利特洛发起进攻。巨龙见天神像蜂群一样从天而降,张开了血盆大口,喷射出炽热的火焰。被烫伤的天神们摔在地上,当场毙命。大家见到这种场面,纷纷夺路逃跑,大呼小叫起来。只有因陀罗与毗湿奴纹丝不动,无所畏惧地向巨龙冲去。

　　苾利特洛再次张开嘴,瞬间就将因陀罗吞入口中。毗湿奴赶忙召唤出哈欠之神前来搭救,哈欠之神钻进巨龙的鼻孔中,苾利特洛呼啸着打了一个哈欠,因陀罗趁机逃出了巨龙的大口。毗湿奴大神将自己的威力注入天帝体内,因陀罗顿时变得强大无比。他挥舞着金刚杵,朝巨龙粗壮的脖子猛砍过去。苾利特洛发出了惊天动地的嘶吼声,随即断了气。

　　天神们见天帝取得了胜利,兴高采烈地跑来欢庆,大家一致夸赞着天帝的丰功伟绩。因陀罗将苾利特洛的头骨做成饭碗,把他的身躯一分为二,砍成了两段,一段被称为善良,它升上天空成为了月亮;一段被称为邪恶,变成了贪吃者的肚子。巨龙所流下的鲜血变成了公鸡,至今,婆罗门与高尚的隐士都不敢以公鸡为食。

小知识

　　舍沙:印度教神话中千首蛇,支撑大地,并在毗湿奴创世的间歇期睡于海洋时坐其床榻。每到劫末,舍沙就喷出毒火消灭宇宙。许多神话视舍沙为毗湿奴的幻影或其本身的一部分。

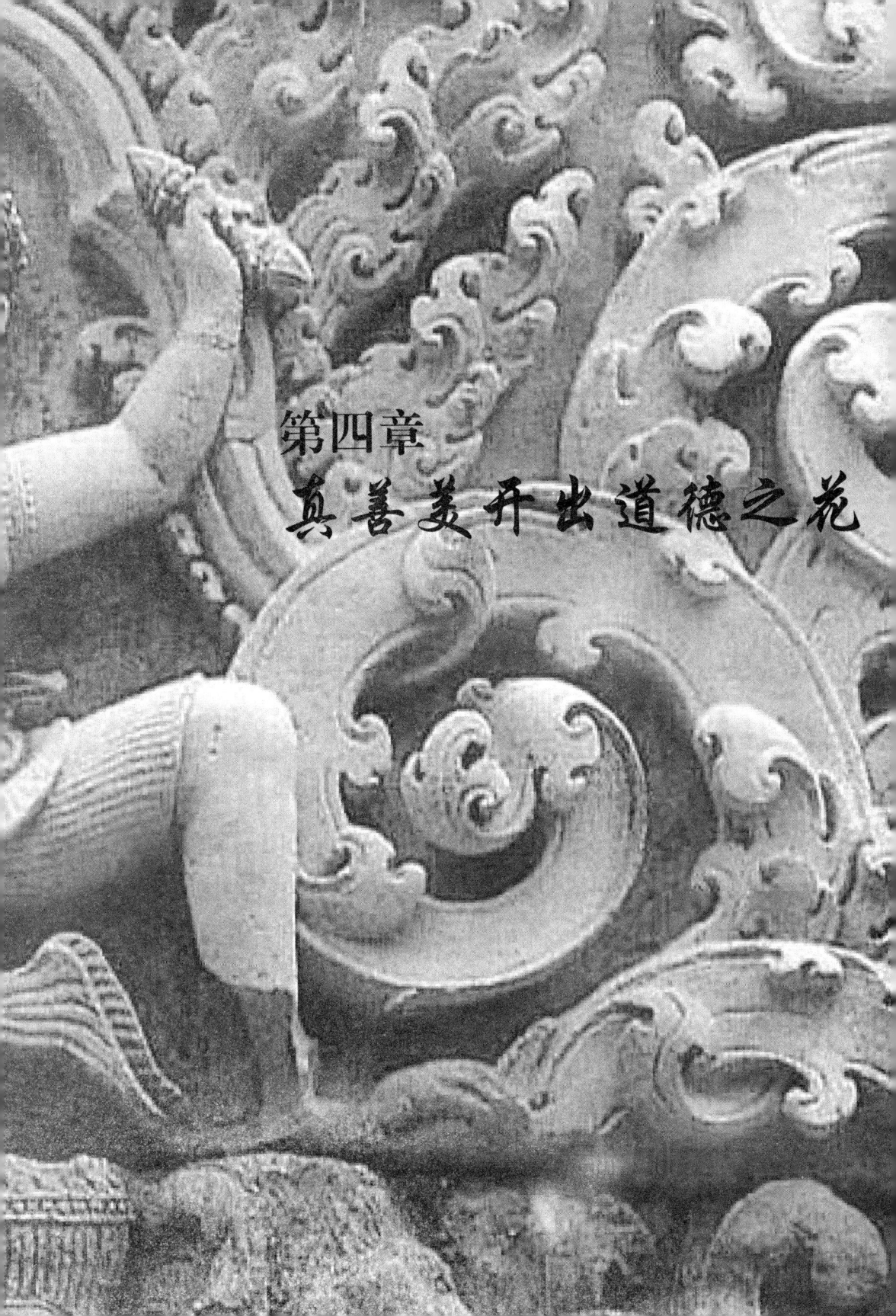

第四章
真善美开出道德之花

谨遵神旨——
信守承诺的国王杜尚陀

很久以前,有一位伟大的国王,名叫杜尚陀。他治国有方,贤明公正,在执政的日子里,他的国家富强祥和,大地年年丰收,臣民们安居乐业。杜尚陀国王有一个爱好,那就是打猎。只要一有时间,他就会背起弓箭,骑上快马,招呼左右侍卫,一同向森林奔去。

一天,杜尚陀照例外出狩猎,他与随从们兴奋地呼喝着,前呼后拥地涌进森林。猎手们的呐喊使森林中的羚羊、野鹿、虎豹等野兽惴惴不安,惊慌逃窜起来。骁勇的杜尚陀拉满弓弦,向动物们发起了进攻。他带领侍从们一路追逐着羊和鹿,穿过了一片又一片森林,不知不觉就跑到了森林最深处。杜尚陀环顾着四周,发现这里野花盛开,香气弥漫,一条蜿蜒的小河静静地流淌,野蜂蝴蝶在花丛中飞舞,麻雀、鸟儿站在枝头,唱着优美婉转的歌声。一阵微风拂来,令杜尚陀感觉十分惬意,他吩咐侍从们在原地休息,自己潜入了森林深处。

沿着小河刚走不远,他就发现了一座茅草屋,杜尚陀走到门前,轻叩了几下。只见茅屋的门打开了,从里面走出一位身材性感、美艳绝世的姑娘。她恭敬地向杜尚陀行了礼,并请他进屋坐下,端来了丰盛的果品,还用接待贵宾的方式,为杜尚陀端来了洗脚水。

杜尚陀被眼前的美女迷得神魂颠倒,他温和地问:"美丽的姑娘,你叫什么芳名?"

姑娘谦卑地说:"我叫沙恭达罗,是仙人坎婆的养女,他外出采摘去了,留下我一个人看家。"

听着姑娘美妙轻柔的声音,杜尚陀整个人都陶醉了起来,他多么想立即娶这位美若天仙的沙恭达罗为妻啊!于是,他单膝跪地,诚恳地说:"亲爱的沙恭达罗,如果你愿意接受我的爱,那么我将成为全世界最幸福的男人。等到时机成熟,我会接你回宫,我将把我的所有金银财宝都送给你,并让我们的儿子继承王位,让你成为全世界最幸福的女人。"

沙恭达罗被杜尚陀的一片真情所打动,当即答应了国王的求婚,两个人紧紧地拥抱在一起，他们在茅草屋中缠绵了很久，杜尚陀才依依不舍地离去。仙人坎婆回到家中，得知养女已经与国王有了婚约，感到十分高兴，并预测道："你们两人将会永远幸福地生活在一起，你们的孩子也将拥有一个强大的国家。"

时光飞逝，回到王宫的杜尚陀并没有去迎娶沙恭达罗，而美丽的沙恭达罗却生下了一名男婴，并取名为萨婆杜摩纳，寓意为一切的征服者。这个男孩从小就与众不同，拥有着过人的力量与勇气，他整天与森林中的野兽们追逐玩耍，狮子、老虎等猛兽都对他言听计从。

看着萨婆杜摩纳一天天长大成人，沙恭达罗终于按捺不住了，她想："应该让我的儿子继承王位了。"于是，她带着孩子，向杜尚陀的王宫走去。很快地，沙恭达罗就到了王宫，见到了杜尚陀。她抱怨道："陛下，难道您忘了我们的诺言吗？您抛弃我也就算了，但您不能不认自己的孩子！"

杜尚陀看着沙恭达罗，装出一副陌生的样子，威严地说："你是谁？我根本就不认识你，怎会与你有承诺？快退下吧！"

听到这，所有的文武百官议论纷纷，大家都认为沙恭达罗是诬陷国王的女骗子。沙恭达罗伤心地哭泣起来，她哽咽着说："你怎么能出尔反尔呢？欺骗他人是要遭报应的。你忘了对我许下的诺言，不认自己的儿子，你的心里还有真理吗？就连动物都知道保护自己的孩子，你简直禽兽不如！我从小就被亲生父母遗弃，幸好有养父愿意收养我，长大成人后又被你这个狼心狗肺的丈夫抛弃，我到底是做了什么孽，居然爱上你这个昏君！"

杜尚陀见沙恭达罗伤心过度，情绪快要失控。便温和地说："如果你说的是实情，我愿意听从上天的安排。"

话音刚落，王宫的大殿上空发出一阵缥缈的声音："杜尚陀，她就是你的妻子，那个漂亮的男孩正是你的儿子，请你按照我们的旨意，将他抚养成人。"

满朝群臣都听到了天神的话语，感到惊讶不已。这时，杜尚陀高兴地说："做为国王，我不能违背天意。"

正像当初许诺的那样，杜尚陀风风光光地迎娶了沙恭达罗为妻，并让他们的儿子继承王位。事后，沙恭达罗问丈夫："那天你为什么不承认我们的诺言呢？"

杜尚陀温柔地说："臣民们并不知道我和你的约定，如果单凭我们的言语，恐怕没有人会信服于新的国王，只有等天神降下旨意，才能让文武百官心服口服。那天与你分开后，我把对你的约定谨记于心，从未忘记过。"沙恭达罗感动得泪流满面，扑进了丈夫的怀里。

欲望永无休止——
多子多孙的仙人

古代印度有一位萨乌巴厘仙人，他精通《吠陀经》，对信仰十分虔诚，将自己的大半生都奉献在严格的苦行修炼上，他在冰凉的河水中一站就是十几年，从没有上过岸。

一天，仙人看到河水中游来一条大鱼，停在他的脚旁，开始辛苦地产卵。他想："生育是件多么神圣而伟大的事情啊！"大鱼产完卵，便摆尾而去了。不一会儿，又有两条鱼游到仙人脚下，它们一会儿缠绵一会儿争斗，在仙人的双脚之间嬉戏起来。看着两条小鱼幸福快乐的样子，仙人十分感慨："虽然鱼类是极其卑微而可怜的生物，但它们有伴侣与爱情给予宽慰，生活得非常幸福，真令人羡慕。"

仙人对幸福的生活充满了向往，他决定中断自己的苦行，朝着这个目标去努力。他来到太阳王族国王曼达塔尔的王宫中，打算向他的五十个女儿求婚。曼达塔尔国王见仙人来访，立即起身相迎，怀着无限敬意地设宴款待了他。宴会上，仙人向国王提出了求婚的意愿，国王见仙人的身体被苦行修炼折磨得疲惫不堪，满脸皱纹，便委婉地说："仙人，请您不要怪罪于我，我的女儿们年轻貌美，恐怕没有人愿意嫁给年迈的老者。"听了这话，仙人并没有发脾气诅咒国王，而是真诚地说："陛下，请让我见一见你的女儿们，哪怕只许配给我一个女儿，我都会对她呵护终生的。"看着仙人坚定的态度，国王说道："我的家族中有一个规矩，那就是孩子们的婚事由她们自己做主，当家长的无法干预。所以我无法帮您挑选妻子，只能靠您自己。"

听到这里，仙人仿佛读懂了国王的心思，心想："他这是在找借口拒绝我，一定是认为我又老又丑，没有女儿愿意嫁给我，所以才会这么说的。"于是，仙人对国王说："陛下，我将严格遵守您的家规，请让我和您的女儿们见面，如果她们之中没有人愿意嫁给我，那么就怪我自己运气不好，我会认命，绝不纠缠。"

万般无奈之下，国王只好让侍从把仙人带进后宫。仙人一进后宫，立刻变成一个俊朗帅气的青年。五十位公主看见他俊美的脸庞和强壮的体魄，纷纷红着脸，伸出了自己的右手，表达爱慕之情。国王见此惊讶不已，只好遵从自己的诺言，将五十个女儿全部嫁给仙人。仙人将妻子们接回自己的家，并为她们盖起了五十座华丽又壮观的宫殿，宫殿周围铺满鲜花。仙人与他的妻子们整日寻欢作乐,消遣度日。

过了不久,曼达塔尔国王十分想念自己的女儿们,便来到萨乌巴厘仙人的住所。国王看见一座座奢华的宫殿耸立在铺满鲜花的草地上,不由得赞叹起来。他来到其中一座城堡里,见到了自己日思夜想的女儿,关切地问道:"我的好女儿,丈夫对你可好?婚后你幸福吗?"

女儿拥抱了父亲,充满幸福地说:"父亲,我十分荣幸地选择了一个好丈夫,他整天都陪着我,形影不离,深感幸福的同时,我也有些担心,我的姐妹们可能会因此遭到冷落。"

国王告别了女儿,又到其他城堡中去,也提出了同样的问题,令人惊奇的是,五十位女儿的回答居然一模一样。国王被仙人强大的分身之术所折服,他向仙人表达了敬佩之情后,便返回了王宫。不久,仙人厌倦了缠绵的夫妻生活,十分渴望子孙满堂。于是,他让妻子们生下了一百五十个儿子,一边享受着天伦之乐,一边费尽心思地教孩子们说话走路。这些儿子长大后娶了妻子,又生下了三百多个孙子。就这样,仙人的子子孙孙无穷无尽,繁衍不息。

仙人的家庭不断壮大,已经有了上千口人,烦乱的生活使仙人渐渐顿悟,他感慨道:"我的欲望无休无止,刚满足一个,就会冒出了另一个,这样下去我将永远得不到满足。我必须立刻终止对世俗的渴求,早日得到解脱。"

湿婆画像

于是,仙人放下了家庭与后代,来到深邃的森林中,重新过起艰苦修行的日子。他严于律己,诚心忏悔,终于得到了解脱,达到了永生的境界。

小知识

湿婆:印度三大神之一,是象征"昌盛"和"吉兆"的神。同时又象征"毁灭",是起死回生之神。一般被视为"破坏神"。同时他也是生殖之神,传到中国后与藏教密宗中的大欢喜菩萨互相影响。湿婆表现愤怒的一面传入日本后,成为十分闻名的大黑天,是武士和浪人的保护神。

蔑视恩师的罪人——
化为星座的特里尚库

特里尚库原本是甘蔗王族中一位伟大的君主,他上知天文,下知地理,十分善于治国,在人间扬名海外,占有举足轻重的地位。渐渐地,他为自己的强大与美誉骄傲自满起来。

一天,他想到自己死后的去处,便急忙召见了恩师婆斯托仙人,对他说:"我希望你能为我举办一个祭祀典礼,求得我永生,升到天上逍遥快活。"

仙人摇了摇头说:"陛下,这样的祭典我办不了。"

特里尚库听后有些生气,他决定去向婆斯托的儿子们求助。婆斯托有一百个儿子,他们都是伟大的苦行者,修炼得十分有成就,一点也不比父亲逊色。特里尚库来到仙人儿子们的处所,恭敬又真诚地提出了自己的请求,但依然遭到了拒绝。

仙人的儿子指责特里尚库道:"我们的父亲是你的老师,他都不愿意满足你的愿望,你为什么还来找我们?"

特里尚库不甘示弱地说:"既然你们像你们的父亲一样无能和懦弱,那我就只好再去求别的祭司了。"

听了这话,婆斯托的儿子们气得对特里尚库发出了严厉的诅咒:"你这个傲慢无礼的人,将变成被所有人歧视的昌达拉人!"

话音刚落,特里尚库国王立即发生了变化,华丽的王冠变成了光头,丝绸长袍变成了破衣烂衫,肩上还扛着花环。大臣们都怕受到玷污,小心翼翼地回避着他。

特里尚库失去了往日的威风,变成了灰头土脸的倒霉蛋。他对婆斯托儿子们的所作所为十分懊恼,心中暗自发誓,一定要好好报复他们。

于是,特里尚库找到了法力高强的众友仙人,将自己的愿望与婆斯托儿子们的诅咒之事告诉了众友,并挑拨道:"伟大的仙人啊!听说您与婆斯托交手失败了,如今他这么猖狂,难道您不生气吗?"

众友想起自己曾经与婆斯托之间的竞争,愤愤地说:"为了超过我的竞争者,我决定帮你实现升天的愿望。"

特里尚库挑拨成功,感到十分得意。众友仙人将自己派往世界各地的学生们统统召集回来,并邀请精通祭祀的所有行家们来参加特里尚库的升天祭典,全国的祭司们应邀从四面八方赶来,唯独婆斯托和他的儿子们没有出席。他们对诚邀使者拒绝道:"虔诚的祭司是不会为昌达拉人举行祭典的!"

众友得知了此事,大发雷霆。他恶狠狠地诅咒了婆斯托的儿子们:"让这一百个可怜的家伙世代漂泊流浪,没有容身之所,没有可口的菜肴!"

所有的祭司到齐之后,众友仙人准备进行仪式。他请特里尚库站在祭台上,大喊道:"让正义的特里尚库国王上天得永生吧!"

听了这话,在场的仙人们开始交头接耳,议论纷纷,大家都对这次祭典抱有不满,但又怕迁怒于威力无穷的众友仙人,只好硬着头皮进行祭典。隆重的仪式有条不紊地进行着,首席祭司众友仙人开始召请天神,天帝因陀罗应邀下凡。

这时,众友并对特里尚库说:"现在我将用我苦行修来的威力,把你送上天去。"

说完,众友一把将特里尚库举起,送上天国。谁知天帝因陀罗用力一推,将特里尚库推出天界,并对众友说道:"这个人不能到天界来,他蔑视恩师,侮辱同门,毫不尊敬自己的老师及家人,根本不配升入天堂。"

特里尚库恍然大悟,认识到了自己的错误,但为时已晚,他眼看就要从万丈高空直落地面,惊恐地哀号着:"仙人!救我!"

众友仙人和弥那迦

"停!给我停住!"随着众友仙人的一声大喊,特里尚库即刻停在了空中,慢慢幻化成为一座新的星辰。遭到天神拒绝的众友仙人火冒三丈,气愤地责怪着天帝。因陀罗看透了众友的心思,便温和地说:"仙人不要生气,这个侮辱恩师的人已经升上了天空,变成了永恒的星座,他已经如愿,你也已经兑现了承诺。"

众友只好服从了天帝的意愿,让特里尚库永远地留在了南部的星空中。

骄横的圣典取得法——
固执己见的苦行者

古印度时代曾经有两位仙人,一个是祭主的儿子,名叫婆罗德瓦加,他经过了刻苦的修行而成为了伟大的苦行者;另一个是出身于阿底利家族的赖比耶,他精通神圣的《吠陀经》,扬名三界。

两位仙人的屋子紧紧相连,密不可分,长时间的相处让他们结成朋友,关系十分要好。

一天,婆罗德瓦加的独生子耶瓦克里问他:"父亲,比起您来,人们更加尊敬隔壁的赖比耶,这是为什么呢?难道苦行的精神比不上《吠陀经》吗?"

婆罗德瓦加答道:"我的孩子,你的理解有所偏差。你要记住,在天、人、地府三界中,没有什么东西能超过神圣经典中的知识。"

听了父亲的话,耶瓦克里十分不高兴,他抱怨道:"父亲受到尊敬,儿子也就跟着光荣起来。如果您无法超越隔壁的赖比耶,那我就要更加努力,超过他的儿子。"

从此,耶瓦克里开始了严格而又残酷的苦行修炼。他将自己曝晒于炎热的烈日下,任凭自己的皮肤被灼伤,又将自己置身于严寒中,将烧伤的身体浸泡在冰水里。耶瓦克里用极端的方法磨炼着自己的身心,终于在五年后修成正果,见到了天神。

他对天帝因陀罗说:"众神之王,我已经苦行修出成绩,请您赐予我神圣的经典吧!"

因陀罗看着遍体鳞伤的耶瓦克里,怜悯地说:"可怜的耶瓦克里,透过苦行修炼是无法得到《吠陀经》的,获得它的唯一途径就是勤奋踏实地钻研学习,除此之外,别无他法。"

听到天帝的一番话,耶瓦克里感到些许沮丧,但他并不愿意以刻苦钻研和学习取得盛典,依然固执己见,选择继续苦行。耶瓦克里将自己的肉体折磨得苦不堪言,伤痕累累,又过了五年,他再次修成正果,见到了天帝。耶瓦克里像上次一样,提出了赐予《吠陀经》的请求。然而天帝再次拒绝了他,并关切地嘱咐道:"请你不要再如此执着了,用你目前的残酷苦行是无法获得圣典的,你还是去向赖比耶请教吧!"

耶瓦克里听到赖比耶的名字,感到十分不服气,他反驳道:"我的父亲就是位伟大的苦行家,我相信在这三界中,没有什么是不通过苦行而得到的。如果你不满足我的愿望,我就更加残酷地折磨自己,把我身上的肉一刀一刀割下来,让你眼睁睁地看着我死去。"

仁慈的因陀罗被逼无奈,只好满足了他的愿望。天帝将完整的《吠陀经》赐予了固执的耶瓦克里,并真诚地嘱托道:"你现在是《吠陀经》独一无二的知识权威了,希望你好自为之。"

掌握了《吠陀经》的耶瓦克里十分嚣张,他不听父亲的劝阻,一心想要超过赖比耶一家。他见赖比耶的儿子娶了一个漂亮的妻子,便动了歹毒之心。他千方百计勾搭上这个女人,并与她私通,达到了自己罪恶的目的。

赖比耶用自己的神通知道了这件事,他大发雷霆,将不守妇道的儿媳变成了恶魔。毫不知情的耶瓦克里正想与他人之妻缠绵,却被恶魔猛扑在地上,一口咬断了脖子,结束了性命。

耶瓦克里的父亲婆罗德瓦加见儿子一夜未归,便运用神通寻找,当得知儿子死于赖比耶所制造的恶魔手下时,他撕心裂肺,暴跳如雷。婆罗德瓦加恶狠狠地诅咒了赖比耶,没过多久,赖比耶的儿子就被父亲误认为羚羊,射死于森林之中。赖比耶痛苦万分,他深深地忏悔了自己的罪行,并用毕生修行的法力将儿子复活,免除了丧子的厄运。

而骄横跋扈的耶瓦克里却没有那么幸运,被恶魔咬死后的他来到了阎摩地府。当他接受阎摩的审讯时,依然固执地说:"难道我的刻苦修行只能换来一场暴死吗?我想超越别人成为强者的心有什么错吗?"

阎摩告诉他:"你骄横跋扈,又太过固执,用逼迫自虐等不正当方式取得圣典,尽管你修行刻苦,但是却利用自己的法力为非作歹,你将受到万劫不复的地狱果报,永无出头之日!"

小知识

阿底利:最古老的圣人(仙人)之一,被认为是《梨俱吠陀》中许多诗歌的作者。他属于五个部族的智者,与摩奴及其他生主同为人类始祖。在史诗中,他是生主的儿子之一,以后又说是大梵天眼睛所生;他也是摩奴所生以便创造宇宙,是七仙之一和大熊星座中的一星。

都是爱情惹的祸——
毗湿奴的魔力

印度有位名叫卡玛达纳的王子,他从小就接受父亲的严格教导,长大后成为了一名聪明勇敢的英俊青年,受到臣民们的一致拥戴。身为国王的父亲也为自己有这样的儿子感到骄傲。卡玛达纳在成长的过程中与宗教结缘,他虔诚地对待自己的信仰,将大好的青春时光全部投入到刻苦修行中。他抛弃了宫廷中的享乐生活,并发誓一辈子不婚配。国王怕家族香火被切断,为件事急白了头发,健康每况愈下。他从声名显赫的达官显贵中挑选了许多美艳的姑娘介绍给王子,可是卡玛达纳一心修行,对此全然不理会。

卡玛达纳从舒适的王宫中搬到了神秘的丛林里,他放下一切,专心致志地修行,终于在三年后,获得了不小的成就。他十分想念自己的父亲,便决定赶回宫探望。卡玛达纳在床榻上见到了满头白发的父亲,不禁红了眼睛。父亲微微睁开双眼,看到了自己日思夜盼的儿子,流下了激动的热泪。

卡玛达纳握住父亲的手,关切地问:"父亲,您生病了吗?为什么这么虚弱?"

父亲哽咽着说:"我的孩子啊!我年事已高,病魔就自己找上门来了。你不结婚生子,断了家族的香火,这对我来说比病魔缠身还要残忍一万倍。求求你,结婚吧!我会把王位传给你,我去替你修行。"

卡玛达纳命令寝宫内的所有侍从退下,然后跪在老父亲床前,认真地说:"父亲,您知道吗?我在林中苦行的三年受益匪浅,不仅看到了自己的前世,还遇见了一心一意崇拜的毗湿奴大神。"

"那又怎么样呢?"老国王好奇地问。

卡玛达纳继续说:"在之前的无数次转世轮回中,我经历了诸多悲欢离合。我曾经是植物、畜生和野兽,也当过男人和女人,我还当过天神,但终究无法脱出六道轮回,历经了百死千生的痛苦。正是由于婚姻与情感,才让我坠入无限的轮回之苦。"

"你简直是走火入魔了!这和爱情有什么关系!"父亲有些激动地说。

"父亲,请您冷静地听我说完。在这次转世之前,我曾遇到过毗湿奴大神,并向

第四章　真善美开出道德之花

他请教道:'伟大的神啊!请您为我指点迷津,为什么我不能脱离六道轮回之苦?'

毗湿奴大神面容慈祥,微笑着对我说:'虔诚的隐士啊!我给你讲一个梵天之子那罗陀仙人的故事吧!'

毗湿奴大神是这样讲述的:仙人那罗陀想要得到毗湿奴大神的魔力,并向他讨教。毗湿奴将那罗陀带到一座小湖边,把他推了下去。当那罗陀从水中站起来时,已经变成了一个国王的女儿,并忘记了自己的前世。国王把那罗陀变成的姑娘嫁给了邻国的王子,婚后两人生了许多孩子,生活十分幸福。可是好景不长,女子的丈夫与自己的父亲发生了口角,最后演变成了两个国家的战争,他的父亲、丈夫与孩子都牺牲在战场上,使她痛心不已。女子伤心绝望至极,跳进了火堆中。火堆突然变成一座小湖,毗湿奴将那罗陀从湖底拉上了岸,并对他说:'那罗陀,你读懂我的魔力了吗?'

那罗陀感到有些不解,他继续请求开示。毗湿奴带着他走进荒芜干燥的大沙漠,烈日快将他们烤熟了,毗湿奴找到一棵树,坐在了树荫下说:'我实在走不动了,需要休息,你去村里讨碗水来吧!'

那罗陀朝村里走去,他来到一座茅屋前敲了敲门,来开门的是个性感迷人的姑娘。两人一见钟情,爱上了彼此。那罗陀忘记了树下等待他的毗湿奴大神,忘乎所以地与姑娘缠绵欢愉,幸福度日。过了十二年,一场突如其来的暴风雨降临在村子里,所有的房屋都被冲塌,村民们死伤无数。那罗陀拉着妻子,不顾一切地向村外逃去。洪水把村外小山上的石头卷起,倾泻而下,那罗陀的妻子躲闪不及,被一块山石砸中,失去了性命。那罗陀挣扎哭喊着,却无济于事。

六道轮回

随后,毗湿奴大神平息了这场天灾,救出了那罗陀,并温和地问:'你读懂我的魔力了吗?'"

流传千年的印度神话故事

卡玛达纳结束了讲解，真切地对父亲说："父亲，毗湿奴大神是想告诉我们：只有摆脱了虚幻的存在，才能获得脱离六道轮回的魔力。"

老国王听了儿子的话，点了点头，从此他不再逼迫儿子结婚，直到临终。卡玛达纳放下了七情六欲，潜心修行，最终成了一位超脱世俗的仙人。

小知识

六道：又名六趣、六凡或六道轮回，是众生轮回之道途。六道可分为三善道和三恶道。三善道为天、人、阿修罗；三恶道为畜牲、饿鬼、地狱。但阿修罗虽为善道，因德不及天，故曰非天；以其苦道，尚甚于人，故有时被列入三恶道中，合称为四恶道。佛教相信，任何人若遵守五戒，可得六根整然人身。若在五戒上，再加行十善，即可升到天界。

寻找世界的尽头——
摩砍德耶的愿望

摩砍德耶是安吉罗族的一位千年大仙,他把一生的时间用在旅行上,走访了无数名山大川、圣林境地,还拜访了许多国家的君主。他们都是贤明勇敢的仁君,摩砍德耶总是发自内心地献上自己的祝福,为这片祥和的土地与人民祈祷。

摩砍德耶有一个愿望,就是经过千年的跋涉与漂泊,找到世界的尽头。每当他幻想着宇宙尽头的模样时,就会感觉自己身临其境地处在其中。天上没有太阳、月亮和星辰,地上没有陆地,一片汪洋,四周一片漆黑,看不到一丝光芒,每到这时,他的心中就充满了恐惧。

一天,摩砍德耶路过一片宁静的大湖,他看见湖心中躺着一个人。他身体的一半在水中游弋,一半浮在湖面上,浑身散发出奇异的光芒。摩砍德耶仙人惊讶地大叫道:"这就是毗湿奴大神啊!"叫声惊动了毗湿奴大神,他张开大嘴,一口将仙人吞了进去。摩砍德耶被恐惧感包围着,吓得紧闭起双眼,他再次进入到世界尽头的情境中,不寒而栗。在黑暗中,他像轻烟一样缥缈游荡着,心想:"宇宙中的一切都是梦幻泡影,过眼云烟。"摩砍德耶慢慢睁开眼,发现自己置身于一片杳无人烟的荒凉沙漠中。他继续向前旅行,不知不觉就走了一千年。摩砍德耶来到一棵榕树下,准备休息片刻。这时,他发现树枝上坐着一个很小的孩子,这个孩子双眼明亮,浑身射出耀眼的光芒,摩砍德耶冷不防被晃了一下,下意识地捂住了双眼。

这时,树上的小孩说道:"摩砍德耶,我的孩子,快来吧!"

听了这话,摩砍德耶有些生气,他大声呵斥道:"是谁这么胆大妄为?我活了几千年,连大梵天都要敬重我几分,你一个小孩子竟敢对长者如此无礼!"

树上的小孩微微一笑道:"我的孩子,我是远古的普鲁沙,你们的祖先。我也是宇宙的建造者毗湿奴,是世间万物的化身。为了救世,我以各种形态幻化到人间,灭世洪水中拯救摩奴的鱼、搅拌乳海中帮助天神们获得长生不老药的大龟、战胜魔王罗波那的罗摩、从恶魔压迫下拯救大地的黑天,这些都是我的化身。"

听了这番话,摩砍德耶有些摸不着头脑,他似信非信地问:"既然如此,您能为我解答宇宙的奥秘吗?"

"愿意效劳。"树上的小孩说,"人间的凡人生活一年,却只是天界的天神生活中的一个昼夜,这样的昼夜组合成了一万两千个天神年,才能算得上是梵天生活中的一个白天。当梵天睡觉的时候,他的黑夜就来临了,宇宙就会顷刻摧毁。当梵天醒来,就会创造新的宇宙和世界。梵天的一个白天被称为一个大世纪,它由四个人类的时代所组成。它们包括虔诚幸福的金时代、区别种族的银时代、善恶不分的铜时代,以及黑暗引领的铁时代。经历了这四个时代后,梵天会将宇宙毁灭,并重新创造。当梵天的生命结束时,上苍就会再创造出一个新的梵天。就这样周而复始,无始无终。"

毗湿奴十大化身图

"难道我追寻了几千年的世界之尽头是虚无的吗?"摩砍德耶疑虑道,"循环往复的规律无法被打破吗?"小孩对他说:"摩砍德耶啊!之前我将你从世间吞入黑暗,就是希望你能悟出其中的奥义。可是你对幻想执迷不悟,尽管付出了几千年的修行,但仍然一无所获。所有的三界生灵都在我之中,希望你沿着我的身体组成的世界开始旅行吧!"

说完,变化成小孩的毗湿奴大神告别了摩砍德耶,升上了天空。摩砍德耶继续在轮回不息的世间生活着,他听从了毗湿奴大神的教诲,放下寻找世界尽头的幻想,努力克服了种种不该有的意念,潜心修行,最终成为一名睿智的仙人。

小知识

阿底提:阿底提是众神之母,无限的化身。她与许多天神有血缘关系,据说她是达刹的三女儿,阿底提和达奴的妹妹。关于她的儿子说法不一:一说她有七个儿子,第七子是因陀罗;又说她有八个儿子,前七个是阿底提耶众神,第八个是太阳神;还说她有十二个儿子,毗湿奴是其中之一,是她与迦叶波所生等等。

家有一老如有一宝——
弃老国的故事

从前,印度有个国家制订了这样一条非常苛刻的法律:凡是年老体迈、丧失了劳动能力的老者,都要被遗弃到遥远的荒山野岭中,让他们听天由命,饥饿而终。

当时的国王身边有一名才智过人的大臣,他十分尊敬自己的父母,从小就是个孝顺的孩子。如今,他的父亲年事已高,眼看就要到了执行国法的年纪,他实在不能眼睁睁地看着父亲被抛弃在荒野之中。

于是,这位大臣将自家的一间卧房改造成密室,将老父亲藏在其中。每天,他都按时为父亲送水送饭,细心地照料与供养老人。

一天,一位天神幻化成人类的魔法师,来到国王面前。他手中提着两条大蛇,对国王说:"请陛下来鉴别一下这两条蛇,如果您能分出哪一条是雌,哪一条是雄,我就施法保佑您国泰民安,一生富贵。如果您区别不出两条蛇的性别,您和您的国家将在七天之后灭亡。"

听了天神的话,国王吓得失魂落魄,他迅速召集了满朝文武,将这件事公之于众,希望大家能够齐心协力,出谋划策。可是文武百官们个个抓耳挠腮,谁也没有办法辨别两条蛇的雌雄。消息不胫而走,很快就传遍了全国,人们在街头巷尾议论纷纷,都没有办法帮助国王。大家十分害怕七天之后降临的灾难,整个国家陷入一片惶恐之中。

大臣带着天神留下的难题回到家中,他打开密室大门,为父亲送上可口的饭菜。老父亲见儿子满面愁容,关切地问道:"我的孩子,你怎么了?有什么烦心事吗?"

"父亲大人,我们的国家可能要灭亡了。"大臣叹了一口气,将魔法师给国王出题的事情告诉了父亲。老人沉思了一会儿后,对大臣说:"在我小的时候,曾经在田间捉了一条蛇。我把它带回家,交给了你的祖父。当我问他这条蛇是雌是雄时,你的祖父说:'你去拿出一块细软的布料,把蛇放上去,雌蛇的性情比较温顺,不会有什么反应,如果是雄蛇,就会狂躁起来。'我按照父亲的话做了,很快就弄清楚了蛇的性别。你不妨也用这个办法试试吧!"

听了老父亲的话,大臣如获至宝,他赶忙跑回王宫,将父亲教给他的妙计告诉了国王,国王请出天神变成的魔法师后,按照大臣所说的方法操作,果然弄清了两条蛇的雌雄。

这时,魔法师又出了第二道难题,他说:"什么人醒着却被称为睡着的人?而什么人睡着了却被称为清醒的人?"

听了魔法师的话,国王的情绪再次陷入了低谷,因为他根本无法回答这个问题。这时大臣走到国王身边,悄悄地说:"陛下不用着急,或许我有办法解答。"

说完,大臣转身跑出王宫,返回家中。他把魔法师的问题转述给老父亲,并说:"父亲见多识广,希望您能够帮助我。"

父亲从容地笑着说:"傻孩子,世间的凡人不学无术,即使醒着也像个睡着的人;而罗汉拥有大智慧,即便是睡着了,他也是最清醒的。"

大臣听后恍然大悟,他拜谢了父亲,赶忙奔向王宫,将父亲所说的话转告给国王。国王像鹦鹉学舌一般,将答案复述给了魔法师。

天神见难不倒国王,又出了一道题。他端来一碗清水,问国王:"你看,我这碗里的水比大海还要多,你知道这是为什么吗?"

国王百思不得其解,他望着大臣,眼里充满了渴求。大臣点头向国王示意后,赶忙跑回家中,向老父亲讨教。父亲摸摸胡须说:"如果一个人拥有一颗恭敬虔诚的慈悲之心,把这一碗清水用在供养老人、病人以及贫困百姓的身上,他将获得无量的功德,这种福报亿万年也享受不尽。而海水虽然广阔,但它经过岁月的洗礼,终有一天会消失。由此看来,这一碗水确实比大海要多。"

大臣将父亲的话带给国王,国王成功地解答了魔法师的难题。天神见国王才智过人,便送给他许多珍宝璎珞、金银首饰,并发誓保佑这个国家的人民永远祥和安乐。国王得到了祝福与财宝,整个人喜出望外,他激动地拉着大臣的手,说道:"多亏爱卿相助,是什么高人在王宫外指引你啊?"

"陛下,请您恕罪!"大臣跪在国王面前,将自己私藏老父亲的事情一一讲了出来,并诚恳地说:"您之所以能将魔法师提出的难题对答如流,都是因为我家中有位经验丰富、见多识广的老父亲。"

听了大臣的话,国王深受触动。他立即下令废除了抛弃老人的王法,并颁布了新的规定:天下百姓必须遵守孝道,不得遗弃与虐待老人,否则治以重罪。

小知识

阿浮陀:吠陀教之恶魔,因陀罗的敌人。《梨俱吠陀》曾七次提到此魔,阿浮陀有时和弗栗多一起出现,他的形状像蛇,凶猛如兽。经过一番苦战,因陀罗将他打倒,用脚踩住,打破他的头颅,刺穿他的胸膛,放出了许多污血。

割肉喂鹰——

仁慈忠厚的乌希纳拉

古印度的阿奴族中有一位法力强大的国王,名叫乌希纳拉。他虔诚信教、慈悲为怀的美誉传遍了世界各地,人们传言说乌希纳拉国王的威望超群,就连天神之王因陀罗也比不上他。这件事传进了受到人们供奉的火神阿耆尼耳朵里,他返回天界,将这个传言告诉了天帝。因陀罗听后,感到非常不可思议,他请火神阿耆尼陪同自己,到人间亲自证实一下消息的虚实。

天帝与火神来到了乌希纳拉国王的王宫外,因陀罗见国王正在御花园中散步,便对火神说:"阿耆尼,我们幻化成飞禽的样子,进去试探一下乌希纳拉国王。"

于是,火神变身成一只白鸽在前面飞,因陀罗变成一只大鹰在后面追逐,他们一前一后地出现在乌希纳拉面前。阿耆尼变成的白鸽一头撞进乌希纳拉国王的怀中,哆哆嗦嗦地说:"国王,有只大鹰要吃我,求您救救我吧!"

乌希纳拉一边点头,一边轻柔地保护住白鸽。这时,因陀罗变成的大鹰飞到国王面前的树上,对乌希纳拉说:"陛下,我快要饿死了,这只白鸽是创造之神送给我的美味,你不能因为可怜它而选择饿死我。人们都说你是全世界威望最高的人,希望你能发发慈悲,把我的食物还给我。"

乌希纳拉抱着白鸽,并没有放手的意思。他说:"大鹰,这只白鸽并不是创造之神指定给你的美味,我有义务保护它,它被你吓得到现在还浑身发抖呢!"

大鹰强词夺理地说:"圣明的陛下,人不吃饭就要被饿死,我们也一样。如果你不把属于我的食物还给我,那就等于要置我于死地。我的家中还有妻儿老小,都指望着我外出觅食,如果我死了,它们也就全都没有活路了。陛下,您为了一只白鸽,杀害了我们全家,杀生的罪孽是多么深重,况且您的美誉扬名四海,如果因为一只鸽子毁了一世英名,是多么得不偿失啊!请您再考虑考虑,两种选择哪种更好一些。"

听了大鹰的一番话,乌希纳拉感觉有些震惊,他赞叹道:"尊敬的大鹰,你真是聪明绝顶、判断明智。我感觉你精通各种哲学,是只神鸟。如果按照你刚才说的道理,我可不可以这样做出选择:请你放下白鸽,我将从宫中拿出新鲜可口的牛肉和猪肉,供养你一家老小。"

"不!"大鹰拒绝道,"谢谢您的一番好意,不过我并不需要猪肉和牛肉,我只想要这只鸽子,它是创造之神送给我的食物。"

乌希纳拉不急不躁,继续与大鹰谈判。他说:"伟大的神鸟,如果你不喜欢猪肉和牛肉,我可以给你其他的东西,只要你放过这只白鸽,说出自己想要什么,我一定竭尽全力办到。"

敦煌壁画——《尸毗王割肉救鸽》

大鹰转了一下眼珠,对乌希纳拉说:"陛下,要我放过鸽子也可以,但是我只要一种肉来代替。"

"你说吧!我一定努力满足你。"

"就是陛下你的肉。"大鹰说,"如果你肯从自己的身上割下与白鸽同等重量的肉,我就放过它。"

乌希纳拉毫不犹豫地同意了大鹰地要求,他掏出腰间的宝剑,毫不畏惧地从自己的身上割下了一大块肉,并把白鸽与自己的肉分别放在左右手上掂量起来。当他发现自己割下的肉没有白鸽重时,便又从自身割下了一块。然而再掂量时,发现还是不及白鸽重,于是又割下了一块肉。乌希纳拉一边割肉一边掂量,他发现白鸽越来越重,直到把自己割成了一具骨架。

第四章　真善美开出道德之花

眼看乌希纳拉国王即将支撑不住了,天帝与火神赶快变回了原形,因陀罗诚恳地说:"仁慈的乌希纳拉,我是天帝因陀罗,那只白鸽是火神阿耆尼,我们特意下凡,试探你的善心。我将把你的魂魄带到天堂,把你的事迹与美誉告诉月神与太阳神,让它们传遍世界每个角落,人们将永远称颂你的仁慈。"

乌希纳拉十分欣慰,他放下了自己的身体,与天帝一同去往天界。因陀罗兑现了自己的诺言,让世界充满了对慈悲与仁厚的称赞。

小知识

夜叉:印度教神话中一种半神之物。他们的父亲,一说是补罗私底耶,一说是从梵天脚中生出。按《毗湿奴往生书》所载,他们与罗刹同时出生,但他们与罗刹为敌,而对人则和善可亲。他们被称为"另外的人"、"纯洁的人"。关于"夜叉",首次见于《阿闼婆吠陀》。他们被认为是财神俱毗罗的随从神(也有说是毗湿奴的随从神),保护俱毗罗在吉娑山上的乐园和地下宝藏。在佛教中,夜叉是北天王的毗沙门的眷属,列为天龙八部之一。

水神赐子——
信守诺言的罗西塔

甘蔗王族的伟大领袖特里尚库因为侮蔑恩师而变成了天空中的星座,他的王位也就顺理成章地落在儿子钱德拉的头上。他继位以后,陆陆续续娶了一百个妃子,但没有一个妻子为他生下一儿半女,这令他十分焦急和懊恼。

一天,仙人那罗陀旅行到甘蔗王族,国王钱德拉热情地款待了他。临走前,钱德拉慷慨地送给那罗陀许多珠宝、璎珞,并吩咐侍从将那罗陀仙人护送到家。

那罗陀十分感激地说:"陛下,您对我真是太好了,请您说出一个愿望吧!我来满足您。"

"唉!"钱德拉叹了口气说,"仙人啊!没有房子住的人是贫苦的,没有宝石的人是凄凉的,而没有后代的人是悲哀的。我多么想拥有属于自己的孩子啊!哪怕只有一个也好。"

看着钱德拉忧郁的眼神,那罗陀安慰道:"明天黎明之前,你坐船到大海中,向水神祭拜,同时说出这个祈求:请水神赐子,我愿把他当作祭品献给您!"说完,那罗陀告辞而去。

第二天凌晨,钱德拉便坐上船,按照那罗陀仙人的嘱托,完成了对水神的祭拜。回到家不久后,他的大妻子就生下了一名男婴,钱德拉喜出望外,为孩子取名为罗西塔。罗西塔降生当天,水神伐楼那就来到了王宫,他对钱德拉说:"陛下,请不要忘记我们的约定,这个孩子将做为祭品献给我。"

钱德拉心疼地说:"孩子刚刚出生,还离不开母亲,等到满月以后再献给你吧!"

水神离开了王宫,钱德拉暂时扔下了国事,一心放在哺育罗西塔上。在儿子满月当天,钱德拉举行了盛大而又隆重的典礼,宴请了满朝文武大臣。

这时,水神伐楼那又出现了,他对钱德拉说:"陛下,孩子已经满月,请兑现承诺吧!"

钱德拉支支吾吾地找起了借口,他说:"长了牙齿的孩子才适合献祭,不如等他长出牙齿吧!"

伐楼那再次听信了钱德拉的话,离开了王宫。

就这样,伐楼那一次又一次地到王宫要人,而国王编出一个又一个理由搪塞他,将献祭仪式延迟。

转眼十六年过去了,罗西塔已经长成了健康勇敢的美男子。眼看水神伐楼那越逼越紧,钱德拉决定将儿子藏匿起来,他并没有把事实告诉罗西塔,反而编出一段故事,对他说:"亲爱的罗西塔,我想为国家做一次祈求富强的祭典,需要九百九十九头野兽做为祭品,你既聪明又勇敢,我想派你去森林中猎捕这些野兽。"

毫不知情的罗西塔欣然接受了父命,他背起弓箭,骑上骏马,奔向森林深处。罗西塔年轻力壮,勇猛无敌,仅仅用了半个月的时间就完成了任务。

大地女神无法忍受残酷的杀戮,返回了天界,向因陀罗讲述了罗西塔滥杀无辜的罪行。因陀罗运用自己的神通之力看到了罗西塔的出生过程以及所有事情的来龙去脉,便下凡人间,变成一头雄狮,潜伏在森林中。

很快地,因陀罗就发现了寻找猎物的罗西塔,他跑到罗西塔身边说:"年轻人,你好啊!"

罗西塔被开口说话的狮子吓了一跳,他好奇地问:"你是谁?"

"我是这片森林中的王者,你杀害了许多无辜的生灵,有何居心?"变成狮子的因陀罗质问道。

罗西塔向狮子行了礼,恭敬地说:"请您原谅我,我的父亲要为天下百姓做祭典,需要林中的野兽做为祭品。我答应帮助父亲猎捕祭品,订下的约定必须兑现,不能食言,这是我做人的原则。"

印度教三大主神

"是吗?按照这样的说法,你应该先去兑现出生时的承诺。"说着,因陀罗变回了原形,将罗西塔所不了解的身世秘密一五一十地告诉了他。罗西塔听后恍然大悟,他真诚地感谢了天帝,决定去兑现承诺。

祭典的日子到了，国王钱德拉将一切准备就绪，等待着儿子带回祭品。

罗西塔骑着骏马，只身回到王宫。钱德拉好奇地问："亲爱的孩子，祭品在哪里？"

罗西塔拍拍自己的胸脯说："祭品就是我！父亲，您答应了水神的承诺为什么不遵守？如今我要亲手将自己献祭，兑现承诺。"

说完，罗西塔坚定地走上祭台，点起了祭祀之火。天帝因陀罗让水神伐楼那将罗西塔接引到天界，成为一名伟大的仙人。

小知识

印度教三大神分别是创造之神梵天、保护之神毗湿奴、毁灭之神湿婆。

真爱感天动地——
巧匠奇缘

印度的一个富商有两个儿子,大儿子名叫尼亚拉吉,小儿子名叫尼亚拉姆。富商给予两个儿子完全不同的爱,他对大儿子尼亚拉吉唯命是从,过于溺爱,对小儿子尼亚拉姆苛刻严厉,经常无缘无故地惩罚他。两个孩子在环境的影响下长大成人,尼亚拉吉被娇惯成一个好吃懒做、游手好闲的富家子,而尼亚拉姆则变成了一个能工巧匠,他能把一块朽木雕琢成精美的工艺品,并涂上五颜六色的油彩,人们都对他的精湛工艺赞不绝口。

尽管如此,尼亚拉姆还是得不到温暖的父爱,富商对他的态度越来越恶劣,他把尼亚拉姆关进一间小柴房中,并扔下一堆破木头,恶狠狠地说:"富翁的儿子怎么能变成破木匠,你别出去丢人现眼了,就在这里度过后半生吧!"

尼亚拉姆被父亲责骂,感到十分委屈,他捡起地上的木头,用心雕刻出一只飞鸟,并将它的羽翼涂成了七种颜色。

可怜的尼亚拉姆喃喃自语道:"飞鸟啊!我多么想逃离这种孤独,像你一样自由自在地飞翔啊!"

话音刚落,尼亚拉姆手中的木鸟突然转起了眼珠,它慢慢扇动着七彩的翅膀,说道:"伟大的木匠,感谢你赋予我生命,我愿为你效劳。"

看着眼前活灵活现的木鸟,尼亚拉姆惊讶地张大了嘴巴,他简直不敢相信自己的眼睛。木鸟在柴房里飞来飞去,叽叽喳喳地叫着,仿佛在为自己的生命而庆祝。尼亚拉姆渐渐恢复了平静,他把木鸟叫到身边,诚恳地说:"神鸟啊!我从小受到父亲的冷落与责骂,没有一点幸福感,如今他又把我关进柴房,我非常想逃脱这种孤独的命运,寻找自己的幸福。"

木鸟对尼亚拉姆说:"伟大的木匠啊!你的幸福在遥远的地方。"

"在哪里?只要能找到我的幸福,不管什么艰难险阻,我也会努力克服。"

"离这七个大海以外的地方,有一座被七道沟和七座高墙围着的城堡,城堡中住着一位美丽的姑娘,她是国王的女儿。这位公主曾经发过誓,只愿嫁给能翻墙过海的勇士。很多人努力尝试过,但都被摔得粉身碎骨,死于非命。"

听了木鸟的话,尼亚拉姆坚定地说:"神鸟啊!你愿意为我带路吗?"

"这一路上有太多的艰难险阻,就算你幸免于难,那七条深沟和七座高墙,又能如何翻越呢?"木鸟劝慰着说。

尼亚拉姆开始动起脑筋,没过多久便有了主意,他把木鸟装进兜里,狠狠地拍打着柴房的门。富商被叫门声吵得心神不安,他怒气冲冲地走到柴房外,大喊道:"你这个疯子到底要干什么!"

"父亲,你放我走吧!我不要你的钱,只求你让我离开这个家。"尼亚拉姆答道。

"太好了!你赶快滚吧!"听到小儿子自动放弃遗产,富商十分高兴,立即放了尼亚拉姆。

尼亚拉姆带着木鸟奔出城外,向海边跑去。他们路过一片丛林,尼亚拉姆用林中的木材又做了四只木鸟,并对神鸟说:"神鸟,请你帮我复活这四只木鸟,让它们轮流叼着我,飞往城堡吧!"

湿婆像

"愿意为你效劳!"说着,神鸟用秘咒复活了四只木鸟,它们叼起尼亚拉姆,朝城堡飞去。十天后,尼亚拉姆在木鸟们的帮助下,顺利地跨过了七个大海,飞过了七道沟和七座高墙,降落在城堡中。

公主与尼亚拉姆一见钟情,准备厮守终生。这时,国王提出了反对意见,他认为一个木匠根本不配迎娶高贵的公主,于是一剑刺死了尼亚拉姆。公主痛心疾首,她求木鸟将自己和尼亚拉姆叼起,送出宫去。神鸟将他们送到了森林中,并对伤心欲绝的公主说:"现在只有一种办法能让你的情人复活。"

公主听了这话,赶忙跪在神鸟面前说:"只要能救活他,我愿意牺牲一切。"

"峡谷中生长着一种斑年草,用它的叶子挤出汁,让死人在日落之前喝下,便可起死回生。"

听了神鸟的话,公主像风一样飞驰而去,她奋不顾身地奔向峡谷,扯下一株斑年草,拼命地跑回原地。公主的衣裳被荆棘扯烂,身上刮出许多伤口,但她一心救人,无所畏惧。

日落之前,公主赶回尼亚拉姆身边,将斑年草汁挤入他的嘴中。没过多久,尼亚拉姆慢慢睁开了双眼,恢复了意识。公主见情人重新复活,喜极而泣。

神鸟将公主舍命相救的感人事迹告诉了尼亚拉姆,尼亚拉姆紧紧地抱住公主,献上了深情的一吻。

小知识

相传湿婆是印度舞蹈的始祖,会跳一百零八种舞蹈。他头戴扇形宝冠,右腿独立于熊熊燃烧的火环中央,脚踏侏儒,左腿抬起,四臂伸展,右边两只手,一手持鼓,一手做无畏印;左边两只手,一手托火,一手横在胸前,跳着神秘的宇宙之舞。

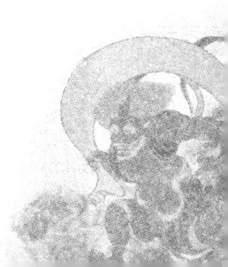

苦行者的虔诚之心——
恒河下凡

阿逾陀城的国王是出身于太阳王族的萨竭罗,他在登上王位后不久便娶了两个妻子,一个叫克希尼,一个叫马尔蒂。萨竭罗非常想拥有自己的后代子嗣,但事与愿违,许多年过去了,两个妻子谁都没能为他生下一儿半女。为此,萨竭罗感到十分苦恼,认为是自己求子之心不够虔诚。于是,他带着两位妻子来到喜马拉雅山,刻苦严格地修行起来。他们三人苦行了整整一百年,终于感动了梵天之子苾力瞿。

恒河女神下凡

苾力瞿下凡并对萨竭罗说:"虔诚的国王啊!我将赐予你后裔,你的两位妻子中,有一人将生下一个儿子,另外一人将会生下六万个儿子。至于谁来生,你自己决定。"

萨竭罗得到了天神的恩赐,感到十分惊喜,他选择让克希尼生下一个儿子,让马尔蒂生下六万个儿子。随后,萨竭罗拜谢了苾力瞿后,带着两位妻子回到王宫。没过多久,两位妻子便怀孕了,一年后,克希尼生下了一个漂亮的儿子,取名为阿曼贾,而马尔蒂却生下了一个大南瓜。

看到这个南瓜,萨竭罗非常生气,他下令道:"把这个怪胎给我扔出去!"

仆从刚一碰到南瓜,天上就传来了缥缈的声音:"萨竭罗,不要抛弃自己的孩子。你把南瓜籽分别种在罐子里,再倒满油脂,每个罐子里就会长出一个儿子。"

萨竭罗不敢违背天神的旨意,他小心翼翼地照做了。果然,六万个罐子里生出了六万个儿子,他们个个长相怪异,力大无穷。

萨竭罗的大儿子阿曼贾从小就被父母溺爱,长大后品行恶劣,骄横跋扈。他经常带着三五个侍从到百姓家中为非作歹,烧杀抢夺,令百姓们苦不堪言。萨竭罗得知此事后大发雷霆,他将阿曼贾赶出阿逾陀城,把阿曼贾的儿子安舒曼留在了身边。萨竭罗的孙子安舒曼与他的父亲阿曼贾有着天壤之别,这个孩子天生慈眉善目,十分可人。

马尔蒂的六万个儿子长大成人后,也像阿曼贾一样沾染了恶习。他们人数多力量大,谁都不放在眼里,就连天神也遭到他们的侮辱与谩骂。天神们义愤填膺,纷纷上告梵天,请求梵天的保护,梵天派毗湿奴大神前去解决这件事。

毗湿奴见到萨竭罗的六万个儿子后,态度和善地对他们说:"王子们,作孽是要遭到报应的,希望你们能刻苦修行,戒掉恶习,痛改前非。"

六万个王子们对大神不屑一顾,他们对毗湿奴指指点点,嘲笑道:"瞧啊!可怜的天神搬来救兵了!你们天界到底有没有像样的对手?就凭你也想征服我们?赶快滚回天上吧!"

王子们口出狂言,令毗湿奴大神顿时升起一团怒火,顷刻之间,烈焰将六万个儿子烧成了灰烬。毗湿奴派一位虔诚的苦行者将死讯带给萨竭罗,萨竭罗知道儿子们辱蔑天神,罪有应得,但还是非常痛心,他为六万个儿子举办了隆重的祭典。祭典上,萨竭罗对孙子安舒曼说:"我的孩子,现在我失去了所有的儿子,只有你这一位亲人了。如今,你的六万个叔叔得罪了天神被化为灰烬,骨灰留在了阎摩地府。希望你能去解救他们,让他们早日升天。"

善良的安舒曼答应了祖父的请求,他骑上一匹快马,向喜马拉雅山奔去。在山坡上,安舒曼开始了严格的苦行,一修就是上千年。喜马拉雅山的女儿恒河被他的精神所感动,她化身成美艳绝世的姑娘,出现在安舒曼面前,并对他说:"伟大的苦行者,我是恒河。您的虔诚与刻苦打动了我,我能为您做些什么吗?"

安舒曼恭敬地说:"伟大的恒河女神,我的祖父是阿逾陀城的国王萨竭罗,他的六万个儿子因为诋毁天神毗湿奴而遭到灭亡,如今骨灰还在阎摩地府,无法升天,我想经由苦行来帮助他们洗脱罪孽。"

"充满罪恶的骨灰只有经过神圣恒河水的洗礼,才能得到救赎,升入天国。你去找湿婆大神,如果他同意,那么我就帮助你。"

安舒曼拜谢了恒河女神,去找湿婆。为了得到大神的恩赐,他又开始了严格的苦行。若干年后,湿婆终于出现在安舒曼面前,他将恒河之水从天界引入凡间。由于湿婆大神的引导,倾泻而下的恒河水并没有引发人间的灾难,它们流向了大海,渗透到阎摩地府，洗涤了六万个王子们的罪恶，让他们升了天。

安舒曼因为刻苦的修行，最终获得正果，成了一位仙人。从此以后，在天上流淌的恒河来到了地面，成为人间最为神圣的水域。

六臂大黑天像

小知识

大黑天：佛教密宗的本尊和护法神，大自在天的化身。其形象有二臂、六臂和十二臂不等，均为青色武相。最常见的为三面六臂大黑天，前左右手横握宝剑，后左右手抱牦羊，颈下挂一串骷髅璎珞。传说远古时候大黑天本是印度的大悉陀，他曾发誓，如果恻隐慈悲变得软弱无力，那就用威武护法。这也是大黑天面目狰狞的缘故。

梵天之子夺人之爱——
苾力瞿抢妻

很久以前,仙人杜哈有一个举世无双的漂亮女儿,名叫普洛玛。杜哈曾经与一位名叫艾赫曼的阿修罗订下了约定,等到女儿长大成人,就将她嫁给艾赫曼为妻。然而梵天之子苾力瞿也看上了美丽动人的普洛玛,他抢在艾赫曼之前,将杜哈的女儿普洛玛接走,并与她成了婚,定居在一片人烟稀少的丛林中。

这件事被身为阿修罗的艾赫曼得知,他十分痛恨苾力瞿,并决定报复。

一天,苾力瞿要出门办事,临走前嘱咐妻子:"亲爱的,我走以后,你一定要锁好门,待在家中,不要轻易出去。"

普洛玛送走了丈夫,一个人待在家中。这时,门外响起了阵阵敲门声,普洛玛快步走上前,打开门一看,眼前站着一个英俊的男子。普洛玛问道:"请问您是谁?有何贵干?"

艾赫曼恭敬地向普洛玛行了礼后,说道:"我是路过此地的旅客,我的干粮和水都没有了,想到您家讨点吃的,不知道您是否愿意帮助我?"

"是这样呀,那快请进吧!"善良的普洛玛把艾赫曼请进屋,端来了水果、茶点,还亲手烹饪了一桌美味的菜肴,供艾赫曼享用。吃着可口的饭菜,欣赏着普洛玛美丽的容貌,艾赫曼心想:"这些本应该属于我的幸福,如今她却变成了苾力瞿的妻子,而我却只能这样偷偷摸摸地看她,真是不公平!"

艾赫曼越想越生气,他对着火盆中的炉火虔诚地说道:"请伟大的火神阿耆尼赐教!请伟大的火神阿耆尼赐教!"

话音刚落,火盆中的炉火忽然橙红旺盛起来,并发出声音:"虔诚的阿修罗,你有什么事吗?"

"这位美丽的姑娘本应是我的妻子,苾力瞿却如此狡猾,夺走了我的爱,正义的火神啊!请您为我主持公道。"艾赫曼向火神阿耆尼道出了自己的心声。

阿耆尼同情地说:"可怜的阿修罗,我不会说谎,她的确应该是你的妻子,但是我很害怕仙人苾力瞿发怒的样子。"

听到这话,艾赫曼更是气不打一处来,他气愤地说:"哼,正是因为苾力瞿是梵天之子，大家都敬畏他，所以他才敢做出这等下流之事。我是不可战胜的阿修罗，她原本就该是我的妻子，我要夺回属于我的女人！"

说完，艾赫曼瞬间变成一头野猪，他驮起普洛玛，夺门而出，向丛林深处奔去。跑着跑着，普洛玛突然大声哭喊起来："快停下！我的肚子好痛啊！"

出于对情人的心疼，艾赫曼停下了风驰电掣的步伐。他刚把普洛玛从背上放下，一个男婴从普洛玛的腹中呱呱坠地了。男婴浑身散发着太阳般耀眼的光芒，瞬间将艾赫曼化为灰烬。

普洛玛抱着孩子在林中穿行，努力寻找着回家的路。她身体虚弱，步履蹒跚，终于坚持不住了，倒在一棵树下，伤心地哭泣起来。普洛玛的眼泪越流越多，渐渐汇成一条河，流向了家的方向。苾力瞿回到家中后找不到妻子，焦急万分，他无意中发现门口多了一条河，于是顺着河流的方向走了下去，不久便找到了普洛玛与他们的孩子。可怜的普洛玛一头栽进丈夫的怀中，将艾赫曼劫持自己的事情说了出来。

苾力瞿听后暴跳如雷，他气愤地说："原来是火神阿耆尼挑唆，我要找他算账！"仙人怒气冲冲地回到家，对着炉火吼道："你这个破坏别人家庭的邪恶之火，我要诅咒你！"

"慢着！"火神阿耆尼对苾力瞿说，"如果说我破坏了你的家庭，倒不如说是你的横刀夺爱破坏了艾赫曼本该拥有的幸福。"苾力瞿被火神的一番话骂醒，他终于承认了自己的错误，并愿意刻苦修行，向死去的艾赫曼发心忏悔。苾力瞿与普洛玛的儿子赤耶婆那也跟随父亲投入苦行，最终成为三界中威力无比的大仙。

小知识

林伽是湿婆的最普遍流行的一种形象，由一根黑色的石柱雕成，供奉在神庙或神龛中。在印度教的圣地哈德瓦和贝那勒斯，都可见到放置在象征女阴的石雕磨盘状"约尼"上的林伽，象征着阴阳交合而产生的创造力或生殖力量。

深知女人心——
因祸得福的班加斯瓦纳

古老的印度曾有一个名叫班加斯瓦纳的国王，他聪明贤德，虔诚信教，是个不可多得的仁君，就连天神也敬畏他三分。当时，班加斯瓦纳有个心愿，就是希望自己能够拥有成群的子嗣。为了梦想成真，他忘情于刻苦修行中，并向火神举行祭典。虔诚的国王一心祭拜，严格苦行，然而事与愿违，他依然没有得到一儿半女。

班加斯瓦纳懊丧地回到王宫中，王后见他一脸泥土，满身灰尘，赶忙端来一盆清水，为国王温柔地擦拭起来。谁知，班加斯瓦纳竟然大发雷霆，他打翻了水盆，对着王后喝斥道："你这个无用的女人，娶你真是个错误的决定，一定是你这个祸害让我断子绝孙，快给我滚！"

被淋成落汤鸡的王后十分委屈，她捂着脸，痛哭流涕地跑回后宫。从此以后，班加斯瓦纳国王总是无缘无故地找茬发脾气，他不时地侮辱王后，总说："娶你是我人生中最大的灾祸。"

这件事惊动了宫廷上下，也传进了城中百姓的耳朵里，大家议论纷纷，都说国王中了魔障，由善良公正的仁者变成了残酷邪恶的暴君。一时间，全城上下人心惶惶，终日不得安宁。天神们也得知了此事，将国王的巨大转变告诉了天帝，因陀罗决定下凡人间，纠正国王的心态。

一天，班加斯瓦纳带领侍从们外出狩猎，当他一个人潜入深林中时，天帝施法将他的意识弄模糊，使国王迷了路，向离侍从们相反的方向跑去。走了很远很远，班加斯瓦纳感觉又累又渴，濒临体力崩溃的边缘。绝望之际，班加斯瓦纳惊喜地发现了一座小湖，他立即下马，跳进湖中。清凉的湖水洗去了一身的疲惫，班加斯瓦纳在瞬间感觉自己无比轻盈，他从湖中站起身，甩了甩湿润的头发。这时，他惊讶地发现，自己的短发竟然变成了披肩长发，强壮的身体也变得苗条修长，更意外的是，他的男性特征已经消失，胸部渐渐凸起，臀部也跟着上翘起来。班加斯瓦纳透过湖中的倒影，发现自己变成了一个女人，不禁狂叫起来。

班加斯瓦纳惊慌失措地自言自语道："如今我变成了女流之辈，回去见我的臣民一定会很丢脸，我不能回去了。"

于是，他牵着马，开始在森林中迷茫地游走。不久，班加斯瓦纳遇到了一位善良的隐士，隐士向他表达了爱意，为了容身，班加斯瓦纳只好答应了隐士的求婚，与他生活在一起。隐士对班加斯瓦纳关爱备至，他每天清晨都为妻子准备好丰盛的早餐，并烧好热腾腾的洗澡水，然后出门修炼。到了晚上，他总能带回奇异美味的瓜果，供妻子享用。临睡前，他还会温柔地亲吻妻子的额头，相拥而眠。到了夜里，隐士还经常帮助妻子盖被子，天冷的时候，还会将自己的一床被子盖在妻子身上，十分体贴。渐渐地，变成女人的班加斯瓦纳对隐士产生了好感，有一天，他问隐士："我已经和你生活了一年，你对我的照顾非常周到，你有什么愿望吗？"

隐士不好意思地说："如果你愿意的话，我希望你能为我生儿育女。"

"这果然是所有男人的愿望啊！"班加斯瓦纳心想，随即答应了隐士的请求。从那以后，每逢受孕时期，隐士与班加斯瓦纳都格外用心，希望能够梦想成真，可是每个月都无果而终。一年后的一天，班加斯瓦纳问隐士："亲爱的，我们努力了一年都没有结果，也许出了什么问题，如果我的身体有恙，你还会爱我吗？"

隐士微微一笑，起身抱住班加斯瓦纳，温柔地说："你永远是我最爱的妻子，没有后代是我们的命运，但这并不能影响夫妻的感情，我会永远爱你的。"

听到这里，班加斯瓦纳非常感动，他努力地修行，为满足丈夫的愿望而努力。终于有一天，他为隐士生下了一个儿子，隐士高兴得合不拢嘴，喜出望外。

时母画像

一天，班加斯瓦纳到一座湖边为婴儿洗尿布，突然感觉到一阵头晕目眩，便猛地掉进了湖里。班加斯瓦纳拼命挣扎，终于逃到了湖边，他站起身，拍打着身上的水。透过湖水的倒影，他惊讶地发现自己变回了以前的男人模样。

班加斯瓦纳尖叫道："天啊！这到底是怎么回事！"

话音刚落，林中忽然刮起一阵狂风，大风将班加斯瓦纳卷起，带出了丛林，刮向王宫。狂风将班加斯瓦纳扔到了王宫的御花园中，便消散不见了。巡逻的侍卫们发现了失踪的国王，感到十分惊讶，他们立即禀告了王后。王后迅速跑到御花园，见到了心爱的丈夫，喜极而泣道："陛下，你去哪里了？我快担心死了！"

班加斯瓦纳将王后紧紧搂在怀中，温柔地说："放心吧！我很好，你好吗？我的国家怎么样了?"

"自从您失踪后,王后一直代理您处理朝政,国家上下一团祥和,百姓们都在夸赞善良贤淑的王后呢!"王后身边的宰相激动地向国王汇报着。

班加斯瓦纳亲吻了王后,并对她说:"曾经的我伤害了你,从今以后,我会加倍补偿你。"

班加斯瓦纳受到天帝指引,理解了女人的心,从此以后,他对王后十分疼爱。没过多久,王后便为他生下了一个漂亮的儿子,三个人过上了幸福的生活。

小知识

时母:音译为"迦梨",意为黑色女神。雪山神女(难近母)的化身之一,湿婆之妻。她全身黑色,身穿豹皮,颈挂一串骷髅,四只手中有两只手执斩下的人头,两只手执兵器,口中伸出血红的长舌,腰上围一圈人手。她象征强大和新生,专喝恶魔的鲜血。

勾引仙人之妻——
天帝因陀罗偏离正道

天帝因陀罗法力无边，他经常幻化成各种形态，出现在不同的环境中。他有时变成仁慈的国王救赎百姓，有时变成睿智的隐士启发人类的智慧，有时还会变成勇猛的武士铲除罪恶。但他并不是永远令人钦佩，也曾犯下邪淫之罪。

一天，因陀罗在凡间游走，正巧路过仙人德瓦沙的住处，他见仙人正要出门，妻子鲁奇站在门外相送。因陀罗走上前去，热情地打起了招呼："德瓦沙仙人，您这是要到哪里去？"

仙人恭敬地说："伟大的天帝，我要去邻国为一位国王举行祭祀。"

因陀罗歪着脸，上下打量起仙人的妻子。鲁奇身材高挑，凹凸有致，粉嫩的脸上闪着一双清澈明亮的大眼睛。

"简直是人间难得的美人啊！"天帝在心中赞叹着鲁奇的美貌，荡漾起爱的波涛。德瓦沙仙人看着因陀罗色眯眯的双眼，一下就读懂了天帝的心思。他转身对妻子说："我记错日子了，今天不用出发。"

说完，仙人和妻子回到屋中，关上了房门。

因陀罗毫不死心地想："哼，有本事你永远别出门！"

为了防范喜欢寻花问柳的因陀罗勾引妻子，德瓦沙仙人找来自己的学生维普拉，并嘱咐道："你一定要寸步不离地保护我的妻子，对因陀罗严加防范。"

第二天，德瓦沙仙人出门了，在他走后不久，维普拉的心中打起了鼓，他想："因陀罗千变万化，我该如何防范他？如果因为失误害得师娘被非礼，我该如何向师父交代！事到如今，我只能用瑜伽的功力保护师娘了。"

于是，维普拉用瑜伽的功力，钻进了鲁奇的身体里。不久后，因陀罗化成一股风，钻进了仙人的家中，出现在鲁奇面前。

他温柔地说："美人，我是专门为你而来，请你来到我身边，感受我的疼爱吧！"

这时，鲁奇体内的维普拉用瑜伽的功力对因陀罗说："少在这里胡言乱语，你还是先战胜阿修罗吧！"

因陀罗听后大吃一惊，他用神通之力看到了鲁奇体内的维普拉，气愤地说："你居然玷污鲁奇的身体,当心受到诅咒。"说完,因陀罗拂袖而去,回到天界。

德瓦沙回到家中,得知维普拉钻进妻子的身体中,虽然抵御了因陀罗的引诱,但妻子却被他的学生所玷污。仙人气不打一处来,当即断了师徒关系,与维普拉不相往来。

不久后的一天,因陀罗再次下凡,来到了一片竹林中。他看见仙人乔达摩正在进行严格的苦行修炼,于是便偷偷潜入仙人家中,调戏他的妻子阿诃厘耶。阿诃厘耶五官精致,身材苗条,是个不可多得的美女。

因陀罗变成一个俊秀的青年,出现在阿诃厘耶面前,他满嘴油腔滑调,谄媚地说:"我的女神,你的脸庞就像花儿一样娇艳,你的身材就像天上的月亮一样婀娜妩媚,我是为你而生的,请你来我的怀里,感受我的疼爱吧!"

被春心所房获的女人是禁不住诱惑的,阿诃厘耶顺从地钻进因陀罗怀中,娇滴滴地依偎起来。因陀罗被美人的举动搞得神魂颠倒,他抛开所有道德规范,与阿诃厘耶发生了关系。事后,阿诃厘耶娇羞地说:"我的丈夫就快回来了,你赶快走。"

因陀罗赶忙穿好衣服,夺门而出。谁知刚一开门,衣衫凌乱的他们就被乔达摩撞个正着。仙人见他们私通,怒火中烧,他用自己多年修行的强大法力阉割了因陀罗。被阉割的因陀罗仓皇逃窜回天界,他向梵天发出忏悔,永远不再邪淫。

小知识

阿诃厘耶:仙人乔达摩之妻。相传,乔达摩得知因陀罗和阿诃厘耶私通后,念动咒语把因陀罗变成阉神,把阿诃厘耶变成石头,惩罚一千年。后来有几位天神把公羊的睾丸安在因陀罗身上,使他恢复了男神的本相;被放逐的罗摩在森林里漫游时用脚踢了一下阿诃厘耶变的石头,也使她恢复了原形。

用爱子献祭——
知恩图报的索玛卡

月亮王族的后裔索玛卡成为班遮罗国的君主后,受到了臣民们前所未有的赞扬。他将国家治理得井井有条,百姓们幸福安康。索玛卡在后宫中养了一百位王妃,她们都是顶尖的美女,并忠心不二地侍奉着国王。索玛卡对美丽的王妃们无可挑剔,但只有一件事令他郁闷,那就是这一百位王妃中,竟然没有一个人为他生下孩子。

时光飞逝,索玛卡国王一天天老去,他拥有子嗣的心愿始终没能实现。一天,他唉声叹气地对宠信的国师说:"我没有生儿育女,对不起我的列祖列宗,我死后一定会去阎摩地府受罪的。"

国师非常心疼国王,他诚恳地说:"请您放下国事,虔诚地修炼吧!"

索玛卡听了国师的话,卸下一切朝政重担交给国师打理,独自闭关专心修炼起来。三年后,索玛卡出关,重新回到王位上,没过多久,他的儿子就在一百位妻子中诞生了。索玛卡喜出望外,他精心地呵护着小王子,并竭尽全力满足他所有的愿望。后宫的一百位妻子都将小王子当作自己的孩子,对他关爱备至。

小王子被视为宫中的珍宝,在娇惯中慢慢长大。一天,他在御花园中玩耍,不小心被蜜蜂蛰伤了胳膊,他号啕大哭起来。一百位王妃闻声赶来,她们一边惊声呼叫着御医,一边安抚着小王子。索玛卡国王听见御花园中小王子的哭声与妃子们的尖叫声,赶忙飞奔过去。

当他听说小王子是被一只蜜蜂蛰咬,而且伤口早已处理完毕,便向王妃们抱怨道:"这么点小事何必大呼小叫!"

随后,索玛卡忧心忡忡地回到王宫,向国师吐露了心声:"我和一百位妻子只有这么一个孩子,真是捧在手里怕坏了,含在嘴中怕化了。我总是提心吊胆,生怕王子意外死去,压力非常大。如果能让我的每个妻子都生下一个孩子,那该多好啊!"

忠诚的国师思考了一阵,对索玛卡说:"陛下,我倒是有一个办法。"

"只要能让我的每个妻子生下一个儿子,我愿意接受任何考验。"

"陛下,您可以举办一场祭典,将小王子献祭于火神,王妃们闻到火苗触及小王子身体时所散发出的味道，便会怀孕，小王子也会回到她母亲的腹中，带着金色的胎记重新生下来。"

索玛卡按照国师的意思，开始筹备祭典，他任命国师为首席祭司，负责将小王子献祭。一百位王妃知道国王要将小王子献祭的消息，纷纷赶来劝说，求国王放弃祭典。索玛卡并没有将自己真实的意愿透露给妻子们，而是守口如瓶，按部就班地筹备着。

一切准备就绪后，祭典隆重地开始了，担任首席祭司的国师庄重地站在台上，点燃了神圣的祭祀之火。索玛卡将小王子带到火盆前，无知的小王子好奇地看着火盆，没有哭闹。跪在旁边的一百位王妃难以忍受内心的痛苦，一个个都哭成了泪人儿。

伴随着哭声，祭司将小王子举起，放进祭火中。火苗舔着王子，散发出浓浓的焦油味道。王妃们纷纷闻到烟味，不由得感觉腹中一沉。一年后，一百位王妃在同一时间分别生下了儿子，索玛卡如愿以偿，他凭借胎记，找到了曾经的小王子，并封他为长子。

就在索玛卡享受天伦之乐的同时，宫中传来了国师暴死的噩耗，索玛卡为此痛心不已。

几年后，索玛卡老死在宫中，他的长子继承了王位。索玛卡死后，被带到阎摩地府。在那里，他一眼就看见了国师，他被悬挂在烈火中，饱受煎熬。索玛卡赶忙问阎摩："他怎么了？为什么要承受如此酷刑？"

"他曾经将一个可爱的孩子扔在火里，所以死后要偿命。"阎摩说。

"不！他是为了我才那么做的！"索玛卡将国师为自己分解忧愁的事情向阎摩讲述了一遍，阎摩听后，反问道："既然是这样，你愿意替他承受这种不幸吗？"

"我愿意！国师为了我受苦，我要知恩图报。"索玛卡坚定地答道。

阎摩被国王的善良与君臣之间的真挚情谊所打动，于是赦免了他们的死罪，放他们去往天堂。

小知识

化身：在印度教神话中，神为了铲除邪恶，拯救世界，保护教徒，常常变做某种生灵（人或动物）降临人间。这种生灵转世后仍然保留原来的神性，这就是神的化身。

将承诺当成儿戏——
达吉杨奇泄密受罚

天神陀士多有一头神奇的乳牛,它能从乳房中挤出神圣的苏摩酒。为了防止他人惦记,陀士多将神牛的名字与住处严格地保守起来,除他之外只有一个人知道,那就是安吉罗族中的仙人达吉杨奇。他和陀士多一起拥护阿修罗,抵触天神,他们将神牛藏了起来,并对其他天神秘而不宣。

一天,天上的神医阿湿毗尼找到达吉杨奇,好奇地问:"每次你都向天神供奉苏摩酒,请问它们是从哪里来的?"

达吉杨奇守口如瓶,没有给出任何回答。阿湿毗尼兄弟继续打探道:"我们兄弟不同于其他天神,我们从不用苏摩酒祭奠先人,所以不会抢走属于你的东西,请你将秘密告诉我们吧!"

面对他们的请求,达吉杨奇依然默不作声。这时,阿湿毗尼兄弟突然跪拜在仙人面前,说道:"我们想拜在您的门下,做您的学生。"

天神想要拜仙人为师,这令达吉杨奇十分得意,他请阿湿毗尼起身,并对他们说:"我很荣幸成为你们的师父,但是,关于神牛的秘密,我还是不能告诉你们。因为我曾与天帝因陀罗有过约定,如果我说出神牛的名字和藏身之处,他就会用武器砍下我的脑袋。"

阿湿毗尼为仙人出谋划策道:"师父,我们有办法帮助您逃离危险,您愿意试一试吗?"

"好啊!我倒要看看有什么办法能抵御天帝的威力。"达吉杨奇答道。

说罢,阿湿毗尼将达吉杨奇仙人的头藏了起来,并在他的肩膀上安上一个马头。他们对仙人说:"师父,我们把您的头藏在天帝不知道的地方,等他砍下这个马头,我们再把您的头安上。"

"好吧!我就告诉你们关于神牛的秘密。"安上马头的达吉杨奇从马嘴里说出了人话,将神牛的藏身之地透露给双马童阿湿毗尼。

天帝因陀罗用神通得知仙人达吉杨奇对自己的背叛后大发雷霆,他怒气冲冲地找到达吉杨奇,责问道:"你宁愿将苏摩酒的秘密告诉双马童,也不愿意与我分享,这到底是为什么?"

达吉杨奇辩解道:"双马童从不用苏摩酒进行祭奠,即使告诉他们也没什么坏处。"

因陀罗听后气得质问达吉杨奇:"你贵为修炼成功的仙人,怎么能对自己的承诺满不在乎?当年你答应我,绝不泄露苏摩酒的秘密,否则砍头谢罪。如今,阿修罗组织日益壮大,在三界为非作歹,他们一定是喝了你提供的苏摩酒。你这个叛徒,我今天就要替天行道,将你杀掉!"

"我已经忘了对你的承诺,什么都不记得了。"

听了这话,因陀罗愤怒地举起金刚杵,向达吉杨奇猛砍过去,仙人的马头被当场砍掉,跌落在一片湖泊中。没有脑袋的达吉杨奇像个怪物一样,他哀号着向双马童阿湿毗尼求救。阿湿毗尼兄弟带着仙人的头颅如约而至,并为仙人医好了创伤。

由于仙人违背良心、不守承诺,他死后被送到了阎摩地府,在那里饱受严刑拷打,永无升天之日。而阿修罗的势力在人间肆意扩大,他们毫无节制地烧杀抢夺,影响了百姓们的正常生活。天帝因陀罗与他们英勇奋战,但都以失败告终。

因陀罗向梵天求助,梵天说:"只有用仙人达吉杨奇的马头打造一件武器,才能战胜阿修罗。"

因陀罗长途跋涉,终于找到了遗落在湖泊中的马头,他用马的头骨制作了一件武器,成功地击败了阿修罗,恢复了人间的安宁。

小知识

苏罗毗:印度教神话中神奇的母牛,它能满足主人的一切愿望,诞生于诸神和阿修罗搅乳海之时。有些神话说它是达刹之女,迦叶佛之妻。

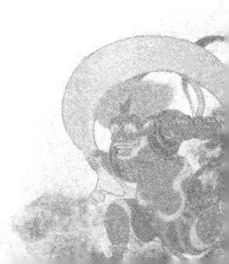

善行的奖赏——
梵天庇护狄沃达斯

在三界的黑暗时代来临时,人间的国王们放下了高尚的德行,摒弃了良好的习惯与礼仪,他们肆无忌惮地为所欲为,败坏了人类的品格。天神们对此十分生气,他们令天空停止降雨,令大地常年干旱,花草树木全部枯萎,庄稼果实颗粒无收。饥渴与恶病在人间蔓延,夺取了许多百姓的生命。然而国王们并不以此为戒,反而变得更加野蛮狂暴。有的从百姓手中抢走了救命的财产,有的则到百姓家强奸民女,胡作非为。良心很快就要泯灭殆尽,神圣的宗教亦即将被人们遗忘。

与此同时,在恒河畔的圣域迦湿王族出现了一位仁君,名叫里蓬贾耶。他在道德败坏的混乱环境中刻苦修行,用虔诚之心赢得了赞誉。

为拯救人类,创造之主梵天找到里蓬贾耶,并对他说:"高尚的国王啊!如今人类道德沦丧,人心败坏,只有你还勇敢地维护着正义。我将赐予你神力,让你成为世界之主,来拯救可怜的人类。从现在起,你就叫狄沃达斯,这是天助者的意思。你所发布的命令,就连天神也要尊听。"

狄沃达斯接受了拯救人类的重任,他一边拜谢梵天,一边表明了自己的决心:"伟大的创造之主,希望您能助我一臂之力,为了人民的幸福与健康,我狄沃达斯赴汤蹈火在所不辞。"

梵天答应了狄沃达斯的请求,命令所有天神回到天界,听从世界之主的派遣。天神们遵从了梵天的旨意,纷纷回到了天上。只有湿婆一人迟迟未动,当梵天问起原因,湿婆说:"我早就在狄沃达斯的迦湿王国中选好了住处,请让我留在人间吧!"

"你应该离开迦湿,到曼婆罗山去。"梵天拒绝了湿婆的请求,湿婆怀着忿恨的心情离开了人间。

狄沃达斯娶了那羯国王的女儿为妻,并接管了土地的统治权。在他的英明治理下,土地重新获得了希望与生机。他和妻子携手同心,带领农夫与村民向天神献祭,大家齐声颂起圣典,此举感动了天神。天神终止了土地的干旱,降下充足的雨水,不久后,土地获得了丰收,农夫们非常喜悦。凭着梵天的庇护,狄沃达斯勇敢地铲奸除恶。他用威严的面容对待图谋不轨的奸人,就像正义的太阳神,使猥琐污秽之人心生恐惧、不寒而栗;他用仁慈的面貌对待勤劳善良的臣民,就像温和的月神,让人心中暖洋洋。在他的管理下,人间渐渐恢复了祥和,百姓们重新供奉起天神,举行了祭典,过上了幸福的生活。

天神们都为正义的狄沃达斯之举感到欣慰,只有湿婆的心中充满怨恨,他始终不能忘记自己失去圣域的事情。于是,湿婆找到毗湿奴大神,请他为自己讨个公道。毗湿奴答应了湿婆,他带着妻子,乘着神鸟迦楼罗来到人间。

毗湿奴把自己变成佛陀的模样,把妻子变成身边的女仆,把迦楼罗变成自己的学生,一同在人间讲经说法。毗湿奴化身的佛陀来到一座小镇上,对当地的百姓们说:"可怜的人们啊!你们见过天神吗?有人见过梵天吗?你们每天沉迷于虚幻的信仰,贡献出宝贵的祭品,可是有谁又见过神仙呢?多愚昧啊!只有知识才能带给你们幸福。"

神鸟迦楼罗来到一个市集上,他站在人群中,高声说道:"天堂不在天上,它就在我们的手中。如果你生活幸福美满,那就是天堂,如果你贫苦不堪,那就是地狱。谁也无权干涉每个人的生活,生命掌握在自己手中。"

毗湿奴的妻子来到一群女人身边,蛊惑道:"爱情是世界上最美好、最高尚的东西,难道有比沉浸在欢爱中更为美妙的事情吗?漂亮的女士们,请不要吝惜自己的身体,尽情地享受肉体的欢乐吧!"

经过他们的煽动,人们再次抛弃了高尚的礼仪与道德,开始了随心所欲、淫乱放荡的生活。不管狄沃达斯如何干涉,人们照样放纵自我,不管不顾。圣域迦湿眼看就进入了昏暗时代,一片混乱。

经过调查,狄沃达斯得知是一位佛陀蛊惑了人心,他召见了佛陀,恭敬地说:"伟大的佛陀,请问我哪里得罪了您,为什么要如此祸害百姓?"

"你没有得罪我,你得罪的是湿婆大神。"毗湿奴将湿婆对狄沃达斯的怪罪之情说了出来,并告诉他:"如果你想恢复国家的安宁,就必须获得湿婆的谅解。"

听了毗湿奴的话,狄沃达斯恍然大悟,他拜谢了大神,离开了圣域,到喜马拉雅山潜心苦行,以求得湿婆谅解。狄沃达斯风雨无阻,一心投入严厉的修行,最终获得了湿婆的谅解。湿婆恢复了人间的祥和安宁,并重新回到了恒河畔的迦湿圣域。

都是邪淫惹的祸——
耶耶提未老先衰

天神们正在精心准备着与阿修罗的争战,他们纷纷向天帝因陀罗请战,表达着胜利的决心。因陀罗选择了几位精兵良将后,便整装出发了。途中,他们路过一片湖泊,因陀罗看见两个容貌相仿的美丽姑娘正在湖边洗澡。他轻吹一口气,将两个姑娘的衣服调换了位置,然后悄悄离开了。两个姑娘洗完澡上岸,穿上了对方的衣服。

这时,阿修罗王的女儿沙米塔非常气愤,她猛地打了对面的女孩德瓦妮一巴掌,然后说道:"我贵为阿修罗公主,而你只是个导师的孩子,你的父亲要靠我父亲的施舍活命,如今你居然敢穿我的衣服!"

德瓦妮毫不示弱地说:"我的父亲是阿修罗王的老师,学生的女儿怎么敢穿导师女儿的衣服!"

听到这里,沙米塔暴跳如雷,她猛踹一脚,将德瓦妮踢进了一口井里,然后愤然离去。

第二天,友邻王之子耶耶提外出打猎,刚好经过这口枯井,发现了美丽的德瓦妮。他赶忙吩咐侍从将女子从井中救出,得救后的德瓦妮颤颤巍巍地说:"谢谢您,我叫德瓦妮……"

话还没说完,德瓦妮就虚弱地倒在耶耶提的怀里。耶耶提命侍卫取来清水,并掏出自己的手帕,擦去德瓦妮脸上的污垢,他被眼前这个柔弱的美人深深吸引,心中充满了爱怜。他喂德瓦妮喝下了泉水,德瓦妮慢慢苏醒过来,她将自己的遭遇告诉了耶耶提,并对他说:"我需要回家向父亲报平安,至于你对我的救命之恩,我一定会报答。"

说完,德瓦妮快步跑回了家中,并将自己被沙米塔踢入井中的事情告诉了父亲乌沙纳斯。乌沙纳斯大发雷霆,气冲冲地跑到阿修罗王面前,对他说:"国王啊!做为你的导师,我简直无话可说。你的女儿沙米塔将我的女儿德瓦妮踢落井中,手段太过残忍,你将会遭到报应的。"

毫不知情的阿修罗王迷惑地说:"请老师息怒,到底发生了什么事?"

于是,乌沙纳斯将两个女儿发生争执的事情告诉了阿修罗王,并气愤地说:"你是怎么教育女儿的?幸亏有好心人相救,否则我的德瓦妮就会死于非命了。"

阿修罗王赶忙劝慰道:"尊敬的老师,请您息怒,我的女儿因为愤怒而犯下了荒唐的错误,她将受到严厉的惩罚。从今天起,沙米塔和她的一千个女仆全部归德瓦妮所有,侍奉德瓦妮一生。"

乌沙纳斯见阿修罗王公正严明,便不再继续追究,他把沙米塔和一千个女仆带回家中,交给德瓦妮做奴婢。善良的德瓦妮并没有讥讽落魄的沙米塔,而是向父亲提出了一个请求,她想嫁给自己的救命恩人耶耶提。

乌沙纳斯同意了女儿的请求,并为她置办了华丽的嫁妆。德瓦妮带着嫁妆和沙米塔在内的一千个女仆出发了,她顺利地到达了耶耶提的宫殿,表明了自己的爱意。

耶耶提激动万分,当即娶了美丽的德瓦妮为妻。

从此,德瓦妮与耶耶提出双入对,万分甜蜜,而沙米塔则换上了仆从的衣服,终日侍奉着王妃德瓦妮。每次与耶耶提国王出宫游玩,德瓦妮都会带着沙米塔,她希望沙米塔像自己的姐妹一样分享甜蜜喜悦,而这对可怜的沙米塔来说,就像是尖刀在挖自己的心一样。沙米塔决定终止这种羞辱,报复德瓦妮。

一天,耶耶提与德瓦妮在御花园中玩耍,德瓦妮不小心摔了一跤,弄脏了洁白的衣裙,她赶忙跑回王宫更换。这时,沙米塔穿着性感暴露的长裙,走到耶耶提面前,她娇羞地说:"陛下,我已经深深地爱上了你,无法自拔,每到夜晚,我的身体和灵魂都会想念你,我没有别的奢求,只希望你能与我过上一夜,让你感受我独特的温柔。"

沙米塔一番妖娆露骨的言语打动了耶耶提的心,他看着性感的沙米塔,故作镇定地说:"你是王妃的仆人,我不能那样做。"

"仆人也是你的臣民,大臣想要侍奉陛下,这难道有错吗?"沙米塔一边狡辩,一边向耶耶提贴近,她把脸埋在耶耶提的胸口,娇柔地扭动着身体。面对着美丽的诱惑,耶耶提再也忍不住了,他猛地抱起沙米塔,冲向了寝宫。

德瓦妮换好衣裙后,跑回了御花园,她见丈夫已经走了,便回到王宫中寻找起来。当她路过寝宫时,听到里面传出娇嗔的声音。德瓦妮推开门,被眼前的一幕吓呆了,耶耶提正与沙米塔滚在一起,享受着夫妻之间的甜蜜欢乐。

德瓦妮捂着脸,头也不回地冲出王宫,向自己的家中跑去。耶耶提见事情败露,赶忙穿好衣服,向德瓦妮的家追去。

乌沙纳斯得知此事后出奇地愤怒,他恶狠狠地诅咒着:"邪淫的罪人耶耶提将会提前衰老,死于非命!"

话音刚落,奔跑中的耶耶提就有了变化,他的头发开始花白,皮肤失去了弹性,肌肉开始萎缩,不一会儿就停止了奔跑,倒在路边,结束了生命。

天鹅做媒人——
那罗与达摩衍蒂喜结姻缘

那罗是尼舍托国一位最年轻的国王,他武艺高强,熟读经典,治国有方,十分出众。离他不远的毗德尔跋国的国王有一个名叫达摩衍蒂的女儿,她姿态优美,长相清新可人,是三界中出了名的美女,举世无双。他们常听身边的人夸赞对方的容貌与品行,即使从未谋面,但在彼此心中早已生出情愫,随着时光的流逝,彼此的爱慕之情与日俱增。

一天,那罗在御花园中散步,想起远方美丽的达摩衍蒂,不禁陷入了深深的思念中。这时,一群天鹅拍打着翅膀,停在御花园的小湖中。那罗蹑手蹑脚地潜伏过去,突然跳进湖中,捉住了一只天鹅。

天鹅拼命地挣脱,但是毫无效果,它只好开口说话:"善良的国王,求你放了我吧!我会满足你一个愿望。"

那罗听到天鹅的哀求,便问道:"你能满足我什么愿望呢?"

"我可以日行万里,将你的思念带给远方的人。"

听到这里,那罗第一个想到了达摩衍蒂,他放开了天鹅,说:"请把我的爱意传达给美艳无双的达摩衍蒂公主吧!"

天鹅振起翅膀,向毗德尔跋国飞去。它穿越了几座高山,跨过了几条大河,终于来到了毗德尔跋国的城堡。这时,达摩衍蒂正在花园中欣赏着娇艳的鲜花,天鹅赶忙停在她的面前,恭敬地说:"美丽的公主啊!尼舍托国的国王那罗年轻俊美,就像是天神下凡一般,许多名媛淑女向他求爱都遭到了拒绝,因为除了国事,那罗的心中只有您一人。虽然你们从没见过面,但他对您一往情深,日思夜想,盼望着您能成为他的妻子。"

听了天鹅的话,达摩衍蒂的双颊泛起了红晕,她娇羞地扭捏起来,不知如何是好。天鹅继续说道:"公主啊!你是人间女子的骄傲,是美貌与智慧的化身;而那罗国王德才兼备,当属须眉中的佼佼者。如果你们能结合在一起,那一定是三界中最幸福完美的事情了。"

达摩衍蒂再也按捺不住内心的狂热,她娇羞地对天鹅说:"请把你刚才说的话向那罗国王再说一遍。"

"遵命！"天鹅答应了公主的请求，朝那罗的城堡飞去。

天鹅飞走后，达摩衍蒂整日思念着远方的那罗国王，茶不思，饭不想，睡不着觉。她每天都坐在窗边，遥望着远方，一言不发。服侍公主的女仆们被她的举动吓坏了，大家纷纷跑到国王面前，将公主心神不安，举止反常的事情说了出去。国王听后思考了一会儿，恍然大悟道："这是我的失误啊！女儿已经成年，该为她操办婚事了。"

于是，国王昭告天下：一个月后的今天，将为达摩衍蒂公主举行隆重的选婿典礼。消息一出，惊动了无数达官显贵，他们纷纷驮着金银珠宝，向毗德尔跋国赶来。与此同时，那罗国王也得到了消息，他骑上一匹快马，日夜兼程，朝自己的情人奔去。

天界的天帝因陀罗、水神、火神与阎摩四位天神，也早已对美丽的达摩衍蒂倾慕不已，得知国王要举行选婿典礼一事后，他们决定驾起祥云，向毗德尔跋国飞去。

在路上，四位天神遇见了飞驰的那罗，便异口同声道："英俊的国王，请等等！"

那罗抬头看见四位天神，恭敬地行了礼，说道："请问天神有何指示？我愿意效劳。"

"我们四位准备到毗德尔跋国参加公主达摩衍蒂的选婿大典，希望你能做媒，让公主从我们当中选一位做丈夫。"

那罗听后颇为犹豫地答："天神啊！我们都是为了一个目的而来，我不能为你们做媒。"

"你刚才说愿意为我们效劳，怎么能出尔反尔呢？"

万般无奈之下，那罗只好答应了天神们的请求。他如期赶到了毗德尔跋国，参加了盛大的选婿典礼。仪式开始后，国王威严地出现在宫殿中，达摩衍蒂公主身披华丽的绫罗绸缎，迈着优雅的步伐走到宫殿前，前来求婚的贵族们都被公主的美貌所折服。达摩衍蒂向求婚的队伍中望去，一眼就看见了英俊出众的那罗，她缓缓走到那罗面前，娇羞地伸出了右手。

这时，那罗却说："美丽的公主，很荣幸你能选择我，我也很爱你。但是我与四位天神有约，他们希望你能选择其中一位做丈夫。"

"我知道你就是那罗国王，天鹅对我说的话我一直没有忘记，我只想成为你的妻子，我的心中容不下别人。"达摩衍蒂说。

这时，四位在空中观看的天神坐不住了，他们跳下云车，变成了与那罗一模一样的青年，扰乱了公主的视线。

天帝因陀罗说:"公主,你从我们当中选择一位吧!"

达摩衍蒂踌躇地站在原地,她很怕自己选错,于是含着泪,哽咽地说:"天神们啊!我与那罗早有天鹅做媒,我们心心相印,除了他,我谁也不想嫁。如果你们非要我选择,那我宁愿选择死。"

听到这番肺腑之言,四位天神赶忙恢复了真身,他们被这对真心相爱的恋人深深打动,分别献上了自己的祝福后,返回了天宫。

那罗与达摩衍蒂如愿以偿地结为夫妻,从此形影不离,幸福美满地生活在一起。

小知识

阿闼·伊伽波德:吠陀教神名,即独腿羊神。《梨俱吠陀》中仅独立出现过一次,另外四次均与深水蛇神并提。独腿羊神为擎天、固海之神。由于他的功劳,天地两界才得以巩固。人们尊他为天神,有时甚至与太阳神、火神相提并论。

神牛幻象试诚心——
仙人的考验

高尚的太阳王族有一位国王，名叫底黎波。他双肩似牛，胸膛宽广，身躯高大，仿佛武士的化身一般。底黎波武功盖世，为人正直贤德、善恶分明，受到臣民们的一致拥戴，就连天神对他都心生怜悯。

底黎波国王的后宫中有几十位佳丽，但他唯独钟情于一位温婉可人的奇娜王妃。只要一有时间，底黎波就会陪伴在奇娜身边，他十分期待美丽的奇娜能为自己生下一儿半女，共享天伦之乐。然而事与愿违，时光飞逝，转眼间已经过去了十年，奇娜王妃一直没有怀孕，令底黎波国王十分失望。

一天，底黎波在寝宫中自斟自饮，想到自己膝下无子，不禁流下了眼泪，他扪心自问："难道我的福气薄得像纸一样吗？难道这就是命运的安排吗？难道是我的修行不够吗？"

虔诚的国王坚信是自己做得还不够好，于是第二天清晨，他放弃了王位，将处理朝政的大权移交给自己最信任的宰相，然后带着奇娜王妃，骑上快马，向国师极裕仙人的家——森林道院奔去。

黄昏时分，底黎波与奇娜顺利地到达了森林道院，极裕仙人与师母热情地迎接了他们。底黎波与奇娜毕恭毕敬地向两位仙人顶礼膜拜，令极裕仙人与师母感到十分欢喜，他们默默地祝福了这对虔诚的夫妻。

当晚，底黎波跪拜在极裕仙人面前，诚恳地说："尊敬的国师，从我登上王位以来，您一直在我的身边，助我铲奸除恶，维护正义，还保佑我的国民平安祥和，为我分解忧愁。可是这十年来，始终有一件事让我困苦，那就是我最爱的奇娜王妃，她一直没能为我生下一个孩子。我曾经自责过，也抱怨过，还向创造之主梵天祷告过，可是依然毫无效果。如今我只有向您求解，希望能得到您的启示。"

听了底黎波的话，极裕仙人点了点头，他双眼微闭，盘坐起来。过了一会儿，仙人慢慢睁开了双眼，对底黎波说道："国王啊！我刚才入定，看见了你的往昔，找到了你没有子嗣的原因。几百年前的轮回里，你曾去天界朝拜过天帝因陀罗，但你不够虔诚，心中一直惦记着妻子的排卵期，生怕错过了怀孕的好时机，所以匆匆返回人间。那时，天堂如意树下有一头神牛，由于你没有恭敬地礼拜它，所以它对你下了诅咒。这头神牛死去后，留下了一个女儿，名叫南蒂尼，它替母亲延续了对你的诅咒，才导致你至今膝下无子。"

仙人的话音刚落，神牛南蒂尼就出现在森林道院里。南蒂尼长着一身柔软粉红的毛发，头顶竖起一撮白色的绒毛，像天上的弦月一样明媚。极裕仙人指着神牛，对底黎波说："国王啊！我能做的就是这些，剩下的事情就靠你自己了。你和王妃要恭敬地侍奉南蒂尼，讨它欢心，让它高兴。神牛走，你们也走，神牛停，你们也停。记住，一定要时时刻刻在它的身边，将它服侍好。只有这样，你才能解除诅咒，获得恩典。"

底黎波与奇娜得到大仙的指引，感到十分欣慰，他们拜谢了仙人和师母后，开始了追随神牛的生活。每天清晨，奇娜王妃亲手为神牛擦拭身体，涂上香膏，戴上花环。底黎波伺候神牛饮水完毕，便带着它去山林中放牧，他们紧紧跟随着神牛，寸步不离，直到黄昏日落，他们才牵着神牛回归森林道院。

就这样过了一年，底黎波与奇娜专心侍奉神牛，从未偷懒。

一天，神牛南蒂尼钻进林中的山洞休息，突然被一头雄狮扑倒在地，南蒂尼吓得哞哞直叫。底黎波被突如其来的一幕吓呆了，有些不知所措。这时，奇娜镇定地说："单凭武力，我们谁也斗不过雄狮，不如试着调解吧！"

听了王妃的话，底黎波努力让自己平静下来，他双手合十，深深地向雄狮鞠了一躬，然后恭敬地说："威严的百兽之王，求你放过这只乳牛吧！我会为你刻苦修行，积功累德。"

"算了吧！"雄狮说，"我的一家老小都等着这顿丰盛佳肴，放了它，我们一家都要饿死。"

"我愿意用自己换取这头牛的性命，请您把我带回去给家人享用吧！"底黎波说着，跪在雄狮面前，平静地闭上了双眼。

雄狮向底黎波扑来，奇娜王妃吓得哭出了声，而底黎波毫不畏惧地跪在原地，一动也不动。突然，雄狮幻化成为花雨缤纷而下，散落在底黎波与奇娜的身上。他们两人张大了嘴巴，被眼前的奇景惊呆了。这时，神牛南蒂尼微笑着说："虔诚的人啊！刚才的雄狮是我变化出的幻象，你们的勇敢与真诚打动了我，我愿意满足你的愿望。"

底黎波喜极而泣道："感谢神牛，我希望您能解除对我的诅咒，让我与奇娜生下一个儿子。"

"你们快回去吧！奇娜王妃已经怀孕了！"

底黎波与奇娜将神牛送回森林道院,他们一一拜别了神牛与极裕仙人一家,返回了王宫。一年后,奇娜王妃生下了一名漂亮的男婴,底黎波为男婴取名罗沽,并封奇娜为当朝王后。

小知识

陀乞湿耶:神马,《梨俱吠陀》两处提及。它迅如狂飙,战无不胜,人们把它称为因陀罗的恩赐。在晚期的吠陀文献中,它变成了一只鸟。在史诗和后来的作品中,她和金翅鸟迦楼罗合而为一。有人认为陀乞湿耶最初是太阳的化身。

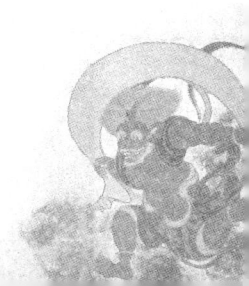

俘获美人芳心——
以暴制暴的猎人

从前，一个狡猾的和尚住在克什米尔地区，他收了许多徒弟留在身边，经常怂恿大家和他一起为非作歹，然而徒弟们并不以为耻，反而对外夸赞他们的师父是一个拥有大智慧的得道高僧。经过他们的渲染，当地的百姓们纷纷相信了和尚们的话，经常来向大和尚讨教。和尚每解决一个问题，就要收百姓一件礼物，十分贪婪。

一天，一位老汉找到了和尚，他跪在地上，满眼热泪地哀求道："正义的高僧，请您救救我美丽的女儿吧！"

和尚一听，赶忙问道："这位老施主，你的女儿怎么了？"

"我的女儿既漂亮又温柔，因为家境贫苦，没有好人家愿意娶她。希望您能告诉我，她的归宿在哪里？"

和尚转了转眼珠，动起了歪脑筋。他装腔作势道："施主不要惊慌，我自有办法。今晚我将去你的家中，亲自为你的女儿祷告，然后就告诉你女儿的归宿在何方。"

老汉连连谢过和尚，赶忙跑回家去准备。当晚，和尚如约而至，老汉一家盛情款待了他。饭后，老汉叫女儿出来见客，女儿缓缓走到了和尚面前。和尚见姑娘身材窈窕，相貌美丽，不禁心神荡漾，他色眯眯地问："美人，你叫什么？芳龄几何？"

姑娘恭敬地答道："我叫法奇玛，今年十六岁。"

和尚心想："如果能把这么年轻美丽的姑娘留在我的身边，那该多好啊！"

于是，和尚装出一副祷告的样子，闭上双眼，喃喃自语起来。过了一会儿，他一本正经地对老汉说："施主，你女儿的归宿非同一般。"

"请高僧指教。"老汉急切地答道。

和尚对老汉说："施主，明天一早，你将女儿装进一个大箱子中，再把箱子扔进森林中的圣河里。神圣的波浪会将她送到幸福的彼岸，第一个发现箱子的人，就是她的命运主宰，幸福的源头。"

老汉牢牢记住和尚的话，感激地说："谢谢高僧，我一定照办。"

和尚逍遥地回到家，对他的徒弟们说："明天一早，森林中的圣河上会漂过一个箱子,那里面装着魔鬼,你们帮我把箱子打捞回来,放到我的屋子里,然后锁好门。我会用鞭子抽打魔鬼,直到他服从于我,不再害人。你们站在我的屋外,无论里面发出什么声音,都不要进来,只管高声诵经念佛就行了。"

徒弟们将师父说的话谨记于心,然后各自回房休息去了。

第二天一早,老汉便按照和尚的吩咐,将女儿法奇玛带进森林,钉在箱子中,扔进圣河里。箱子顺流而下,在波浪中翻滚。与此同时,和尚的徒弟们也成群结队地向河畔走去。他们一边走一边聊,很快就到了森林里。他们站在河边,等待着箱子。这时,一位猎人带着猎狗从此地经过,由于猎狗身型巨大,面貌凶狠,和尚的徒弟们提醒猎人道:"喂!把你的狗看管严实,不然它会将我们撕碎的。"

猎人瞄了他们一眼,问道:"森林里野兽众多,你们来这里干什么?"

"一会儿河中会飘过一个箱子,里面有个魔鬼,我们要将它捉住,带给伟大的师父,你不要在这里碍手碍脚。"

猎人哼了一声,朝河的上游走去,他心想:"什么样的魔鬼,我倒要见识一下。"

猎人在河的上游待了一会儿,就看见一个箱子漂流而来。他纵身跳入水中,将箱子搬到岸上。这时,箱子中传出阵阵呻吟与哭泣的声音,猎人赶忙把箱子打开一看,里面根本没有魔鬼,只有一个美丽的姑娘。猎人把姑娘抱出箱子,关切地问:"姑娘,你怎么了?这是怎么回事?"

"谢谢你救了我。"接着,法奇玛将和尚与父亲的谈话一一告诉了猎人。猎人联想到与徒弟们的谈话,顿时恍然大悟道:"原来那个和尚要加害于你,别担心,我会以暴制暴,给他点颜色瞧瞧。"

说着,猎人将他的猎狗装进木箱,扔进河中,然后带着法奇玛,回到自己的家中。他为法奇玛做了美味的饭菜,烧了热腾腾的洗脚水。法奇玛十分感

在《梨俱吠陀》中就已提到此树,而在梵书、奥义书和史诗中更为常见

动,她决定留在猎人身边,与他厮守终生。

处在圣河下游的徒弟们把装有猎狗的箱子抬到师父的屋中,锁好门后,开始大声朗诵经典。和尚摸着箱子,色眯眯地说:"小美人,你的幸福归宿就是我,哈哈……"

和尚狂笑着打开箱子,凶狠的猎狗猛地将他扑倒在地,张开血盆大口撕咬着。和尚拼命地呼喊求救,但徒弟们谨遵师父教导,一心念经,对屋中的事情不闻不问。最后,和尚死于非命。

小知识

阿湿婆陀树:吠陀教和印度教神话中的圣树,亦即印度的宇宙树。中国一般称之为菩提树。

与土星比输赢——
傲慢的因陀罗

有一天,那罗陀仙人与天帝因陀罗坐在宫殿里交谈起来,他们谈到了威力与重要性,那罗陀说:"每个天神都是必不可少的,尽管大家的威力不同,但都在各自的领域中发挥着重要的作用。"

因陀罗听后,感到有些不满,他辩解道:"仙人啊!我可是众神之王,我比其他天神都要强,你在我的面前夸奖他们,无疑是对我的侮辱。"

听了这话,仙人微微一笑,说道:"天帝,我并没有侮辱您的意思。如果您想获得他人的尊重,就应该放下傲慢与歧视,先学会尊重别人。"

仙人的话让因陀罗感觉非常不悦,他怒气冲冲地说:"可是我毕竟是天帝啊!"

"您虽然贵为天帝,但并不是国王,诸位天神不是您的臣子,而是您的伙伴与朋友。您应该平等对待他们,狂妄自大是会吃苦头的。"仙人劝慰着说。

"话虽这么说,但是我的威力确实是最大的,身为雷神,我可以呼风唤雨,没有我的命令,人间一滴雨也不会降。"

那罗陀仙人继续劝诫道:"天界的每位天神都有自己的特殊神力与使命,风神掌管世间一切呼吸,水神调整潮起潮落,太阳神负责日出日落,大家各谋其位,各尽其职。就连土星都有他独特的威力,如果招惹了他,就会大祸临头。"

"哈哈……真是笑话!"因陀罗狂妄地说,"您也太幽默了,土星又黑又丑,怎么能与我相提并论。"

"长相是另外一回事,与威力毫不相干。土星愤怒起来十分可怕,如果你看不起他,早晚会倒霉的。"

因陀罗有些不耐烦了,他喝斥道:"好了,好了,你这个胆小怕事的仙人,我可不是你,我是天帝,谁都不怕。"那罗陀见因陀罗如此骄傲自大,便没再多说,他辞别了天帝,回到自己家中。

没过多久,土星来到仙人那罗陀家作客,酒足饭饱后,他们坐在一起聊天谈心,那罗陀将与天帝的对话告诉了土星,并对他说:"大神,天帝现在越来越自大,我很怕天界出现混乱。"

土星安慰道:"善良的仙人,不用担心,下周天界众神聚会,我会让他放下狂妄心的。"

众神的聚会很快就到来了,大家纷纷打扮妥当,向天界的宫殿走去。在那里,土星与因陀罗见了面,土星恭敬地向天帝问好,而因陀罗却轻蔑地说:"土星啊!我听说你生起气来特别可怕,你能把我怎么样啊?"

土星见因陀罗如此傲慢无礼,气愤地说:"身为天帝,请您自重!"

因陀罗大笑着说:"你别吓唬我,这对我没有用,我是不会怕你的。"

听了因陀罗狂妄的言语,土星气不打一处来,他决定给予天帝适当的警示。土星对因陀罗说:"你太自大了,我敢打赌,明天你会藏起来,一整天都会不吃不喝。如果你有能力,就别让我抓住你。"

因陀罗天国都城的浮雕像

天帝因陀罗听了土星的话,赶忙跑回家中,由于担心土星上门找麻烦,他变成一个乞丐,跑进深邃的森林中,藏进了一个树洞中。

因陀罗心想:"可恶的土星就是想破脑袋,也不会猜到我在这里。等我获胜以后,一定要好好杀杀他的威风。"

因陀罗在树洞中躲藏了一天一夜,他一直没有见到土星追逐的身影和动静。第二天一早,因陀罗兴高采烈地返回天宫,享受着胜利的喜悦。

他对土星说:"喂,一天过去了,你失败了,赶快认输吧!"

土星听后先是微微一笑,然后说:"天帝,是你输了。"

"你说什么疯话,怎么会是我输了?"

"你听好,"土星不疾不徐地说,"我并没有亲自去捉你,而是将自己的影子投射在你身上,无论你走到哪里,影子都会为我留下记号,所以我想抓你的话,简直就是易如反掌。你在树洞里躲了一天,因为我的影子在,你吓得连头都不敢抬,更别提吃喝了。所以是你输了。"

听了土星的话,天帝因陀罗感到十分惭愧,他双手合十,顶礼膜拜了土星,并恭敬地说:"谢谢你的教诲,今后我一定谦虚有礼,不会再目中无人了。"

为爱痴狂——
终成眷属的普鲁拉瓦斯

普鲁拉瓦斯是月神苏摩的儿子,统治着西方的月亮王族,是一位正义而强大的国王。他的高尚品德与勇敢的精神不仅获得了臣民们的一致拥戴,就连天神们也对他赞叹有加。

一天,正义之神、爱情之神与利益之神一同来到人间,拜访普鲁拉瓦斯国王。国王盛情地款待了三位天神,晚宴上,普鲁拉瓦斯国王亲自为正义之神斟满了酒杯,而没有为其他两位天神斟酒,这一举动得罪了两位天神。爱情之神诅咒他与妻子分离,利益之神诅咒他死于贪财,而正义之神减轻了他们对普鲁拉瓦斯的诅咒,并赐予他长命百岁。

天界中最美丽的仙女尤里婆湿受到丈夫密特洛的诅咒,被迫下凡人间。她把在天界所生的两个儿子变成了绵羊,带在了身边。尤里婆湿一下界,就遇到了普鲁拉瓦斯,她被国王强壮的体魄与俊朗的脸庞深深吸引,而普鲁拉瓦斯也为仙女的花容月貌所动容,他当即单膝跪地,向尤里婆湿求婚。

尤里婆湿温柔地说:"我接受你的求婚,但是你必须答应我两个要求。"

"只要你愿意和我在一起,什么要求我都答应。"

"第一,这两只绵羊与我感情深厚,你一定要像对待自己的孩子一样对待它们,并让它们睡在我的床上。第二,你必须向我保证,永远不赤身裸体地出现在我面前。"

"好,我答应你。"普鲁拉瓦斯欣然接受了尤里婆湿的条件,两个人开始了幸福的生活。他们平静祥和地度过了许多年,尤里婆湿渐渐忘却了天界的生活,学会享受起人间的快乐。然而诅咒她下凡的密特洛感到非常不开心,失去了尤里婆湿的他如同一张黑白山水画,失去了色彩。他打探起尤里婆湿现在的生活,并了解到普鲁拉瓦斯与妻子的约定,决定把他们拆散,接尤里婆湿返回天界。

一天夜晚,密特洛潜入尤里婆湿的寝宫,盗走了一只绵羊。尤里婆湿惊醒后,发现失去了一个儿子,伤心痛苦地说:"我的羊丢了!谁来帮帮我!我的丈夫在哪里?"

普鲁拉瓦斯害怕违背承诺,不敢光着身子出现在妻子面前,只好窝窝囊囊地趴在床上。尤里婆湿责备着普鲁拉瓦斯:"哼,不能保护妻子的丈夫不算男人,嫁给胆小鬼是得不到保护的。"

第二天夜晚,密特洛又偷偷潜入寝宫,准备盗走另一只绵羊。当他靠近绵羊时,普鲁拉瓦斯立即从床榻上窜起,心想:"在黑暗中,谁也看不见对方是否赤身裸体。"于是,他猛地拔出宝剑,向窃贼刺去。宝剑反射了月光,照在普鲁拉瓦斯的身体上,被惊醒的尤里婆湿看个正着。密特洛的奸计得手后,赶忙放下绵羊,跑回天界。普鲁拉瓦斯抱着绵羊回到寝宫中,发现妻子已经不见了,他痛心疾首,像个疯子一样哭喊着跑出城外。

普鲁拉瓦斯痴情地到处游走,寻找着自己的爱妻。他穿过了一片又一片森林,趟过一条又一条小河,终于在一片竹林中遇到了自己的妻子。

普鲁拉瓦斯激动万分,他痛苦地哀求着:"我的妻子啊!你怎么能扔下我说走就走呢?没有你,我一天也不想活。"

"你违背了我们之间的承诺,我跟你已经没什么好说的了。"尤里婆湿的态度冷若冰霜。

听到这话,普鲁拉瓦斯绝望地说:"既然这样,我活着也没什么意思了,你走吧!我要从悬崖跳下,了结自己的一生。"

"别说傻话,"尤里婆湿担心地说,"我在天上结过婚,我并不值得你这样做。"

"我才不在乎你的过去,我只要和你在一起!"

尤里婆湿被普鲁拉瓦斯所打动,她红着脸说:"你知道吗?我已怀了你的孩子,一年后的今天,你再来这里找我吧!"

一年很快就过去了,普鲁拉瓦斯重新来到竹林,他看到林中赫然耸立起一座金碧辉煌的城堡,门口站着两位衣着华丽的男人。普鲁拉瓦斯走上前去,向他们行了礼,恭敬地说:"请问,尤里婆湿住在这里吗?"

两个男人说:"普鲁拉瓦斯,我是正义之神派来的使者,还记得爱情之神与利益之神对你的诅咒吗?如今,爱情之神的诅咒已经灵验了,它使你与爱妻分离。接下来很可能会兑现利益之神的诅咒,你会死于贪财,正义之神让我来接引你,放弃人生,去往天界,你愿意吗?"

"不!"普鲁拉瓦斯回绝道:"我和妻子在一年前订下了约定,我不能违背诺言。我与尤里婆湿是真爱,我相信这力量可以战胜任何诅咒。"

普鲁拉瓦斯信守承诺、呵护真爱的精神令两个男人十分敬佩,他们变出了原形。普鲁拉瓦斯惊讶地发现,这两位正是爱情之神与利益之神。

两位天神微笑着说:"你的真情打动了我们,我们特此将对你的诅咒撤销,你快到城堡中拥抱自己的妻子和儿子吧!"

从此,普鲁拉瓦斯与尤里婆湿厮守终生,他们至死不渝地守护着彼此的真爱。

小知识

金胎:漂浮在宇宙洋中并孕育了整个宇宙的金胎,是一种早期创世观念的核心。在许多情况下,金胎等于太阳。在《梨俱吠陀》中它是创世神——生主的初始形态;在《梵书》《奥义书》、史诗中金胎的观念又得到进一步具体化:由混沌生水,由水生出火状金胎,再经一年从金胎中生梵天,他打破卵壳,并用壳制造了天和地。

欲望之魔的口中食——
贪婪的马尔克

从前，有一个孤儿名叫克拉克，他的父母早亡，只有与同父异母的哥哥马尔克相依为命。克拉克每天从早忙到晚，无论是种地喂牲口，还是烧饭洗衣服，繁重的家务统统由他一人承担。而哥哥马尔克整日游手好闲，贪图享乐。他用父亲的一部分遗产讨了一个老婆，与她一同吃吃喝喝，对家事不闻不问。克拉克每天辛勤劳作，养活这两个懒惰的人，感到十分吃力。终于有一天，他不堪重负，生了重病。

马尔克见弟弟生了病，无法劳作，不但没有照顾他，反而扔出了铺盖，赶克拉克走人。可怜的克拉克被好心的邻居收留了下来，而马尔克借此继承了父亲的全部遗产。

一个人越有钱，就会变得越贪婪吝啬。马尔克守着自己的财富，从不给乞丐一分一毫，就连野狗到了他家，都找不到一丁点儿食物。而克拉克正好相反，被哥哥赶出门的他受到了邻居们的慷慨接济，为了报答救命之恩，他不辞辛苦地工作，将赚来的钱全花在邻居们身上，他的善良与纯朴受到邻居们的称颂。

一天，克拉克去山上割草，途中路过一片池塘。他一边走，一边欣赏着池塘中娇艳多姿的荷花。突然，他发现碧绿的荷叶上，有一朵闪着金光的花蕾。"把这朵美丽的花摘下，送到寺里供养佛菩萨吧！"想到这儿，克拉克立即跳进池塘中，准备摘下那朵金花。

他刚把花蕾摘到手中，水里就冒出了一个俊朗的男子，对他温和地说："请把你手中的金花送给我好吗？"

"你是谁？你要这花做什么？"克拉克睁大眼睛问。

"我是这座池塘的水神，我命令这里每天开一朵金花，用来供养神灵。请你把它给我吧！"

克拉克赶忙献上金花，双手合十地说道："请天神恕罪，我实在是不知情，请您将金花拿去供神吧！"

水神见克拉克如此质朴，高兴地说："我很欣赏你的精神，请你说出一个愿望吧！我可以满足你。"

克拉克喃喃低语道:"伟大的天神啊!无论您给我什么样的恩赐,我都会感激不尽的。"

"你真是个知足的好男人,请你说出自己的愿望吧!我一定会满足你。"

"如果是这样,那就请您保佑我快乐吧!"

"好,那你赶快回家去吧!"说完,水神便奇迹般地消失了,克拉克有些迷惑,他上山割完草,便回到了家中。当晚,克拉克发现自己好像拥有了神力一般,只要他一伸手,就会生出大把的金银珠宝。克拉克用这些钱盖起了房子,供养了寺庙,还帮邻居们还了高利贷,自己也娶了妻子,生活得十分幸福。

这一切被尖酸刻薄的马克尔妻子看在眼里,她和丈夫一起来到克拉克的家,询问发财的秘密,诚实的克拉克将自己的所见所闻告诉了马尔克夫妇。

第二天一早,马尔克就赶忙跑到池塘,他趴在岸边努力寻找,终于发现了金色的花蕾。马尔克跳入池中,将金花一把摘下。这时,水神浮出水面,对他说:"这朵花是供神的,请还给我吧!"

"我不能白给你,你得满足我一个愿望。"马尔克试探着说。

"你有什么愿望?"

贪婪的马尔克转了一下眼珠,说:"我想要心里想什么就能得到什么的魔法!"

中国明代法海寺壁书——普贤菩萨

"好吧！你已经拥有了，赶快回家去吧！"

马尔克放下金花，充满期待地跑回了家。他骄傲地问妻子："亲爱的，你想要什么？"

妻子起初有些不相信，她说："给我来一份甜饼。"

马尔克心中默默想着甜饼的样子，突然，一盘香喷喷的甜饼出现在桌上。夫妻俩高兴得合不拢嘴，手舞足蹈地疯狂抱在一起。从此，马尔克用这种魔法添置了许多奢华的珠宝与衣服，但他依然吝啬刻薄，连一分钱都不肯施舍。

一天傍晚，马尔克在家中四脚朝天地躺着，他的妻子穿上一件裘皮大衣，想要向丈夫炫耀一番。马尔克见屋子深处黑蒙蒙的，一个臃肿的胖子缓缓走来，他心想："这是谁呀？不会是魔鬼吧！"

马尔克的意念触动了魔法，他的妻子立即变成了一个魔鬼，猛扑过来。

马尔克大叫着："你该不会是来抓我的吧？"

妻子受到了魔法的作用，猛地扑在马尔克身上，将他禁锢起来。

马尔克吓得失魂落魄，绝望地想："这下完了，它非把我吃了不可。"

想到这里，魔鬼张开了血盆大口，将马尔克吞入腹中。

小知识

菩萨："菩提萨埵"的简称。"菩提"的意思是"觉悟"，"萨埵"的意思是"众生"。菩提萨埵原为释迦牟尼修行而未成佛时的称号，后泛用为对大乘佛教思想的实行者的称呼。

月亮在头，星星在手——
惩恶扬善的男孩

很久以前，孟加拉有一位国王，他十分信奉传宗接代的祖训，于是一连娶了六个妻子，但事与愿违，许多年过去了，六位妻子都未能生下一儿半女，国王十分懊恼。他无心过问朝政，终日闷闷不乐。

一天，国王感到有些憋闷，便微服出巡，到城外的一片丛林中散步。走着走着，他忽然听见少女的歌声。随着歌声的指引，国王来到一座小湖边，他看见一位少女在湖中洗澡。少女长得犹如天上的晚霞，夺目迷人，国王不禁心生爱恋。与此同时，少女也发现了相貌英俊、仪表堂堂的国王，她娇羞地吐露出芳心，表示愿意与国王结为夫妻。

国王又惊又喜，他问道："你愿意为我生儿育女吗？"

少女温柔地答道："我愿意为你生下一儿一女，女儿像天上的仙女一样美丽，儿子的额前有一个月亮，手心里有一个星星。"

听了少女的话，国王十分欣慰，他带着少女赶回王宫，立即封她为第七位王妃。没过多久，七王妃就怀孕了。因为她得到了国王更多的宠爱与娇惯，其他六位王妃对此嫉妒不已，她们私下密谋着，要给小王妃一点颜色看看。

一年后，小王妃果真如愿以偿，为国王生下了一儿一女，女儿双眼明亮，像仙女一样可人；儿子的前额真的长着一个月亮，稚嫩的小手中握着一个星星。就在小王妃高兴的同时，国王的六位妻子早已串通了产婆。产婆将两个孩子遗弃在宫外的河边，抱着一只狐狸跑到国王面前说："陛下！七王妃生下了一个孽种。"

国王看见狐狸后大发雷霆，他将小王妃打入冷宫，永不相见。小王妃知道自己中了六位姐姐的奸计，满心的委屈无处倾诉。没过多久，产婆为她送来一碗毒汤，将小王妃害死在冷宫中。

苍天有眼，一对农民夫妇刚好路过河边，发现了被产婆丢弃的兄妹，她们将两个婴儿抱回家中，精心喂养起来。时光荏苒，小王妃的两个孩子渐渐长大成人，哥哥每天跟着农夫外出工作，妹妹则在家中料理家务，一家四口生活得十分幸福。

后来，兄妹幸免于难的消息传到了产婆的耳朵里，她十分懊恼，决定再次陷害他们，以绝后患。

　　产婆化装成慈祥的老人，来到农夫的家门外，她见农夫家中只有小女孩一个人，便轻轻敲了敲门。小女孩打开门后，产婆说："善良的女孩啊！我实在太渴了，请你赏我一些水喝吧！"

　　女孩赶忙将产婆请进屋，沏了一壶上好的茶水，请她享用。产婆一边喝着茶，一边哄骗着女孩说："我是天上的神仙，你的善良非常令我感动，我决定告诉你一个秘密。在大海的对面有一朵叫卡塔姬的鲜花，它不仅是世界上最漂亮的，而且可以满足人们的一个愿望，只有头上有月亮的男孩才可以摘到。"

　　产婆说完后，便离开了农夫的家，她奸笑着想："那朵花由一百个食人魔守护着，这下你们兄妹一定完蛋了。"

　　当晚，妹妹将产婆的话告诉了哥哥，哥哥一向疼爱妹妹，当即表示愿意为妹妹摘取这朵奇花。第二天一早，男孩便收拾好行囊出发了。他顺利地到达了大海对面，登上了卡塔姬所在的小岛。岛上铺满了鲜花，朵朵都绽放着艳丽的色彩，十分迷人。男孩有些迷惑，他看哪朵都像产婆描述的卡塔姬，只好站在原地犹豫起来。这时，两个食人魔窜了出来，它们张开血盆大口，大叫着朝男孩扑来。男孩下意识地张开双手，挡住自己的头。突然，男孩手中的星星发出了耀眼的光芒，瞬间射出两道锋利的光线，将食人魔当场射死。男孩感到十分惊讶，便试探着向小岛深处走去。一路上，他又遇见了许多食人魔，可是都被他手中的星星一一击毙。

　　就这样，男孩十分顺利地到达了小岛的尽头，看见了一朵闪着七色光芒的水晶花。

　　"这一定就是卡塔姬！"男孩激动地摘下了七色花，捧在手中。突然，花儿幻化成一位美丽的少女，躺在男孩的怀中。男孩吓得赶忙扔下了少女，红着脸说："你是谁？你也是食人魔吗？"

　　"我就是卡塔姬，花中的仙女，食人魔看上了我的美貌，将我禁锢在这里，天神说，只有额头有月亮、手中有星星的男子能救我，我终于等到你了，我愿意满足你的任何愿望，做为报答。"

　　男孩想了想，说道："我很想知道自己和妹妹的身世，你能告诉我吗？"

　　仙女从地上捡起一片花瓣，念了一段咒语，花瓣突然变得像镜子一样明亮，透过花瓣，男孩看到了自己的父母，以及产婆的种种恶行。

　　男孩感到十分气愤，他对仙女说："你能再满足我一个愿望吗？"

　　"我的救命恩人，请说。"

　　"请用你的神力，让这个作恶多端的产婆受到应有的惩罚吧！"

于是,仙女又捡起一片花瓣,喃喃念着咒语,然后将花瓣吹向天空。花瓣朝着王宫的方向飞去,当时产婆正在御花园中摘果子,花瓣慢慢落在了她的头上,产婆的额头一接触到花瓣,瞬间变成了一棵枯树,矗立在花园中。没过多久,园丁们发现了这棵老树,便将它砍断,扔到了城外。

男孩带着卡塔姬回到了农夫家中,与妹妹一起过着幸福的生活。

小知识

吉罗娑山:喜马拉雅山系的一个山,印度教神话中湿婆的住所,也是财神俱毗罗的乐园。

侮蔑仙人酿悲剧——
吃人的国王

甘蔗王族中有一位国王，名叫玛莎帕达。他以勇敢著称于世，曾经赤手空拳打死一条巨蟒，征服一头发了疯的野牛，还降住了一头吃人的雄狮，人们对他的胆量与力气赞叹不已。慢慢地，赢得声誉的玛莎帕达狂妄自大起来。

一天，玛莎帕达国王狩猎归来，在林中刚巧遇见婆罗门大仙婆斯托的长子沙克提。玛莎帕达高傲地说："国王要从这里过去，麻烦卑贱的庶民让让路吧！"

"卑贱？我可是婆罗门仙人的后裔！"沙克提不服气地说。

玛莎帕达轻蔑地哼笑了一声后，挑衅地说："婆罗门也算仙人吗？充其量也就是个卑微的种族而已。"

话音刚落，在场的所有侍卫伴随着国王的声调，带有侮辱性地嘲笑起来。沙克提十分生气，他恶狠狠地诅咒道："你这个疯子，从现在起，我要你变得像罗刹一样，以人肉为食，变成怒不可遏的魔王！"

说完，沙克提愤然离去。玛莎帕达回到宫中后变得惴惴不安，他一想起沙克提的诅咒，就不禁竖起一身汗毛。众友仙人得知了此事，为了与劲敌婆斯托争夺首席祭司的位置，他派出一名罗刹，命他潜伏在玛莎帕达国王体内。过了几天，玛莎帕达国王像失去理智的野兽一样，在宫中疯跑起来。人们并不知道国王被附身，都以为是沙克提的诅咒应验了，于是纷纷逃窜到宫外，惹得城中一阵混乱骚动。

被罗刹附身的玛莎帕达找到沙克提，凶狠地说："看，你的诅咒应验了，我要让你成为我肚子中的第一个死人！"

玛莎帕达向沙克提猛扑过去，一口将他吞进腹中。在众友仙人的操控下，玛莎帕达吃掉了婆罗门仙人婆斯托的所有儿子。婆斯托得知自己的一百个儿子全部命丧黄泉后，痛心疾首地准备一死了之。婆斯托从须弥山上跳下，可是山涧突然变成了柔软的大床，将他接住。婆斯托又燃起篝火，跳了进去，可是火焰就像温暖的太阳，烤得他十分舒服。婆斯托又来到河边，用绳子捆住自己的手脚后，投进河中，可是河水将他的绳子冲开，并把他安全送上了岸。婆斯托折腾累了，他气喘吁吁地坐在河岸边，渐渐悟出了屡次被救的缘故，于是，他打消了自杀的念头。

婆斯托返回自己的家中,刚一踏入大门,他便听见了朗诵《吠陀经》的声音,这声音非常熟悉,就像自己的长子沙克提。婆斯托惊喜地跑了进去,他看见屋中除了守寡的大儿媳,并没有其他人。婆斯托好奇地问:"刚才我好像听见了沙克提的声音,到底是谁在模仿他?"

大儿媳高兴地说:"父亲,我怀了沙克提的孩子,刚才就是尚未出世的他,在我的腹中朗诵经典呢!"

听了儿媳的话,婆斯托喜出望外,高兴地合不拢嘴,他激动地说:"我们家族并没有绝后,我要为了我的孙子,勇敢地活下去。"

正当婆斯托欢天喜地时,外面响起了敲门声,儿媳开门一看,凶残的玛莎帕达国王站在门外,嘴角还挂着斑斑血迹。儿媳吓得大声喊道:"父亲,吃人魔王来了!快来救救您的孙子吧!"

婆斯托仙人用咒语定住了玛莎帕达,并安慰着儿媳:"孩子,别怕,吃人并不是他的本性,国王的腹中有东西在作怪。"说着,婆斯托将圣水洒在玛莎帕达身上,驱走了作恶多端的罗刹。玛莎帕达被仙人从咒语中解救出来,十分感激,他跪在仙人面前,顶礼膜拜。婆斯托仙人对他说:"希望你能记住教训,不要轻易辱蔑他人,快回王宫去吧!"

玛莎帕达将仙人的话谨记于心,再也不敢傲慢自大,蔑视他人了。

小知识

罗提:意为"满足"、"享受"、"快乐"。爱欲女神,爱神伽摩之妻。据传说,当湿婆用第三只眼把伽摩烧成灰时,罗提祈求雪山女神,湿婆于是使她丈夫转世再生。她化作凡人妇女养大了伽摩,重新成为他的妻子,并生子阿尼噜多。在有关的祭祀仪式中,罗提占有重要地位。在南印度有一种特别的"罗提哭夫"仪式。

苦行修炼终得真爱——
仙人赤耶婆那

赤耶婆那是仙人苾力瞿的儿子,他虔诚信教,一心向往艰苦的修行。他来到一个幽静的湖畔,开始了严厉的苦行。春天的暴雨、夏季的烈日、秋天的寒风、冬日的冰雪,这些残酷的天气丝毫没有动摇赤耶婆那的苦行之心,他一动不动地站在原地,忘我地修炼起来。

过了几年,蚂蚁爬上了仙人的身体,在赤耶婆那的身上筑起了大大的蚁巢,他的大部分身躯都被蚁巢占据,只剩下一双明亮的眼睛。

强盛之国沙里提耶国王的女儿卡尼娅公主在女仆们的陪伴下来到湖边玩耍,她注意到庞大的蚁巢中有两只萤火虫,便折下一根树枝,朝赤耶婆那的双眼刺去。这一举动彻底搅乱了仙人的修行,赤耶婆那十分愤怒,他生气地对卡尼娅说:"你这个讨厌鬼,我要狠狠地诅咒你的国家!"

卡尼娅被眼前的怪人吓得魂飞魄散,慌忙逃离了湖畔。过了不久,沙里提耶国就遭到了邻国的攻击,宫中的王子们反目成仇,大臣们大打出手,百姓们仓皇逃窜,儿子不管母亲,母亲抛弃儿子,疾病与瘟疫折磨着国王的军队。突如其来的灾难令国王有些招架不住,他一直想不出强国突然衰败的原因。直到卡尼娅公主向父亲提起湖畔修行的赤耶婆那,国王才恍然大悟。他赶忙带着丰厚的礼品跑到湖边,以求得大仙的宽恕。

赤耶婆那对国王说:"我可以解开诅咒,宽恕你的民族,但是,你得把公主嫁给我。"

万般无奈之下,国王只好把年轻貌美的卡尼娅公主许配给年老体迈的赤耶婆那。婚后的日子里,卡尼娅公主虽然不太甘心,但正义与道德约束着她的心,卡尼娅踏踏实实地服侍着赤耶婆那,做好妻子该做的每一件事。

一天,双马童阿湿毗尼兄弟下凡人间,正巧撞见美丽的卡尼娅在湖中沐浴,皮肤白皙的仙人之妻犹如出水芙蓉一般娇艳夺目。春心荡漾的阿湿毗尼对她说:"漂亮的仙女,我们是太阳神之子,一看到你,我们仿佛被爱神的箭射中,心跳得快要窒息,请从我们兄弟中选择一位做你的丈夫吧!"

卡尼娅恭敬地说："很抱歉，伟大的太阳神之子，我早已是仙人赤耶婆那的妻子，不能再有第二位丈夫了，请你们另选他人吧！"

听到这话，阿湿毗尼大为不解，他们问道："美丽的仙女啊！你为什么选择一位又老又丑的长者做为伴侣呢？跟我们走吧！我们是天上最伟大的神医，可以让你永远年轻漂亮。"

卡尼娅想了想，对他们说："伟大的神医啊！请你把我的丈夫变成和你们一模一样的年轻人，然后我再从你们三人中选出一位，做为我的丈夫。"

阿湿毗尼答应了卡尼娅的提议，他们一同回到赤耶婆那的家，双马童用非凡的医术，恢复了仙人的青春，变成和阿湿毗尼一模一样的英俊青年。卡尼娅记得丈夫的一块胎记，她成功地选择了赤耶婆那，让阿湿毗尼输得心服口服。

为了感谢妙手回春的神医，赤耶婆那取来苏摩酒，宴请了阿湿毗尼。

正当他们愉快之时，天帝因陀罗突然出现，他手持金刚杵，愤怒地说："神圣的苏摩酒不能独饮，应当与众位天神一同享用！"

这时，已经喝醉的双马童阿湿毗尼耍起了酒疯，他们变出一个巨大的怪物，并给他取名为摩陀，意思就是陶醉。摩陀的上唇贴着苍天，下唇托着大地，张着血盆大口，向因陀罗缓缓移动，仿佛要吞灭世间一切生物。因陀罗被怪物吓得惊慌失措，逃之夭夭。仙人赤耶婆那保持着清醒，他用苦行修来的神力阻止了摩陀的移动，并把怪物切成了四半，平分给了苏摩酒、女人、牌和狩猎，并正义地说："从今以后，谁要是贪恋于美酒、女色、钱财、杀气，就会落入怪物摩陀之口，永远不能生还，无法自拔。"

小知识

迦叶波：意为"龟"。吠陀和印度教神话中参与创造世界的神。他是七大神仙之一，大梵天之子。按《百道梵书》所述宇宙起源神话，生主化为宇宙龟，创造了一切生物；一切活物乃迦叶波的后代。做为神祇和阿修罗、人类和恶魔、蛇与鸟类的父亲，迦叶波似乎象征二元创造以前的亘古的统一。

为父申冤——
王子复仇记

很久以前，菩萨曾经转世投胎，做为波罗奈国王的儿子降生。他自幼学习波多西摩法术，掌握了一种能够听懂动物语言的法力。

身为国王的父亲看着儿子一天天长大，感到无比欣慰与自豪。等到菩萨长大成人后，国王对他说："我的孩子，你应该到宫外去走走，了解一下外面的世界。"

菩萨听从了父亲的旨意，投宿在城中的一家客栈里。

一天，有位旅者来到这家客栈，住在了菩萨楼下。傍晚，旅者脱下皮靴，躺在床上酣然入睡。菩萨坐在窗边欣赏着月光，不经意间听到两只豺的对话。

小豺说："妈妈，我好饿呀！"

母豺安抚道："孩子，你再坚持一会儿，等这个旅者睡着，我就把他的皮靴偷来给你吃。"

听到这里，菩萨立刻跑到楼下，敲开旅者的房门，对他嘱咐道："最近闹老鼠，请您把皮靴挂在墙上吧！"旅者按照菩萨说的话，将皮靴挂在了墙上。母豺没有偷到食物，对菩萨十分懊恼。

又过了几天，一个醉汉歪倒在街边的花池中，嗜睡起来。

母豺对小豺说："孩子，等这个醉汉睡熟，我就去偷走他兜里的钱，顺便撸下他手上的金戒指。到时候，我们想吃什么就买什么，多么幸福啊！"

这个情景又被菩萨碰到了，他推开窗子，向着对面的花圃大喊道："花圃里有人吗？"

"有！我在！"一个小伙子从花房中走了出来。

"你看，花池里有一个醉汉，你快把他送回家吧！"

小伙子放下手中的工作，将醉汉平安送回了家。母豺的计划再一次被菩萨破坏，它气急败坏地说："你三番五次地干扰我，难道想饿死我的孩子吗？我要诅咒你，你的国家将受到敌军的打击，从此灭亡！"

没过几天，邻国果然发出军队，向波罗奈国进攻。国王迅速把菩萨召回王宫，慌张地说："孩子，你英勇善战，快去击退敌军。"

"遵命!"菩萨整理了一支精良的军队,向城外进发。他准备绕道而行,潜入敌军身后,给予他们毫无防备的打击。

敌军顺利地攻进了城中,朝着王宫杀去。国王怀疑菩萨带兵潜逃,心中充满了恐惧,他赶忙收拾好行囊,带着王后、侍从和祭司,从密道中逃跑。

菩萨听说敌军即将攻到王宫,便发起了反击号令。在他的指挥下,士兵们奋勇厮杀,将敌军打得落花流水、溃败不堪。菩萨的军队歼灭了所有的敌军,收复了波罗奈。由于国王意外落跑,国中朝政暂时由菩萨代理。

国王一行人穿出密道,在一条河边搭起了房子,住了下来。没过多久,王后便有了身孕。国王每天都外出寻找食物,留侍从在家中伺候王后。日子久了,王后与侍从一来二去地产生感情,做出了出轨的事情。

侍从对王后的爱与日俱增,到了无法自拔的地步,他决定将国王杀死,独自占有王后。

一天,侍从趁国王在河中洗澡时,拔出宝剑,砍下了国王的头。国王的惨叫声惊动了林中修行的祭司,他亲眼目睹了这残忍的一幕。

为了保命,祭司装成瞎子,返回家中。侍从见祭司紧闭双眼,便问道:"祭司,你怎么了?"

"陛下,我被毒蛇咬伤了,现在已经双目失明了!"祭司装出认错人的样子说道。

侍从听后,得意地想:"既然他成了瞎子,还误认为我就是国王,不如饶他一条性命吧!"

从此以后,侍从每天都外出打猎,带回给王后与祭司吃。不久,王后生下了一名男婴,祭司决定誓死保护国王的血脉,直到他长大成人。就这样,王子在祭司的陪护下,无忧无虑地长到了十六岁,成为一名英俊的青年。

一天,祭司趁侍从与王后欢愉之时,将王子带到当年国王被杀的河边,诚恳地说:"王子,你现在已经成年,有件事我必须告诉你。"

祭司将侍从与王后勾搭成奸、残害国王的丑事一五一十地告诉了王子。王子强忍住内心的悲痛,咬紧牙关,回到家中。他装出一副亲昵的样子对侍从说:"父亲,我们去河边洗澡吧!"

侍从欣慰地点点头,跟王子一同来到河边。他们脱去身上的衣服,赤身裸体地浸泡在河水中。这时,王子提议道:"父亲,您每日养活我和母亲,真是辛苦了,让我来为您搓搓背。"

"太好了,你真是我的好孩子!"

王子站起身,假装到岸边拿毛巾,实际上是拔出侍从的宝剑,猛地刺了过去,侍从当场毙命。

王子穿好衣服,割下侍从的脑袋,带回家中。王后知道丑陋的罪行败露,吓得疯癫起来,她夺门而出,奔向了森林深处。

祭司带着王子回到波罗奈国,菩萨将王位让给他后,便升入了天国。王子在祭司的辅佐下,将国家治理得昌盛繁荣,百姓们安居乐业。

佛祖涅槃图

小知识

波罗密多:印度人神话和宗教哲学思想中的一个基本概念。此词的意义至今不甚明晰。按鸠摩罗什的译法,应是"到彼岸"、"度彼岸"、"度无极"之意;多数欧洲学者把它译为"完美"。藏语中与其相近的词都具有"到彼岸"之意。这些解释似同梵语的词源没有矛盾。也可以将此词理解为"藉以渡彼岸之方法",即"涅槃"。